阳光的角落
疏天然 / 著
合肥工業大學出版社

疏天然，网名向日葵，《阳光的角落》是其处女作。华东师范大学中国古代文学专业博士生沈喜阳先生帮忙审阅书稿后倾情撰联；中国书法家协会会员、旅居上海的安徽定远籍著名书法家王世李先生挥毫题字。

序

清水出芙蓉，天然去雕饰

章玉政

疏家有女，年甫及笄，少有令名，远播亲友。今见皇皇二著，始信前闻不虚，才比谢女之咏絮，情若漱玉之深沉，岂仅前程锦绣而已哉！

书中所刊，余多经目，尝与人言：“此乃同龄人之翘楚也。”疏女天然，生于淝上，籍本枞川，祖居之地，有山曰“浮渡”，号曰“文山”。昔有东野、乐天、欧苏诸公游于斯，摩崖题刻，于今清晰可辨；后有房公陟园潜心办学，叶叶枝枝，终成一域盛名。山水毓秀，文脉浸染，英杰辈出，泽被宗裔，如方维仪、吴芝瑛诸女贤，道德文章，不让须眉。诚可谓：疏女之才，源有活水；书香之盛，古今略同。

尝晤疏女，稚气犹存，一派天真，豆蔻年华，胸怀好梦，与万千少女无异；不意援笔成文，谋篇老道，布局精工，词令得当，水到渠成。曩时逢上庠开考，余所供职之新安晚报社邀约社会精英“试水”作文，所刊四篇，多为名家之作，自是文通字顺，不乏佳品。而其间备受激赏者，构思巧妙，独运匠心，迥异于寻常应酬文字。查其作者，竟出自疏女之手，当其时，尚为垂髫学童耳！

余与疏父利民君，相识有年，又为同乡，惺惺相惜，遂成挚友。疏君供职于高校出版社，为人古道热肠，仗义疏财，于皖地文化事业贡献良多。疏君尤重家风传承，言传身教，手不释卷，自谓熟读唐宋，且得怡然之乐。疏女天资聪颖，博闻强识，虽非过目不忘，但亦腹有诗书，谈吐不凡。忆其年尚幼时，即登台乡友聚会，如初生牛犊，泰然自若，诵张若虚《春江花月夜》，滔滔不绝，一气呵成，举座皆奇之，赞曰：“此女不可限量也！”

家学传承，耳濡目染；少年才情，喷涌而现。及至问学之年，粗通文字，尤喜读书，闲来常发奇想，援笔而书，遂有童话、随感之作出焉。偶有不识之字，便以拼音代替，或书写不及，则口述之，由其母记录。略加整理，便通畅可读，且别样清新。疏君传诸亲友赏读，皆叹疏女才思之敏、情感之炽、文笔之美，未尝逊色于寻常铅印文章，遑论同龄人乎！经亲友再三怂恿，疏君遂细心检点一二，投诸省内外报章期刊，竟多为采用，一时有“疏门才女”之誉，更有此皇皇二著之成。

观乎疏女文字，多出平常，并无刻意之作，或记生活小事，或记乡游经历，或记课间嬉戏，均落笔自然，行云流水，不着痕迹，确如其名，令人油然而生“清水出芙蓉，天然去雕饰”之感。人事或寻常，但又不故发高腔，或具少年之天真，或作漫天之妙想。尤可赞者，乃其童话之作，天马行空，妙趣横生，若细读之，又可窥见其于社会、于生活、于人情之思考，或未得当，然别开生面，非一般见识。昔读唐诗，李义山有句云：“桐花万里丹山路，雏凤清于老凤声。”今读疏女之作，信矣！

蒙疏君抬爱，强我为之序。忝为长者，闻雏凤清鸣之声，心虽暗自嘉许，但亦知其尚在长成中，如幼苗在野，承雨露丰泽，自成姿态，而所行之途，道阻且长，风雨难期，唯悉心呵护，不过誉，不苛责，方可见其成参天大树也。

此二著成，疏女名之曰《阳光的角落》。余闻之，叹而注曰：“桃之夭夭，何须灼灼其华；清水芙蓉，更况天然雕饰。虽在角落，自得阳光；天地虽远，皆据我心。少年心志，跃跃可试；铅华洗尽，方成古今。”因忆及曩岁读梁任公《少年中国说》，气势纵横，慷慨激越，历历在目，如闻其声，试引其间最畅快淋漓者，为此文作结：

红日初升，其道大光；河出伏流，一泻汪洋；潜龙腾渊，鳞爪飞扬；乳虎啸谷，百兽震惶；鹰隼试翼，风尘吸张；奇花初胎，矞矞皇皇；干将发硎，有作其芒；天戴其苍，地履其黄；纵有千古，横有八荒，前途似海，来日方长。美哉，我少年中国，与天不老；壮哉，我中国少年，与国无疆！

是为序。

戊戌年孟冬月写于淝上始而楼

作者简介

章玉政，安徽枞阳人，《新安晚报》编委、策划运营中心主任，高级记者；皖江文化研究会合肥分会会长，安徽省宣传文化系统“六个一批”青年拔尖人才，安徽大学兼职硕士生导师，安徽大学徽学与中国传统文化研究院在读博士。

从业以来，发表各类作品400余万字，获国家级、省级新闻奖百余次。出版《狂人刘文典》《中国公学往事》等专著10部，主编或参编《现代新闻业务实训教程》等10余部作品。参与国家社科基金项目“民国名记者研究”等多项，主持安徽省社科项目“另一种抗战：新发现刘文典史料研究”等多项。在《新华文摘》《新闻界》《中国传媒科技》等期刊上发表学术论文20余篇。

目录

第一辑
小学童话：小荷才露尖尖角

第二辑
初中写意：少年心事当拿云

第三辑
高中序曲：天生我材必有用

第一辑

小学童话：小荷才露尖尖角

三年级了，合肥市巢湖路小学李业涵老师别出心裁地给我们策划了“零食话题”作文大展销活动。要知道，零食是我们小朋友的最爱！写我们最熟悉又最喜欢的东西，真是太好了！下面是我“零食话题”的系列作文：

话题作文之一——嘎嘣

嗨，大家好，我的名字叫嘎嘣，是所有零食的形象代言人。

别看我的鼻子小，它可灵敏了，能闻到千里以外的香味！

还有我的眼睛，只要一看到零食，就会笑得眯成一条缝，闪着兴奋的光芒！

我的嘴巴可有福气了，它宽宽的、大大的，品尝过无数美味的零食。

最幸福的要数我的肚子了，哈哈，每次吃完零食后，肚皮滚圆滚圆的，像个大西瓜！

我的双腿很特别，细长细长的，跑起来飞一样的快，哪里有零食，我一定第一时间赶到！

瞧，我又闻到了香味，要流口水啦，不说了，“嗖……”赶紧去享受美味喽！

话题作文之二——我最爱吃的零食

大家猜猜我最爱吃的零食是什么？QQ糖？彩虹糖？棒棒糖？棉花糖？山楂片？妙脆角？薯片？……都不对！猜不到吧？哈哈，是饼干！饼干？太普通了，有什么好吃的？你肯定感到很奇怪吧?!呵呵，没错，我就喜欢吃饼干！

饼干的口味有许多种呢，有奶油味的、巧克力味的、草莓味的、苹果味的、哈密瓜味的、菠萝味的、西红柿味的……我最喜欢西红柿味的。

西红柿味饼干是由面粉、鸡蛋、牛奶、西红柿、白砂糖、香辛料做成的，外包装颜色很鲜艳，画有几个大大的西红柿，真好看。打开包装袋，一块块方形的饼干露出了红彤彤的笑脸，可爱极了。闻一闻，香味扑鼻！啊，忍不住流下口水啦，迫不及待地咬了一大口，“嘎嘣”，好脆啊。吃着香香甜甜的饼干，真的感觉很幸福耶。

话题作文之三——牛肉面，我的最爱

我最爱吃方便面了，特别是牛肉味的。可妈妈总是不让我吃，说方便面吃多了不好。每次经过小店，闻到方便面的香味，我都忍不住流下了口水。

机会终于到了！有一天，我和爸爸妈妈一起到野生动物园去玩。中午，我们来不及回家吃饭，只得在园里的一家小商店解决。妈妈问我想吃什么，我毫不犹豫地要了一盒康师傅牛肉方便面。

我先吃了一个热狗，喝了一杯奶茶，就等我那盼望已久的牛肉面啦！阿姨正在给我准备呢，只见阿姨将调味包打开倒进面条里，接着用开水冲泡，然后赶紧盖上盖子。

过了几分钟，阿姨将那盒面条端过来了，我迫不及待地打开盖子，啊！一股香气直钻鼻孔，再看看，波浪形状的面条躺在碗里，好看极了！

我狼吞虎咽地吃了起来，太好吃了，真过瘾！

话题作文之四——蘑菇旅行记

我是一个蘑菇，味道可鲜啦！这不，我和伙伴们躺在一碗汤里，暖暖的，香香的，哈哈，正适合睡觉呢。

正当我得意洋洋的时候，一把勺子把我送到了一个“山洞”里，一个像大镰刀的家伙老是追着我和伙伴们跑，想咬我们。我大叫起来：“不，不要啊！”可是，那个家伙还是嚼个不停，根本不睬我，疼死我了！

好不容易挨过这一阵，又被一口滑滑的口水咽了下去。我使劲想抓住什么，这时主人喝了一口汤，我坚持不住啦，松开了手，顺着汤来到了一个像滑滑梯一样的地方。我和伙伴们一起滑了下去，那里挤得不得了！我太难受了，忍不住大叫起来：“天啊，我受不了啦！……”

就在这时，我突然掉进一个宽敞的地方，那就是胃。很快我们又被一股强烈的龙卷风刮到了一个迷宫，那个迷宫就是小肠。一到那里，小肠就用手挠我们痒痒。我忍不住大笑起来：“哈哈，哈哈，别弄了……”

过了一会儿，我来到了大肠，因为营养都被小肠吸收去了，所以我们都没有力气了。随着“噗”的一声，我们从肛门里出来了，终于解放了！

话题作文之五——零食也犯罪

“哎哟！哎哟！”一大早，白云娃娃就捂着肚子哎哟哎哟地叫疼。白云妈妈气冲冲地找零食总部告状。这几天，已经有不少人来这告状了。

“又来了一个！”零食总部叹了一口气，对着话筒宣布：“近日，有许多人都吃了变异的食物导致生病，请所有零食立刻到总部，如果不来，后果自负！”过了一会儿，总部人山人海，水泄不通。

第一个上场的是我的伙伴：妙脆角。它苦苦哀求零食总部：“我本来是一个人人都喜欢的妙脆角，人们非要给我添加色素、香精等，经过炙烤，我的营养大都没了。他们还给我添加胡椒粉，让我阿嚏阿嚏地打喷嚏……”

“停！你是有毒食物，带到我新发明的排毒机里去修理。”

“我是一碗刚从冰箱里逃出来的巧克力布丁，到我检查了，我的心怦怦直跳啊。”

“我……我是蛋糕，和巧克力布丁差不多……”

“通过！”零食总部大声说道。

唉，人类什么时候能不做有毒食品呢？

在金色的沙滩上

在金色的沙滩上，一群赤脚的孩子，快乐得好像神仙一样。

小哥哥光着两只小脚丫，在沙滩上跑来跑去，沙滩上留下脚印一串串，好像一幅幅漂亮的画……

小妹妹贝贝最喜欢捡贝壳。沙滩上全是五彩的贝壳。小妹妹捡了一个又一个，篮子装满啦！瞧，贝壳妹妹羞红了脸，海螺弟弟笑弯了腰。

海鸥轻轻地飞，海风轻轻地吹，海浪轻轻地摇……天渐渐黑了，远处传来了孩子们回家时欢乐的笑声。咦？我怎么还听到另外一种声音？哦，原来是大海妈妈的鼾声！

家乡的四季

我的家乡在安徽枞阳浮山。

我的家乡可美了。那里的山，是那么的绿；那里的水，是那么的甜。山上的景色很迷人，我经常和姐姐到那里去玩。那里的春、夏、秋、冬都很漂亮。春天到了，柳树发芽了，小草变绿了，南方的燕子也飞回来了。桃花、杏花、梨花争抢着开放，美极了！夏天到了，池塘里的荷花妹妹和荷叶哥哥都露出了笑脸，小青蛙在荷叶上唱歌，蜻蜓在池塘边飞来飞去。秋天到了，枫叶像蝴蝶在翩翩起舞，蝈蝈在吱吱地叫。果园里一个个果实像娃娃的笑脸，挂在枝头。冬天到了，调皮的雪花娃娃从天上落了下来，给土地妈妈盖上了一层厚厚的白色毛毯，小朋友们在堆雪人、打雪仗。怎么样，我的家乡很美吧！

包河公园的春天

春天离我们非常近了，虽然微风还带着几分寒意，人们的衣服也没有减少，但是，包河公园里的小草可以告诉你——春天来了！

走进包河公园一看，一部分小草已经偷偷地从土里冒出来了，它们身上嫩绿色的衣服是春天送的礼物。还有一些小草还是枯萎的，耷拉着脑袋，但在春风的轻拂下，我相信它们总有一天会站起来的。

再往前走，哇，在一块巨大的石头后面，居然有那么多艳丽的花！有紫的、红的、黄的、粉的，真是五彩缤纷。当然，花儿们要感谢的是那块大石头，是它每天给它们遮风挡雨的。

春天到了，大地醒来了，动物们也回来了，听！布谷鸟不停地提醒农民伯伯耕地种田，还有一些叽叽喳喳的鸟儿们也回来了，在树枝间跳跃，喜鹊也张开了它那美丽的羽毛。

柳树染绿了头发欢迎春天的到来，花儿穿上了红衣为春天送来祝福，鱼儿跃出了水面让圆晕荡漾开去，所有的鸟儿都为春天尽情地歌唱，包河公园的春天是多么美丽呀！

浮山一日游

了解家乡，了解浮山。在这滴水成冰的天气里，土地都冻酥了，好不容易出太阳了，我和爸爸妈妈一起去爬浮山。弟弟胡杨也闹着一起去，无奈之下，只好答应。

刚到浮山，就听到小河流水的声音，往脚下一瞧，一条溪水缓缓流过，啊，所谓浮山，山浮水面水浮山！

我们往前走去，一块大木牌出现在我的眼前。“你想到哪里去玩?”爸爸问我。“嗯……”我犹豫了，这么多，该去哪呢？“哇！海岛雪浪岩!”我看着木牌，兴奋地叫道，好像哥伦布发现新大陆一样。“没想到这里还有海，快！就这里了。”（我非常想去一次大海）“Ok，let's go!”胡杨牵着我的手，飞奔而去。

“呼，呼……原来不是我想象的那样轻松啊！”我气喘吁吁的，快没力气了。“到了，到了！”胡杨喊道。“哪，哪有海？”听说到了，我一下子来了精神，一看，差点就“石化”了。哪有海呀？别说海了，就是一滴清水也没有！“这里原来是大海，由于火山喷发，形成了岩石。”妈妈给我讲解道。“哪嗯科多。”（日文，意思是原来如此）我抬头仰望，发现了一大景象，海岛雪浪岩形成了巨大的浪花形状，气势非凡。

它的“身体”上有许多火山喷发后被灼焦的痕迹，而且不知顶端从哪冒出来的小水滴，时不时滴落在我的头上。我想：这些小水滴应该是火山喷发后残留下来的。仔细一瞧，天啊，海岛雪浪岩的身上铺满了一层又一层的青苔，这些青苔给海岛雪浪岩添了几分神秘色彩。

走着走着，一不留神，脚踩空了，跌了一跤，定睛一看，原来踩到了一个光滑圆润的小洞，好像是古人凿的。胡杨推了我一下，我回过神来，发现这里到处都有凿成的三角形洞、正方形洞、圆形洞等，嘿，好像有谁在海岛雪浪岩中间的洞窟里住过。还有一个像桌子一样的东西，下面有一个正方形的洞，有烧焦的痕迹，这个应该就是炉子吧。

胡杨左瞧瞧，右看看，天真地说：“有谁在这里玩过过家家的呀?!”我听后扑哧一声笑了，真有趣呀！

再往前走，有一个小瀑布，在瀑布的下方，有一个半弧形的洞，里面积满了水，看来古时候的人就在那里舀水喝。

岔路口有一个木牌子，我跑上前去看了一下，嗯?！仙人桥？滴水洞？“这两个地方我想去。”我对他们说。在去仙人桥和滴水洞的路上，我们路过了一个寺庙，我拜了佛，求了一支签，那人给我翻译说：“菩萨说你是一块石中的玉，要努力，让别人去发现你的才华。”我听到后高兴地点了一下头。

准备出发的时候，胡杨说我是水痴，就知道去有水的地方。我听了胡杨的话，说：“我一口盐汽水喷死你，你难道讨厌水吗?”“你看，你连骂人都用水！你不是水痴是什么呀?”“那你就是白痴，白痴吊尾车！哦，不，白痴吊车尾!”说完我便挥起拳头追他。

追着追着，好像不见爸妈踪影了！天啊，别说水痴白痴了，我根本就是个大路痴！我呆呆地看着胡杨，无助的样子。别看他小，胡杨很认路。“怎么？发花痴啊?”胡杨笑话我路痴，把我带到仙人桥那边等爸爸妈妈。还好，谢天谢地，没过多久他们就来了。

仙人桥的上面刻了三个大字：天然桥。哈哈，我对胡杨说：“下去下去，这是我的桥。”“凭什么？你在这上面刻了你的名字呀?”“诺，你看。”我撇了撇嘴巴指着“天然桥”三个大字。呵呵，这次旅行真是有趣。

前面60米就是滴水洞了，好期待呀！大家都有点累了，加油！到了滴水洞那里，我被它的景象惊呆了，洞内黑乎乎的，有一束光线从滴水洞上面的窟窿里穿过，形成一线天的景象。更为奇特的是岩洞当顶一窍见天，如巨室的天窗，洞口卡一陨石，如龙口含珠，流水自龙口直泻十余丈，如珠帘倒挂，飞溅散作雨花，弥漫岩内，伴随一缕阳光，这是多么壮观的场景啊！

在这个洞的旁边，还有一个洗心池，我和胡杨到那里去洗了一下手，感觉神清气爽，依依不舍地离开了。

大家都玩累了，准备回家休息，还买了几个纪念品，欢迎大家到浮山来玩哦！

老鹰捉小鸡

这个游戏的规则是：一个人当老鹰，一个人当母鸡，其余的人当可爱的小鸡。老鹰的任务是想办法抓住小鸡，母鸡的任务是保护好小鸡，小鸡的任务是跟在妈妈后面，不让老鹰捉住。老鹰共有八次攻击机会，如果没抓到，就算失败，如果抓到了一只，那就成功了。

游戏开始了。只见鸡妈妈跨开双脚，张开双臂，小心地护住鸡宝宝，无论老鹰怎么抓也抓不到。大家玩得正开心，老鹰突然一转身，向着小鸡扑了过去，幸好鸡妈妈反应快，拦住了老鹰。老鹰往哪边跑，她就往哪边跑。

眼看只有最后一次机会了，老鹰装作气喘吁吁的样子说：“唉，我被你们捉弄成这样……”正当母鸡和小鸡放松的时候，老鹰忽然一掉头扑向小鸡。母鸡措手不及，小鸡见大事不妙，吓得四处躲藏，可已经来不及啦，老鹰一下抓了好几只小鸡。哈哈，老鹰赢了！

怎么样，这个游戏好玩吧？

动物名片——虎皮鹦鹉

我的名字叫鹦鹉。我的羽毛是黑黄色相间的，好像戴着一条黑黄色条纹的漂亮头巾。背上的羽毛也是黑黄色的，好像穿着一件虎皮大衣，怪不得人们叫我虎皮鹦鹉呢！我腹部的羽毛是嫩绿色的，好像穿着一件绿色毛衣。我的尾巴又细又长，像一把锋利的宝剑。我的头上长着一对黑色的圆溜溜的眼睛，就像一对晶莹透亮的黑珍珠。别看我的身材娇小，我也有发脾气的时候哦！我用尖尖的嘴巴啄你的手，很疼的，呵呵。

爱　心

有一次，我在放学的路上发现了一只小麻雀，那时正下着雨，小麻雀的羽毛已被淋湿，飞不动了。而这时，一群顽皮的孩子走过来把小麻雀弄来弄去，把我推到了旁边。等他们走后，我立刻跑了过去，把小鸟轻轻地放在了我的手心上。一开始小麻雀还是恐惧不安，尖叫着，可是最后没有力气了，躲在了我的手心上，大口大口地喘着气。

看着它纤弱的身体，摸着它湿漉漉的羽毛，我真不知道那些人有没有良心。于是，我摸了摸小麻雀的头，小麻雀也不害怕了，睡在了我的手上，虽然它已经远离了危险，但我能感觉到它的心跳仍然很快。我看前面有一棵树，就把小麻雀放到了树下，让它好好休息。

第二天早上，天气晴朗。我在昨天的那棵树下发现了那只小麻雀，它又像以前那样健康、活泼了。小麻雀看见我似乎很开心，飞到了我的手上。我摸着它那温热的身体，很开心，小麻雀又能回到大自然了。

帮助别人是最快乐的事，我们一定要有爱心，用爱心来帮助别人，才能让生活更美好。

一个苹果

小小的一个苹果，散发出迷人的香气，沁人心脾，咬一口白嫩嫩的果肉，简直甜到心窝里头去了……

此刻我正在享用妈妈从外地带回的那箱“野生大苹果”，真甜，怎一个“香”字了得！我非常爱那箱“野生大苹果”，一边享用一边从书架上随手抽下一本书翻看。只见书的首页上写着一行字：你帮助别人，别人就会帮助你。看到这行字，我的心颤动了一下，不禁回想起那次……

那一天，班里出了名的调皮蛋李立波没有来，老师说，他得了眩晕症，住院了。听到这个消息，全班都很惊讶。每当看到他那空荡荡的座位，我有种莫名的失落，祈祷他早日康复。又过了几个星期，李立波勉强来上学了，虽然他活蹦乱跳的，可我感觉他随时都有可能晕倒在地。中午回到家，我从那箱苹果中挑了一个不大不小、色泽红润的苹果，刚好装进书包里不会鼓起来，不会引起他人的注意（注：老师有规定，一般情况下不允许学生将食物带进学校）。

就这样，我把苹果带到了学校。看到和我一般高的李立波，心想：他只是缺乏营养，多吃些水果就会好的。我把书包打开，把苹果拿出来，三步并作两步走过去，把苹果递给了他。因为怕被老师发现，所以我不敢多停留，只说了句“送给你”就迅速转身走开了。

又过了好几个星期，下了一场大雨，我忘带雨伞了，又不敢冒雨行走。就在我焦急万分的时候，李立波走了过来，对我说：“我带了雨伞，把你送回家吧！”

“啊？嗯。”我愣了一下，随后钻进了雨伞内。李立波回家的路线和我的并不一样，可他一直把我送回了家才罢休。最后，我不忘向他道谢，说：“谢谢你，还把我送回家了。”他笑了一下，说：“不用谢，你上次还送我一个苹果呢！”啊！原来他还记得！我很感动，鼻子酸酸的。

一个苹果，散发出迷人的香气，我再咬一口，尝到了互相帮助的甜蜜味道，再次想起那句名言：你帮助别人，别人就会帮助你。通俗的话语，隐藏着深奥的道理。

摇　篮　曲

快快睡，快快睡，
我亲爱的小宝贝。
抛掉一切孤独烦恼，闭上那双疲劳的眼睛。
我们一起在梦中娱乐，时刻欢笑，
如果你觉得这很有趣，
就快快睡吧。

快快睡，快快睡，
我亲爱的小宝贝。
一起度过欢乐的童年，我最好的朋友。
只要你闭上那两颗闪烁的星星，

它们就会把你带到奇妙的天空。

快快睡，快快睡，
我亲爱的小宝贝。
我想你一定进入梦乡了，感受皎洁的月光。
调皮的星星向你眨眼，你在微笑，
那明亮的月儿，是妈妈的心肝。

注：我小学二年级时有段时间睡眠状态不好，常模仿妈妈不停地哼唱这首曲子哄自己睡觉。

给妈妈的一封信

敬爱的妈妈：

您好！记得吗？我们在一起点点滴滴的美好时光！童年是美好的、甜蜜的，那时有一颗孩子般纯真童心的您想要变成和我年龄一样大的孩子，和我一起读书、习字，还笑眯眯地告诉我："放心吧，考试时我会告诉你答案的！"

有一次，您买了橘子回来，我舍不得吃，那橘子圆溜溜的，一个大的，六个小的，其中有一个上面还带一片嫩绿的小叶子呢。我把大橘子摆在前面、小橘子摆在后面。游戏开始了，我当大橘子（将军），您当小橘子，我说："立正！"您立刻排好队毕恭毕敬地站着。我又发号施令："男生站一排，女生站一排！"您慌忙调整了一下队形。我见有一位带叶子的“女生”单独站一排，问：“怎么‘女生’那么少?”您听后，迅速拽掉了那位“女生”的叶子，说：“诺，‘辫子’没了，她成男生了!”我们哈哈大笑……

很多甜蜜的记忆印在我的脑海里，耳边隐约传来您那爽朗的欢笑声，您那熟悉的身影时常浮现在我的眼前。一道闪电划破了夜空的宁静，伴着一声雷响，把我从回忆拉回到了现实。

眼前的景象渐渐模糊了，一滴泪珠“啪嗒”一声，碎成了一朵水花。妈妈，现在忙于工作的您，怎么每天都回来这么晚?

妈妈，我想您了。时针指向10或许更晚，您才能回家。那时，我已经入睡。妈妈，您辛苦了，我一定要好好报答您，不让您太劳累。

祝您节日快乐!

此致

敬礼!

爱您的女儿：疏天然

2013年3月5日

换个角度思考

最近，我听说一个剧组发生了争执。原因是一位演员希望改动剧本台词，他认为演员是在演戏，并不是在念剧本，但是编剧认为剧本是一剧之本，体现了作者的艺术追求，如果演员随意改动台词就会违背创作的原意。他俩说的各有道理，都认为自己是对的，都想去说服对方，导致针锋相对，吵得不可开交，最终不欢而散。

他们的争执，让我想起小学五年级读过的一篇文章。我清楚地记得那是篇关于蚂蚁的小故事，是在做练习册的时候无意中看到的，至今令我印象深刻，在此分享给大家。

故事讲述的是一黑一白两只蚂蚁分别住在不同的树洞里，但它们的家离得很近，仅仅只有 5 厘米的距离，它们都有晚上散步的习惯。一天，住在左边树洞里的黑蚂蚁在散步时发现了一块挺大但自己可以拖动的饼干屑，它激动得手舞足蹈，刚准备搬走时，白蚂蚁爬了过去，友好地说："朋友，我来帮忙！""好的，你拉那头，我拉这头，回去时我们一同分享食物。"黑蚂蚁点头表示同意。

夜深了，它俩都想尽快回到自己家享用食物。黑蚂蚁住在左边的树洞里，所以它把食物往左拖。而白蚂蚁呢，它住在右边的树洞里，所以把食物使劲往右扯……就这样僵持了好一会儿，两只蚂蚁累了，它们都使出浑身解数，也无法将食物挪动一步。

"奇……奇怪！一开始我自己一个人都能拉得动啊！"黑蚂蚁气喘吁吁，百思不得其解。"是呀！"白蚂蚁也无可奈何。最终，它们选择了放弃，空手而归。

因为这两只蚂蚁都想将食物拖进自己的洞里，所以什么也没得到。同样的道理，前面提到的演员和编剧很像白蚂蚁和黑蚂蚁，虽然目标一致，都想"把饼干屑移回家"（把戏演得更好），但是由于"拉扯"的方向不一致（不同的方案）导致永远没法将"饼干屑"移向正确的地方（使剧本演出成功），这是演员与编剧并没有意识到的主要问题。

看到这里，你一定想知道，演员和编剧如何和好呢？遇到类似的问题如何解决？其实很简单，他们只需看一场演奏会。上百种乐器合作得天衣无缝，完美无瑕，悠扬、动人心弦的曲子，使人们无不赞不绝口。但是，每个演奏者都有不同的性格，都喜欢不同类型的曲子，有的喜欢欢快的，有的喜欢伤感的，有的喜欢流行的，有的则喜欢经典的。倘若每个人都在演奏会上演奏自己喜欢的不同风格的乐曲，那场面岂不是乱作一团！如果演员或编剧当中有一人这样想，便不会有争执。他们要是退让一步，尊重别人的建议，站在别人的角度思考的话，就算是剧本被改得面目全非，快要作废，只要他们和好，定能化腐朽为神奇。

朋友们，试着学会换个角度思考，不能以自我为中心，要知道，一个人可以有个性，但——不能偏执。

注：这是2014年我小学六年级时，《新安晚报》的章玉政叔叔约我写的当年高考作文。初生牛犊不怕虎，我欣然赴“约”，当天下午两点多，居然糊里糊涂地交了“卷”，听说后来反响还不错。现请各位读者打分，满分60，您能给多少呢？

小 树 叶

在一座山脚下，住着小猫一家。小猫很爱美，过生日时小伙伴们不是送她发卡，就是送她蝴蝶结。

有一天，小猫看见大树下有一片彩色的树叶，很好奇，就走了过去，看见那片树叶闪闪发光，真神奇！小猫想着，就把树叶带回家了，当书签用。

可是没过几天，小猫就不喜欢小树叶了，正准备把它扔到窗外，一群小蚂蚁爬了过来，他们正在搬粮食，一个个累得满头大汗。蚂蚁们说：“小猫，别急，你不要这树叶就给我们吧。”“那好吧。”小猫答应了。蚂蚁们接过树叶，纷纷把自己的粮食放在树叶上面，哈哈，一片树叶成了一辆小车！有了蚂蚁们的作伴，小树叶不孤单了。

蚂蚁们正在搬运食物，忽然，前面有一条小河，蚂蚁们想了一个办法，用小树叶当船，划过去了。轰隆隆，打雷了，哗啦啦，下雨了，蚂蚁们用小树叶当雨伞，一起穿过了暴风雨，终于到家了。

蚂蚁们回到家，对小树叶说："你长得真漂亮，小猫为什么不要你呢?"小树叶说："小猫刚开始很喜欢我的，可是不知道为什么后来就讨厌我了。"蚂蚁们说："小猫真是喜新厌旧，你帮了我们的忙，就让我们好好照顾你吧。"

冬天来了，蚂蚁们用小树叶当被子，盖在身上，小树叶感到很温暖，觉得这才是真正的快乐。

最好的地方

在一座山脚下，住着小兔一家。小兔最喜欢过生日，因为过生日时会有好多好多小伙伴陪着他，还会送他礼物，又能吃到美味的蛋糕。不过小兔有一个愿望，就是能拥有一片漂亮的树林，里面有许多花花草草，还有许许多多果树——小动物们总是不能帮他实现。

有一天，小兔又过生日了，大家又为他唱生日歌，给他送礼物。这时，小猴提议说："大家要满足小兔真正的愿望，这样才能让小兔快乐！"小松鼠说："小兔的愿望是不可能实现的。"小猴说："你不试一试怎么知道不可能实现呢？"小松鼠说："那好吧，大家动起手来吧！"

大象伯伯搬来一根又一根圆木，盖了一座漂亮的房子给小动物们住。小猴蹦蹦跳跳地来到草丛边，捡了好多花籽，准备种花，又弄来好多小树苗，准备栽树。小松鼠发现了，赶紧报告她家的喇叭花，喇叭花立即变成了会报信的喇叭，大声喊起来："小猴要造树林了，请大家多多帮忙！"小动物们听见了，纷纷来到草丛中，找到小猴，帮他播种、植树。就这样，一年、两年……小树长大了，漫山遍野，绿树成荫。小猴想："看来大伙的功夫没有白费啊！"小兔说："多美的树林啊，等秋天到了，一定会有很多果实。"

又一个春天，小兔来到新树林，看到很多很多的花、很多很多的草，花花草草混合在一起，还有星星点点的鲜艳蘑菇，美丽极了。秋天到了，果树上挂满了各种各样的果子，小兔和大家一起品尝，真甜！这里才是最好的地方。

一天，小动物们走在树林里，小猴突然说："快看，前面有个葫芦！"大家一起跑到那棵葫芦树下，小兔摘下葫芦，放到自己心爱的爱心盒里，多美丽呀！夜晚，小兔做了个美梦，梦见他和小伙伴们一起在树林里玩耍，忽然大家都钻进葫芦里，一会儿都变成神奇的葫芦娃了，多开心啊！

白兔和黑兔

宽阔的大草原上，小女孩花花和她的奶奶快乐地生活着。她们养了许多兔子，其中有一只是黑色的，虽然外表丑陋，可有着一颗善良的心，他在兔群中是最小的，也是最可爱的，兔子们都很喜欢他。

一天上午，花花一家和兔子们一起玩老鹰抓小鸡的游戏，奶奶当母鸡，花花当老鹰，其他兔子当小鸡。他们玩得可开心啦！又跑又跳，又笑又叫。

“哈哈，我抓住了一个！”花花兴奋地说。

“小心！”奶奶紧张得满头大汗，“快蹲下来！”

“差点被抓住了。”其中的一只白兔喘着气，拍拍自己的胸脯……

大家玩累了，坐在草地上休息。

有一只白兔提议去森林采蘑菇、野餐，其他白兔都很乐意，可是花花和奶奶不太同意。

花花皱着眉头说：“我先看看我的黑黑（指黑兔）同不同意……森林里弯弯曲曲，弄不好会迷路的。”

“我同意！我同意到森林里玩！”没等花花说完，黑黑就抢着说，他从兔群中冒出头来。

花花和奶奶只好同意了。

下午，大家都在收拾东西，准备出发。花花特意打扮得漂漂亮亮的，穿了一件蓝色的连衣裙，配上迷你裤，换上新红鞋，头上还戴了一个蝴蝶结，真是全副武装啊。而黑黑给自己做了两个篮子，也不知为什么，他不喜欢和伙伴们一起走，却喜欢坐在篮子里，让花花提着走，而另一只篮子是用来装蘑菇的。

一切准备就绪，出发了！兔子们奔向森林。

花花提着篮子，不紧不慢地跟在后面。花花的奶奶在后面紧追不舍。

他们来到一片空地采起蘑菇来。黑黑趁花花不注意，悄悄从篮子里跳了出来，跑到了离伙伴们不远的花丛里，因为他常常在那里拾到“宝贝”，比如一粒钻石、一颗金豆子、一只受伤的小鸟、一个蝴蝶结……没有人敢去那里，因为大家都知道，那里有一条小青蛇。然而黑黑却不害怕，他慢慢地对小青蛇有了一些了解，原来小青蛇并不坏，只是想交一个朋友，他只吃草，不吃肉。

这不，小青蛇钻出洞，正好碰到了黑黑，他很有礼貌地跟黑黑打招呼：“黑黑，你好啊，欢迎来我这里玩。”

黑黑也笑着说："我在找'宝贝'呢，你也来帮我吧。"

两个小伙伴说干就干，一个向东，一个向西。不一会儿，小青蛇就有了线索，他在草地上转悠，突然撞上了一个大东西，小青蛇一看，天啦，一个好大的蘑菇出现在他的面前！他兴奋得差点晕过去，小青蛇掉头就往回跑，他想赶紧把这个好消息告诉黑黑。

黑黑今天运气不好，找了半天，什么也没找到，他正在纳闷，今天怎么没有"宝贝"呢，而且同伴们一定着急了。想到这里，黑黑准备回去，却听见有人在背后喊他，回头一看，是小青蛇！

"黑黑，你快跟着我，看我给你带来什么惊喜！"小青蛇激动地说。

黑黑疑惑地跟着小青蛇，不一会儿，一个大蘑菇便出现在他们的眼前！

小青蛇得意地说："这是我找到的，怎么样？很大吧？我们把它煮熟吃了吧。"

黑黑摇了摇头，说："我们把蘑菇做成房子吧，让我们的伙伴都住进来，再储存一些食品在里面。"

"好主意！"小青蛇觉得这个办法好。

此时白兔们已经采好蘑菇，等着黑黑回来。

"他会不会迷路了？"花花有点担心，流下了两滴眼泪。

"不会的，不会的。"奶奶安慰道。

这时，一双绿幽幽的眼睛闪烁在草丛里。

"多么肥美的兔子呀！"躲在草丛里的大灰狼高兴地说，

“而且，不止一只，一、二、三……总共有四十九只耶!”大灰狼咽了咽口水，他的身边还有两个同伴，小狐狸和小灰狼。

“你怎么知道?”小狐狸觉得很奇怪。

“数的呗。”大灰狼说，“你们听着，我先去抓兔子，你们待会学我抓兔子，帮我一下啊。”

这时，大灰狼听到了一串脚步声，他警觉地趴在草丛边看情况。原来，是花花和她的奶奶回来了，花花捡了一大堆柴火，脸上淌着眼泪，她还在惦记黑黑呢。

小青蛇和黑黑远远地就已经看见了花花，他们高兴极了，加快了脚步，走向花花。

正在这时，大灰狼跳出草丛，恶狠狠地说：“今天来一个兔子大餐!”兔子们一看是大灰狼，撒腿就跑。

黑黑和小青蛇看见了，连忙躲到树后面。

大灰狼老了，总是跑不动，还摔了一跤。他对草丛中的两个小家伙使了个眼色，小灰狼和小狐狸便从草丛里跳出来，可是他们学着大灰狼的样子，故意跑得很慢，也摔了一跤。

大灰狼气得咬碎了五颗牙。“别再学我了！你们赶紧抓住所有兔子，晚上才有东西吃!”小灰狼和小狐狸一听，一下子恢复了体力，飞奔而去，抓了一只又一只兔子，抓住最后一只兔子时，大灰狼得意地看着花花和奶奶，说：“今天你们没有妨碍我抓兔子，就不抓你们了。”他把抓的兔子装进袋子里，回家了。

躲在树后的黑黑再也看不下去了，他蹦了出来。

“黑黑!”花花和奶奶又惊又喜。

“嘘!”黑黑打了个手势，机灵地跳到了大灰狼的背上。

花花、奶奶和小青蛇见了，悄悄地跟在后面，大灰狼并没有发现。

到了家里，大灰狼突然听到一个声音：“你如果放了我的同伴，我就每天请你吃大餐。”

“大餐?”大灰狼抖抖耳朵，“谁呀?”

没等大灰狼反应过来，黑黑已经跳到了他手上!

“你要给我们做大餐？里面十有八九是下了毒的!”小灰狼不相信。

小狐狸说：“你是想和我们交朋友吧？可是狼跟兔交朋友不太合适……”

黑黑见小狐狸猜中了他的心思，连连点头。

大灰狼放下袋子，无可奈何地说：“说吧，你想给我们带来什么样的大餐?”

“你等着，我这就回去给你们做，不过你不许吃掉我的好朋友。”黑黑说完，走了。

远处，不时地传来小狐狸和小灰狼的叫声：“我们也要吃大餐!”

“知道了……”黑黑的声音消失了。

花花、奶奶和小青蛇见黑黑回来了，很高兴。

“快去准备大餐，大灰狼他们估计没吃过烧熟的东西，肯定喜欢吃。我们把烧熟的东西送给他们吃，争取成为他们的好朋友。”黑黑说。

花花、奶奶和小青蛇听了，觉得这主意妙极了，连忙在厨房里忙碌起来。

这时，白兔全都回来了。

一只小白兔说：“他们决定放了我们，但是必须把大餐送去，不然，他们就再次把我们抓起来。”

“只要每人做一道菜就够了，呵呵。”黑黑提醒道。

“我们四十九只兔子再加上你们就可以做五十三盘菜了！”小白兔对花花她们说。

太阳偏西了，兔子们开始紧张了，因为大灰狼说过，要是晚上六点还没见到大餐的话，他们就会抓回兔子！

“别紧张。”奶奶拿着刚烧好的点心说，“咱们现在就出发。”

大家的手里都端着一盘菜。小青蛇用尾巴勾住一盘油炸花生米，香味飘荡在森林中，引出许多小动物，当他们看到这一切，都流下了口水……

花花看见了，心想，反正大灰狼吃不了那么多东西，就把一些食物分送给了小动物们。

黑黑把自己爱吃的奶油蛋糕的一小部分送给了鼠妹妹，小青蛇把一部分油炸花生米送给了鼠弟弟……大家都把自己的东西送一点给大伙儿尝尝。

终于来到了大灰狼家门口。

花花敲了敲门，大灰狼说：“门没关，请进。”

大家进去一看，只见大灰狼饿得眼冒金星，小灰狼和小狐狸在不停地给他倒水……

“赶紧吃我们带来的东西吧。”黑黑同情大灰狼了，“否则你会饿死的。”

一只白兔刚要把草莓蛋糕送给大灰狼，小灰狼说：“等等，你自己先尝一口。”他怕白兔毒死他爸爸。

白兔见小灰狼这么不相信大家，生气了，他非要吓吓小灰狼。

白兔故意把蛋糕扔到了大灰狼的嘴里，大灰狼“啊呜”一口就把它吞了下去！

“天啊，爸爸，你没事吧？”小灰狼拼命摇着大灰狼的头，紧张地问道。

白兔忍不住“扑哧”一声笑了。

“还笑！”小灰狼瞪了白兔一眼，“再笑就把你们都吃掉！”

只见大灰狼舔舔舌头，“嗯……好吃！”

顿时，大家都笑了，放下盘子大吃起来。

当花花把最后一个口香糖吃下去后，她就吃饱了。

黑黑见大家都吃好了，就带着他们出去散步，这是一个美丽的夜晚，星星向大伙儿眨着眼睛。

接着黑黑带大家来到大蘑菇跟前。

“哇！好大的蘑菇呀！”大灰狼笑了笑，说。

小狐狸和小灰狼第一次看见大灰狼笑，都用惊奇的眼光看着他。

小青蛇说：“这是我找到的，咱们可以住在里面。”

大家一起动手把大蘑菇变成了一座房子。你瞧，那房子多漂亮，他们一定会永远住在里面的。

会飞的小象

从前有只小象，他有一个梦想，希望自己能像小鸟一样在高空自由地飞翔。

有一天，小象碰到了小鸟，他好奇地问小鸟："告诉我，空中是什么样子的呢?"小鸟笑着说："哦，空中是个美丽的地方，那里有太阳公公、月亮婆婆，还有调皮的星星弟弟呢。"小象羡慕地说："你们真好，能在空中自由地飞翔，而我只能在地上跑。你有什么办法能让我也飞起来吗?"小鸟想了想说："你太重了，不能飞。你看我轻飘飘的，又长着一对翅膀，当然能飞起来喽。"小象又问："要是我有一对翅膀，也能飞起来吗?"小鸟说："不能吧，你那么重，一样不会飞起来的。"小鸟的话被另外一个名叫贝贝的同伴听见了，贝贝问小象："你想飞，是吗?"小象连连点头："嗯，是的是的，我想飞。"贝贝说："那你不早点儿告诉我，我能有办法让你飞呀。""是啊是啊，贝贝是我们家族最聪明的一只鸟。"另一只小鸟说。

小象高兴地说："真的? 贝贝，那你说说有什么办法呀?""哈哈，我马上叫兄弟姐妹们喊云朵姐姐过来。"说着，贝贝吹了一声口哨，所有的小鸟都飞到她的身旁。贝贝说："这只可爱的小象是我新交的朋友，他有一个愿望，我们要帮他实现，那就是飞向高空。你们马上叫云朵姐姐过来，让小象骑在云朵姐姐的身上，云朵姐姐带他飞向天空。"这个主意不错，伙伴们都赞成。一只小麻雀飞到云朵姐姐的身边，说："我们领导叫你呢，云朵姐姐。"云朵姐姐跟着小麻雀飞到贝贝身旁，贝贝很有礼貌地对云朵姐姐说："云朵姐姐，请你把小象带上天空吧。"说完，小象跳到云朵姐姐的身上，说："可以飞啦!"云朵姐姐带着小象飞起来了，小鸟们也都跟在后面飞起来了。

飞呀飞，他们飞到了太阳公公身边。太阳公公眯着眼睛问："哦，哪里来的新客人啊?"小麻雀说："太阳公公，他是一只会飞的小象，怎么样，很神奇吧?"太阳公公说："嗯，真的很神奇。小象，你好啊，过来吃点心吧。"太阳公公把刚烤熟的大蛋糕推到小象面前，温和地说："随便吃吧。"小象高兴得跳了起来："太好了，一大清早我就想着飞，根本没吃饭。"说着就大口大口地吃了起来。"谢谢太阳公公。"小象吃饱了，有礼貌地对太阳公公挥挥手，就走了。

到了夜晚，云朵姐姐变成小船，让小象睡觉。这时候调皮的星星来了，故意说：“哟，这是哪儿来的小象呀？还怪可爱的呢！”说完，星星眨了眨眼睛。这时月亮婆婆也来了，“小星星，你不去值班待在这里干吗？快去值班。”月亮婆婆笑眯眯地对小象说：“对不起，可爱的小象。”说着，月亮婆婆送给小象一个神奇的箱子，说：“这个箱子，可是个宝贝，只要你说出什么东西，它就会变出什么东西。”小象高兴地接过箱子，心里想：“这是我最开心的一天！”

音 乐 小 屋

一、大脚丫、闹别扭和小淘气

在垃圾桶旁，有一座破旧的小房子。有一天，他再也忍受不了垃圾的臭味了。“该死的苍蝇，弄得我浑身直痒痒！”小房子生气地抱怨着，便离开了垃圾桶。

走了好久，小房子累了，他一屁股坐下来，喘着粗气。这时候，一首美妙的音乐传到他的耳朵里。

“多么美的歌声啊！”小房子说道，便朝着音乐的方向走去。

只见一个小女孩和一个小男孩在唱歌，歌声可美啦！

小房子说："你们好，我叫大脚丫，你们叫什么名字？"

小男孩指着小女孩说："她叫闹别扭，因为很娇气，又爱闹别扭，所以叫闹别扭。"

"别那么说！"闹别扭羞红了脸，也指着小男孩说："他叫小淘气，因为他很淘气，所以叫小淘气。"

接着，闹别扭问小房子："你为什么叫大脚丫？好奇怪的名字呀。"

"因为我的脚很大。"小房子说着，伸出了他的大脚丫。呵呵，他的脚丫真的够大的！

"我们好喜欢你，你愿意和我们一起参加音乐会吗？"闹别扭和小淘气一齐说道。

"好啊。"小房子愉快地答应了。

"可是，我们没有乐器，怎么办呀？"闹别扭担心着。

"别担心，没问题！"说着，小房子吹了一声口哨，垃圾桶里的破风铃、旧竖笛、小提琴全都来了，屋里好热闹呀！

"太好了，我们有乐器了。"小淘气高兴地说道。

闹别扭刚一进门，就被香蕉皮滑倒了。"天啊，这屋子里怎么这么乱呀？有发霉的芥末和面包，还有别人吃剩下的果冻三明治！大脚丫，这是怎么回事啊？"闹别扭问道。

大脚丫说："真不好意思，我是从垃圾桶里来的，一定很脏，很臭。"

"那，我们一起打扫吧！"小淘气提议道。

他们把闹别扭扶起来，开始打扫房子啦。闹别扭为小淘气打扫房间，小淘气也在为闹别扭打扫房间。他们心里想着对方，但是都不说出来，因为他们是朋友，都想给对方一个惊喜。

小淘气先把地上的垃圾捡起来，用拖把把地拖干净。他知道闹别扭喜欢红色和紫色，所以，他把墙刷成红色和紫色，把地板刷成红色，把桌子、椅子全都刷成了紫色。小淘气还想了一个主意，在地上画了许多的画……最后，在桌上放一个花盆，里面插上五颜六色的鲜花，房子里散发着淡淡的清香，多好呀！

闹别扭也知道小淘气喜欢蓝色和绿色，她也按小淘气的方法做……这回，屋里好干净呀！

闹别扭一进小淘气打扫过的房间，非常惊讶。呀，她看到地上有五颜六色的画，窗台上还放着水晶球和小熊，窗边风铃的歌声传到她的耳朵里，这一切真是太美了！

小淘气也被闹别扭打扫的房间迷住了，房子的地板上画有蓝色的飞机和绿色的汽车，还有他最喜欢的玩具小马驹，真漂亮！

再来外面看看。哦，乐器们正在洗澡，该竖笛宝宝了，调皮的竖笛宝宝扑通一声跳进了水池，把水都溅到了闹别扭和小淘气的身上。

闹别扭把自己的珍珠项链和贝壳项链都拿了过来。“把这个挂到窗上，就更漂亮了！”闹别扭把项链挂在了窗户上。啊！原本脏兮兮的小房子，变成了世界上最棒的小房子啦！大家都跑进去，在里面练习，准备明晚一起参加音乐会。

二、会跳舞的熊

这时，一只毛茸茸的手伸了进来，碰了一下小淘气。小淘气回头一看，只见窗外一只大熊正瞪着他呢。

“天啊，我的眼睛花了，哪来的这么大的熊啊?”小淘气向后退了两步，倒抽了一口冷气。

大熊想从窗户上爬进去，大脚丫一脚把大熊踹到了外面。

“快跑!”小淘气大声叫道。

大家都迈开大步跑了出去，就连大脚丫也跟在后面跑起来。

“等等，听我解释！……”大熊一边追赶，一边喘着粗气说。

他们跑到了一面高墙脚边。“完了，我们被困在这里了。”闹别扭哭了起来。

大熊连忙解释说：“我是一只会跳舞的熊，从马戏团逃了出来，只要听到音乐就会跳舞，我不会伤害你们的。还有……谢谢你们的蛋糕和布丁。”大熊举起手上的蛋糕和布丁，嘴里还在嚼着呢。

“好啊，原来是你偷走了我的彩虹蛋糕和小淘气的巧克力布丁!”闹别扭非常不高兴。

“别这么不高兴，我们可以做更多的点心啊!”大熊说。

闹别扭这才好一些，大熊和大伙儿边走边说他的来历。

“我在马戏团学了各种各样的本领，比如做饭、跳舞、唱歌、玩杂技……”

他们一到家，就开始做点心。大熊用海滩上玩沙子的工具做点心。果然，不一会儿，大熊就做好了许多点心。有 4 个巧克力布丁、10 个彩虹蛋糕，还有甜点，当然还有柠檬汁。大熊、大脚丫、小淘气、闹别扭吃着点心，喝着柠檬汁，感到幸福极了。

“我们一起练习吧！”吃饱喝足了，大家一起在屋里练习，直到深夜才放下手中心爱的乐器，一个个进入了梦乡。瞧！他们睡得多香呀！

三、天才鹦鹉

“大家快来看呀！我的新宠物！”一大早，闹别扭就大声喊起来。

“出什么事了？这么吵！”小淘气揉揉眼睛说。

“看，我刚养了一只鹦鹉来当我的宠物，他今晚也要参加音乐会！”闹别扭说着，指了指她身边不起眼的鹦鹉。

“什么？什么？它想参加今晚的音乐会？哈哈……”小淘气笑得在地上打滚。

受到小淘气的一番嘲笑，闹别扭哭了起来。鹦鹉非常生气，用嘴啄小淘气的头。“别小看人，我可是天才鹦鹉，天才鹦鹉，天才鹦鹉！”

四、魔鬼训练

“好了，我只是开了一个玩笑，为了闹别扭，从现在开始，我要对你进行魔鬼训练！”小淘气小声对着鹦鹉的耳朵说，还吩咐大脚丫将鹦鹉带到训练营地。

大脚丫把鹦鹉带到了小淘气的训练营。“不知道小淘气捣什么鬼，让我把你带到这来。”大脚丫正在疑惑。这时，小淘气跳到了他们的中间。

“你是从哪儿冒出来的?”大脚丫吃惊地问。

小淘气二话不说，命令鹦鹉钻火圈。鹦鹉想都没想，就冲了进去。他哪会钻火圈呀！没钻多久，就把羽毛烧伤了。小淘气一边给鹦鹉擦伤，一边嘀咕着：“没出息。”

鹦鹉实在受不了了，就离开了小淘气。

“站住，你给我站住！”小淘气追在鹦鹉后面大声喊着。

鹦鹉飞到了闹别扭的怀里。闹别扭一看到心爱的鹦鹉受伤了，心疼得直流泪。“小淘气，你居然这样对待我的鹦鹉！我……我以后再也不和你玩了！”闹别扭生气地离开了。

可是在以前，他们是最好的朋友，闹别扭从来不说这样的话，也从来没有这样的事情发生呀。小淘气也感到很难过。

“对了，如果你让鹦鹉高兴起来，也许闹别扭也会高兴起来的呀！”大熊安慰道。

小淘气听了，立即跑到森林里采鹦鹉喜欢吃的核桃，没过多久，就采了满满一篮核桃。

鹦鹉的伤还没好，小淘气准备来看望他。

到了草坪，小淘气看到闹别扭在吹乐曲给鹦鹉听，还不时地流下眼泪。

小淘气感到很后悔，“闹别扭，我来看你们来啦！”

闹别扭看都没看小淘气一眼，小淘气赶紧向闹别扭跑去。

“鹦鹉，希望你接受我的道歉，喏，这些新鲜的核桃全都给你。”小淘气将一篮子核桃放在鹦鹉面前。鹦鹉高兴地吃着核桃：“太好吃了，我原谅你了！”

“闹别扭，你也要原谅我呀，我不应该对鹦鹉进行魔鬼训练。”小淘气低着头，拉着闹别扭的手。

看着鹦鹉高兴地吃着核桃的样子，闹别扭也原谅了小淘气，他们又成了好朋友。

“小淘气，你只要不使我的鹦鹉受到伤害，就可以了。”闹别扭说。

“可是，鹦鹉今晚的音乐会怎么参加呀？”小淘气问道。

“放心，今晚看我的！”闹别扭说道。

五、音乐小屋

晚上，闹别扭把鹦鹉抱到了音乐会现场。时间还早，裁判员还没来，闹别扭先让鹦鹉试着表演。

“第一课，钻火圈！”闹别扭大声对鹦鹉说道。

小淘气悄悄地问：“这不和我的魔鬼训练一样吗？”

闹别扭在火圈的终点插了一个棒棒糖。“鹦鹉，如果你通过了这关，你就能吃到棒棒糖，如果你没通过，既吃不到棒棒糖，还要躺在床上养伤！”闹别扭说着，向小淘气眨了眨眼睛。

还没等小淘气吹口哨，鹦鹉就出发了。小淘气还没反应过来呢，鹦鹉早已到达终点了。小动物们都鼓掌欢迎。鹦鹉乐滋滋地吃着棒棒糖，哈哈，这一招真灵呢。

“还有什么好玩的节目呀？”小淘气问。

“有。”闹别扭说着，拿出了一张很大的纸铺在桌上。

鹦鹉用双脚沾上颜料，在纸上跳舞……不一会儿，就画出了一幅漂亮的画！

“太棒了，这是我们见过的最美丽的画。”小淘气兴奋地说。

“我们得给这座屋子取一个名字，对了，就叫音乐小屋吧！”大家小声地交流着。

过了一会儿，裁判员来了。一开门，大家就叫起来：“欢迎来到音乐小屋，我们给你准备了精彩的节目！”大家一起唱歌、跳舞，表演给裁判员看。

“哦，太棒了！现在，我宣布，小淘气和闹别扭获得金质奖杯！”裁判员高兴地说。

小淘气问一旁的乌龟佛拉儿：“不是说动物也要比赛吗？”

“哦，当然。”佛拉儿说道。

这时，鹦鹉来了。可佛拉儿一见到鹦鹉就吓得把身子全都缩进了壳里。

“喂，你这个缩头乌龟，一见到我，就把身子缩进了壳里，赶快把你的头伸出来！”鹦鹉非常生气。

佛拉儿这才伸出脑袋。“哦，对不起，您会什么？”

“钻火圈和画画！”闹别扭说着，在终点插了一个棒棒糖，鹦鹉又像原来一样飞快地通过了这一关，裁判员看了直鼓掌。“不错，这个节目很好，下一个节目怎么样呢？”

闹别扭拿来一张大纸，鹦鹉又在上面跳舞，不一会儿，就画成了一幅画。

“太棒了，你们做得非常好！我回去就把你们的名字和这些有趣的节目都登在报纸上，你们等着吧！”

第二天早晨，报纸上刊登了昨晚的音乐会新闻。现在，大家都知道，森林里新开了一家音乐小屋，多棒呀！

糖　果　屋

小松鼠家里有很多很多的糖，牛奶糖，草莓糖，水果糖，还有各种各样的棒棒糖，连做梦都被糖果包围着……这么多的糖，小松鼠一个人吃不了，不能浪费呀，怎么办呢？

小松鼠想来想去，有了！“我可以造一间糖果屋，开一家糖果店啊。”说动手就动手，小松鼠立即找来木头和工具，盖了一座漂亮的糖果屋。她高高兴兴地把所有的糖果都搬进了糖果屋，在糖果屋开起了糖果店。

小兔来了，看到糖果屋就走了过去。啊！糖果屋里的糖果真多呀！“太好了，我要买几个尝尝。对了，这糖果多少钱一个啊？”小松鼠愣了一下，说：“三块钱一个。”小兔说："我就带了三块钱，正好解解馋。"小兔递给小松鼠三块钱，拿着糖放进了嘴里。"太好吃了，下次我要多带点钱来买。"

小狐狸走来了，说："咦，哪来的糖果屋啊？"小松鼠说："这是我的糖果屋，呵呵，不错吧？"小狐狸说："我刚好想吃糖果，就买几个吧。棒棒糖多少钱一个呀？"小松鼠说："四块钱五个。"小狐狸给了小松鼠四块钱，尝了一个。"真好吃！"

就这样，糖果屋里的顾客越来越多，小松鼠收到了很多很多的钱，她高兴极了。

可是没过多久，大家都吃厌了，来的顾客越来越少，最后没有人来糖果屋里买糖果了。

小松鼠很着急："这可不行，我得再想想办法。"小松鼠终于想出来了，她把糖果加点水放在锅里烧融化后，再加入鸡蛋和面粉，做成了彩虹蛋糕。小动物们终于又尝到了新鲜的美味。

就这样，糖果店里的顾客又多了起来，小松鼠真开心啊！

小　蛋　壳

鸡妈妈孵了一窝鸡宝宝，有一只小鸡刚伸出她的小脑袋，就蹬着她那不起眼的小蛋壳，边蹬边说："去你的吧，没用的家伙！"

小蛋壳听了很伤心，哇哇大哭起来："我不是废物，我不是废物！"

风伯伯在跟花儿捉迷藏，听到哭声，就走了过去，看见同伴们正在安慰小蛋壳呢。小蛋壳流着泪说："人家说我是废物，我哪儿也不去了，就待在这儿吧……"风伯伯说："小蛋壳，我带你出去，好不好？"说着，风伯伯吹起了一阵风，小蛋壳就走起路来了。

同伴们看见了，急忙说道："快回来呀，外面危险！"

可是风伯伯还是吹个不停，小蛋壳就不停地走了起来，路边的花儿跟小蛋壳打招呼："你好，你是怎么会走路的?"小蛋壳说:"你好，是风伯伯把我带到这个美丽的世界来的。"

说着，小蛋壳又来到了一个草堆中，一只老鼠走了过来，高兴地说："啊，太好了，今天可以美餐一顿了!"一开始小老鼠以为那是个重重的鸡蛋，可是鸡蛋很轻。小老鼠想："这是怎么回事?"他仔细瞧了瞧，发现原来是一个小蛋壳。小老鼠想了想说:"鸡蛋壳也有用处呢，比如当我孩子的尿桶……"想到这儿，小老鼠就背起小蛋壳往回走，边走边唱:"小呀小蛋壳，不慌不忙呀，乖乖跟我回家啊。"

轰隆隆，打雷了，哗啦啦，下雨了。小蛋壳看见风伯伯正在用力地吹，想把她从小老鼠的手里救出来，她灵机一动，想了一个好办法来，悄悄地对风伯伯说："风伯伯，不要再用力地吹了，我有对付老鼠的办法。"风伯伯听了，就停了下来。

小蛋壳对小老鼠说:"你真够笨的，为什么不把我戴在头上挡雨呢?"小老鼠想了想："是啊，我怎么没想到呢?反正你又跑不掉的。"小老鼠就把小蛋壳戴在了自己的头上。

"哎呀，这也太大了，根本就不适合我。瞧，我的眼睛都被蒙上了，我还怎么回家呀?"小蛋壳说："放心吧，我可以给你指路呀!"

小老鼠就继续往前走，才走了几步，就问："到家了吗?”小蛋壳说：“没有，傻瓜，离家还远着呢!”小老鼠又走了一会，正准备问到家了没有，突然，他掉进河里，淹死了。

小蛋壳顺着河水，流到了大海。海水把她冲上了岸，小动物们发现了，说：“多好的小蛋壳啊，我们把她带回去吧。”小猴说：“小兔，你的画画得好，给小蛋壳画上眼睛、鼻子和嘴巴吧。”小兔拿起画笔，开始画了起来，画好了，还给小蛋壳添上红红的小脸蛋。小猴高兴地说：“今天我们又多了一个朋友，我们来给她表演表演吧。”小兔说：“小熊猫，你来表演一个吧。”小熊猫不好意思地说：“我，我不会表演，我就在地上爬爬吧。”大家哈哈大笑，小蛋壳也笑了。

从此，小蛋壳和小动物们在一起，生活得很开心。

白菜宝宝历险记

有一天，白菜宝宝和小伙伴们在外面玩，玩得正开心时，白菜宝宝突然发现妈妈不见了！他觉得很奇怪：咦？刚才妈妈不是还坐在石头上吃着香喷喷的点心吗，怎么突然不见了？胡萝卜哥哥、小芹菜妹妹、土豆弟弟都帮白菜宝宝找妈妈。

胡萝卜哥哥看见地上有一串脚印，就说："嗨，你们看，这地方有一串脚印！"他们跟着脚印，一直走到小溪边，看见白菜妈妈被强盗抓走了。

西红柿赶快跑到森林里，摘了一些榴莲，用树叶包扎好，然后放到土豆弟弟的手枪里，悄悄地对土豆弟弟说："你的枪里已经有子弹了，可以瞄准强盗了。"

土豆弟弟以为西红柿骗他，就把枪对准自己试试看里面有没有子弹，“嘣!”“哎呀，疼死我啦！你早不说一声，里面装的是榴莲，害得我屁股上扎了一根又细又长的刺!”说着，他把枪对准了强盗，“啪!”又打中了自己。

“怎么回事?”原来土豆弟弟误把枪头对准了自己，而没对准强盗!

西红柿生气地对土豆弟弟说：“笨蛋，现在可不是开玩笑的时候，让我来吧。你到森林里再摘些榴莲来，好当子弹用。不然的话，子弹用完了就没了。”西红柿还没说完，土豆弟弟说声“是!”就撒腿往森林里跑。

西红柿心里想：“这臭小子，没听我把话说完就跑了，要是刺到了手，那可就麻烦了!”

土豆弟弟摘了一个大大的榴莲，“我的妈呀，这么多刺让我怎么拿呀?”土豆弟弟不管三七二十一直接往前冲，终于到了，他看看手上的刺，嘴里说：“糟糕，西红柿怎么叫我干这事，害得我手上全是刺。”

这时西红柿来了，他说：“你反应也太快了吧？我还没说完，你就跑了。到你的房间养伤去吧。对了，告诉你呀，榴莲可以用树叶包扎好。快把你的榴莲装到枪里，子弹快用完了。”土豆弟弟把子弹放进枪里，递给了西红柿，就回屋养伤去了。他回屋一看，“哈，西红柿真聪明，知道我会受伤，做那么多好吃的。”说着，就拿起了刚烤熟的红薯，还有蛋糕，津津有味地吃起来。

西红柿呢，拿着枪，跑到强盗面前，悄悄举起了枪，他想：要是那臭小子在就好了。但又怕他做错事。这时土豆弟弟拍了一下他，西红柿吓了一跳，说："你怎么现在就来了？你真聪明，知道我有事要找你。"

"你有事找我？我还不知道呢。我是来问你，你还有没有一些好吃的东西？你给我准备的午餐太好吃了，我还想吃一点。"

"你真是个贪吃又可爱的家伙。"西红柿说。

土豆弟弟说："哦，对了，我还有一件重要的事情要告诉你，我最近很少见到白菜宝宝了。"

西红柿说："啊？怎么白菜宝宝也不见了？真奇怪。对了，胡萝卜哥哥、小芹菜妹妹都在挖陷阱，你把强盗引到陷阱里，我就给你做好吃的东西。记住哦，也要帮他们挖坑。"

土豆弟弟说："好的。"说着，就走了。

"胡萝卜哥哥、小芹菜妹妹，你们好啊，西红柿叫我来帮你们挖坑。"土豆弟弟说着，就开始吭哧吭哧地挖起坑来。

小芹菜妹妹到森林里采了些榴莲，也用树叶包扎好，然后放在坑里。胡萝卜哥哥把草放在坑上面，这样，强盗一点儿也看不出来那是陷阱。土豆弟弟连忙跑到强盗身边，看见强盗已经被西红柿打得落花流水。

可是，西红柿的子弹很快就用完了。土豆弟弟就像什么也没看见一样直接往前冲，一不小心，被石头绊倒了，跌进了牛粪里。他拍了拍身子，大声喊道："强盗，你有本事放过西红柿，来追我呀。”说着，土豆弟弟伸了伸舌头。

强盗真的追过来了，土豆弟弟真有点害怕，吓得往陷阱旁边跑，想把强盗给引过来。

西红柿说：“这个土豆弟弟今天干得不错嘛，我得去给他做一顿好吃的。这小子，可能已经把强盗引进陷阱里了吧?”

到了陷阱旁边，胡萝卜哥哥和小芹菜妹妹一起把绳子挡在强盗的面前。强盗被绳子绊倒了，掉进了陷阱里。“哎哟，这里怎么这么多刺啊，扎死我了。”

土豆弟弟大声喊道：“强盗，快说，白菜宝宝和他的妈妈在哪里？要是不说的话，就永远待在这里。”

强盗说：“白菜妈妈在山坡上的一个洞里。”

“那白菜宝宝呢?”小芹菜妹妹问。

“白菜宝宝我就不知道在哪里了，我只看见他喝了一碗粥就不见了。”土豆弟弟暂时把强盗放了出来，叫他们带路。土豆弟弟、小芹菜妹妹和胡萝卜哥哥一点儿也不害怕，因为他们事先在山坡上准备了好多陷阱，强盗如果反悔，就再次把他们引到陷阱里。

强盗把土豆弟弟和他的伙伴们带到一个山洞里，土豆弟弟第一个冲进去，谁知没看到白菜妈妈。这时有一只老鼠向他扑来，土豆弟弟吓得往山洞外面跑。

胡萝卜哥哥、小芹菜妹妹也跟在他后面跑，一直跑到洋葱头那儿。老鼠说：“又多了一个，正好一起吃!”老鼠先吃了一口洋葱头，辣得不得了！洋葱头把他的汁液滴到老鼠的眼睛里，老鼠再也睁不开眼睛了。

土豆弟弟拿来了西红柿做的美味佳肴，啊呜啊呜地吃了起来，吃到最后，留了一块三角形的小蛋糕，又从包里拿了一个老鼠夹，把蛋糕放在老鼠夹上，老鼠闻到了香味，刚要吃蛋糕，就被老鼠夹夹到了。

胡萝卜哥哥问老鼠："白菜妈妈和白菜宝宝呢?"老鼠指着自己的肚子说："在，在这里……"

胡萝卜哥哥惊讶地说："什么?你已经吃掉他们了?"

老鼠连忙回答："我，我只吃了白菜妈妈，而没吃白菜宝宝。"

"你没撒谎?"老鼠说："我从来都不撒谎。"

小芹菜妹妹说："只要白菜宝宝没事就好了。我们一起去找他吧。"

突然旁边传来一阵细小的声音："别找我，我就在你们的身边，我一直跟着你们。"

"你在哪?我没看到你。"土豆弟弟最仔细，他看见一个影子，对西红柿说："你们看，这个影子和白菜宝宝一模一样，但就是看不见白菜宝宝。"白菜宝宝说："哦，对了，我刚刚吃了一些好吃的，也许是它们让我变没了。"他把自己吃的食物给了土豆弟弟、小芹菜妹妹和西红柿，他们一起惊讶地说："是隐身粉!"

土豆弟弟、西红柿和小芹菜妹妹到森林里去找解药，胡萝卜哥哥看着白菜宝宝。土豆弟弟、西红柿和小芹菜妹妹突然发现树上有很多椰树叶，还结了很多椰子。土豆弟弟馋得直流口水，他摘下三个椰子，放在背包里，又继续赶路了。可是有两条路，到底走哪条才好呢？

“分头走吧。”小芹菜妹妹说。于是土豆弟弟和西红柿走右边，小芹菜妹妹独自走左边。西红柿刚进到一个洞里，“哇，这里的风景好美啊，还有许多新鲜的水果！”

“我要把它们全部带回家，吃个够。”土豆弟弟把各种各样的水果装进包里。

已经没有路了，他们只好回来了。西红柿垂头丧气的，而土豆弟弟却很高兴，他吃着香蕉说：“真好吃，每次和你在一起都有好吃的，为什么垂头丧气呀？虽然没找到解药，可是我们带回了很多好吃的，可以给白菜宝宝吃呀。”

西红柿说：“你就知道吃，吃又不能治好白菜宝宝的病。不知道小芹菜妹妹怎么样了。而且我每次碰到你都很倒霉，很少干过好事，再不减肥，有什么危险，你是跑不动的。”他们说着，就回来了。

胡萝卜哥哥问：“解药找回来了吗？”

“没有，可是我们带回来好吃的。”土豆弟弟高兴地说。他正准备拿一个苹果给白菜宝宝吃，却假装着说：“呀，背包里的水果不见了！”

西红柿说：“让我看看。”他一看，“骗人，这里面不是装着很多新鲜的水果吗？”

西红柿递给白菜宝宝一个最大的苹果，土豆弟弟连忙说：“还是让我来吧，我会给他挑一个更好的。”土豆弟弟把一颗樱桃递给白菜宝宝说：“这个，这个比苹果还要好。”

西红柿说："你真小气。"奇怪的事情发生了，白菜宝宝又变回来了。

土豆弟弟对西红柿说："看吧，我说的没错，虽然没找到解药，水果就是最好的解药。你还说每次碰到我都倒霉呢。"

"唉，别说了，对不起，行了吧？我们赶紧去找小芹菜妹妹吧。这次我还是和你走，我现在终于吸取教训了。"西红柿说。

西红柿走着走着就问土豆弟弟："小芹菜妹妹是走左边还是走右边的，我忘记了。你能告诉我吗？"

"哦，小芹菜妹妹走的是左边。"说着他们俩就走了。天越来越热，西红柿对土豆弟弟说："你能把你的椰子汁借我喝点吗？"

土豆弟弟喝着椰子汁说："我已经喝了一个葡萄味的了，给你一个西瓜味的吧。"

土豆弟弟将西瓜味的椰子汁递给了西红柿，又拿一根吸管插到里面，说："你可以喝了。"西红柿大口大口地喝了起来，说："真好喝！待会儿再把你的水果给我吃一点。幸好你带了很多好吃的，要不咱们早就热死了。"

小芹菜妹妹来到一个洞里，里面有一块巨大的石头。她看到石头上刻了一个"洞"字，再仔细一看，"洞"字里面的"口"不大对劲，就轻轻地按了一下，巨石立刻移开了。小芹菜妹妹进去一看，"天啦，这么多金银财宝，还有一座大房子，好漂亮呀！我要去找我的朋友们，让他们也到这儿玩。”

路上，她遇见了西红柿和土豆弟弟，就叫他们去洞里玩，土豆弟弟说：“我们先回去叫胡萝卜哥哥和白菜宝宝一起来玩。”

“白菜宝宝好了吗？”“好了。”白菜宝宝和胡萝卜哥哥一起来到山洞，小芹菜妹妹又轻轻一按，洞门打开了，他们高兴地跑了进去，玩得真开心。

臭美的小花鞋

一天，妈妈给贝贝买了一双漂亮的小花鞋。贝贝非常喜欢这双花鞋，天天穿着她。小花鞋非常骄傲，对哥哥、姐姐、弟弟、妹妹们说："瞧，我长得多漂亮呀！小主人天天穿着我，我要到外面去溜达溜达，让别人也看一看。"说着，她跳到了外面。

外面的世界真热闹啊，小花鞋看见小朋友们在草地上放风筝，就跑了过去，跟在他们后面，一不小心把小女孩绊了一跤，小女孩哭了。小花鞋吓了一大跳，心里有点害怕。这时，小男孩连忙跑了过来，把小女孩扶起来，又拿起小花鞋说："这是哪来的一双花鞋呀？害得我妹妹摔了一跤。"说着，小男孩把小花鞋扔进垃圾桶里。

“哎哟，这里真脏！把我弄脏了！”小花鞋拼命地喊叫，可是小朋友们跑远了，根本不睬她。没办法，小花鞋只好自己想办法逃离这可恶的地方。小花鞋用力一跳，想跳到外面去，可是被香蕉皮滑倒了。再一跳，又被一个黏糊糊的东西粘住了。小花鞋试了好多次都失败了，她难过极了，哇哇大哭起来。

就在这个时候，她发现垃圾桶旁边有个小东西在动，就悄悄地走过来，小声地问：“嗨，你是谁?”那个小东西伸出了他的小脑袋：“你好，我叫小鼹鼠，欢迎你到我家来玩。”

小花鞋说：“我可不喜欢你家！我要离开这个地方，你能帮我吗?”

“当然可以，你要到哪去呀?”小鼹鼠热情地回答。

“我想回我自己的家，我的家就在不远处的那片草地上。”小花鞋说着，巴不得立刻就回到自己的家。

“那好吧！我这就叫我的朋友小老鼠来。”说着，小鼹鼠把他的好朋友小老鼠叫了过来。

“今天终于有个朋友来我们家玩了，可是那个朋友想要离开这儿，我们得帮助她。”小鼹鼠说。

于是，小花鞋、小鼹鼠和小老鼠一起商量怎么才能跳到外面去。这时候，小老鼠想了一个好主意：“我们可以造一个梯子呀，好让小花鞋下去。”

“怎样才能造一个梯子呢?”小鼹鼠问道。

“这个嘛，我可以先去砍一些树木，然后用锋利的牙齿做梯子。”小老鼠说着，得意地露出牙齿。

“不行不行，梯子太高了，我怕!”小花鞋摇着头，尖叫道。

“那我还是挖一个通往外面的地洞吧。”小鼹鼠说。

“不行不行，洞里一定很脏，会把我弄脏的。”小花鞋摆着手，尖叫道。

小鼹鼠挠了挠脑袋，问：“那怎么办呢?”

“这个，这个，我也不知道了……我要回家，我要回家！呜呜呜呜……”小花鞋哭着说。

小鼹鼠说：“小花鞋，你这么想回家，就按我们的计划做吧，脏一点没事的。”

小鼹鼠说完“嗖”的一声就开始挖洞，不一会儿，洞就挖好了。

“好了，现在可以出来了。”小鼹鼠从洞里冒了出来，对小花鞋说。

小花鞋一见小鼹鼠的样子，吓了一跳。只见小鼹鼠的头上戴着一顶西瓜帽，身上全是泥土，样子好滑稽啊！小花鞋和小老鼠哈哈大笑。

“好了，我们现在走吧。我知道有一个地方非常好玩。”小鼹鼠说。

“在哪?”小花鞋和小老鼠同时问道。

“跟我来!”说着，小鼹鼠又“嗖”的一声，挖了一个通往动物园方向的洞，他们不一会儿便来到了动物园。

“哇，这里真漂亮呀!”小花鞋一边说，一边采了一朵紫红色的鲜花插在头上。人们见到后都说："呀，这是哪来的小花鞋呀？真漂亮……"小花鞋变得更骄傲了，她悄悄地问小鼹鼠："我是不是很漂亮？""是的，很漂亮！难怪别人都赞美你。"说着，小鼹鼠把小老鼠和小花鞋带到了一头大象的脚下。

"喂，大象，我们给你带来了一些食物，你能帮帮我们吗？"大象伯伯一低头，才发现是自己的朋友小鼹鼠，又看见他的篮子里有许多好吃的，有干草、彩虹蛋糕、面包、牛奶、花生……

"这么多好吃的东西都是给我的吗？你们真好！小鼹鼠，想要我帮你们什么忙？"大象问道。

小老鼠说："我想送小花鞋回家，就在前面那片草地上。不过，要穿过一片树林才行。"

"当然可以！我也有一件事情要你们帮忙。我的脚上扎了一根铁钉，你能帮我吗？"

"可以呀！"小鼹鼠用力一拔，"扑通！"钉子拔出来了，他自己也摔进了旁边的水池里！

大象连忙跑过去，用长长的鼻子勾住小鼹鼠，小鼹鼠得救了。

大象突然变得不开心起来："我这么大，管理员一下就发现我了，还怎么出去呀？"

"放心，我有缩小丸，哈哈。"小鼹鼠说着，把大象缩小，装在手提包里。又找来许多动物，像大象那样缩小，装在手提包里。不一会儿，手提包就装满了。动物园里的所有动物都装进了小鼹鼠的手提包里，一个也不留！

“好了，现在我们出发吧！”小鼹鼠大声地说。

他们离开动物园，来到了小树林。小老鼠说：“小鼹鼠，你还是再挖一个地道吧！”

小鼹鼠说：“不行呀，树林里刚下完雨，土地里很湿，要是钻进去，泥巴会粘到我的身上，那我就很脏很臭了。”

“那好吧，我们就从地面上走。可树林前面是一条小河，要穿过小河才可以到小花鞋的家呀，怎么办呢?”小老鼠问。

突然，小鼹鼠灵机一动，想出了一个办法：“小花鞋，你渡我们过河，正好你还可以泡个澡。”

他们渡过河，来到了小花鞋熟悉的草地。

小鼹鼠说：“快到小花鞋的家了，我们先在这歇会吧。”说着，小鼹鼠拿出面包和水，啊呜啊呜地吃了起来。

大家边吃边玩捉迷藏的游戏，小老鼠哧溜哧溜爬上树，不小心碰了一下马蜂窝，嗵！马蜂窝掉了下来！小老鼠吓得连滚带爬地逃下树。

紧接着，一大群蜜蜂冲向小花鞋、小鼹鼠和小老鼠，他们吓得撒腿就跑。

小鼹鼠说：“别跑了，我们再跑也没有蜜蜂飞得快呀！瞧那边有泥坑，我们跳进去，蜜蜂就不会追我们了。”

“不行，泥坑多脏啊！”小花鞋说。

小老鼠和小鼹鼠都跳进了泥坑，只有小花鞋还在犹豫。

这时，一大群蜜蜂嗡嗡嗡地冲向小花鞋，小花鞋被叮得全身都是包，呜呜地哭个不停。幸好手提包里的大象及时跳了出来，用鼻子里的水把蜜蜂冲走了，而小老鼠和小鼹鼠却安然无恙。

“这回吃亏了吧？以后别再臭美啦！”小鼹鼠说。

经过这次教训，小花鞋再也不骄傲、不臭美了。

回到家，小花鞋大声地喊：“小主人，我回来啦！你在哪呀？”没人应答。

小花鞋的哥哥告诉小花鞋，自从她走后，小主人天天想念她，后来小主人生病了。于是，小花鞋、小老鼠和小鼹鼠一起去看望小主人。

小鼹鼠挖了一个通往医院的地道。刚到医院，医生就大叫起来：“天哪！这是哪来的一只老鼠、一只鼹鼠和一双花鞋呀？”

“我们要找一个叫贝贝的女孩，不会伤害你们的。”小花鞋说。

“那好吧，我带你们去。”医生把他们带到一个小女孩身边。

贝贝看到小花鞋别提有多高兴了：“小花鞋，我总算找到你了，你知道我有多想你吗？”

小老鼠说：“好了，贝贝，你的病好了吗？快起来回家庆祝呀！”

“好哇！”贝贝跳下病床，穿上小花鞋，抱起小鼹鼠和小老鼠，刚想离开，却被医生拦住了：“小朋友，你不打针啦？”

“谢谢医生，我的病已经完全好了，不用打针。”说着，贝贝向自己的家快步走去……

到了家，小鼹鼠把手提包里的动物全放了出来，大家在一起玩得非常开心。晚上，他们在草地上开了一个宴会，一起吃烛光晚餐，还一起数星星呢！多么美好的狂欢夜啊！

大大龟和小小驴

在温暖的沙滩上，大大龟正悠闲地散着步，阳光洒在他的身上，一阵风吹过，大大龟闻到了一股淡淡的咸味。

他唱起了童年的歌谣：“我叫小乌龟，别人叫我神龟，样子可爱又滑稽。我性格挺开朗，心地最善良……”

散完了步，大大龟又重新跳回海里。谁知，刺豚刚从水里冒出头来，正好刺中了大大龟的肚皮。“哎哟！”大大龟被刺得飞上了天。这一飞可好，飞得比飞机还要快，一下就来到了热带雨林。

大大龟重重地落在了地上，摸摸摔疼的屁股，自言自语道：“这该死的刺豚，一天到晚就竖起他身上的刺。这是什么地方啊？”大大龟站了起来，朝四周张望，走向这陌生的丛林。

在这住了几天，大大龟似乎熟悉了这片雨林，大大龟用树叶搭了一个窝，偶尔出来晒晒太阳，这里的空气真新鲜，真是舒适温暖的好地方啊。

夜晚来临了，该睡觉了。大大龟抱着他的小枕头，兴奋地说："哦，我的安乐窝，我来了!"大大龟跳进他早晨搭的窝里，他太激动了，没看到他脚下的一个小家伙。

大大龟刚一坐下，只听"哎哟!"一声尖叫从树叶堆里传来，他赶紧坐起来，看见一头和橡皮糖一样大小的驴子。

"对不起，我没看见你，你没受伤吧?"大大龟关心地问道。

那头和橡皮糖一样大小的驴开口说话了："没关系，下次注意一点就是了。"幸运的是他并没有受伤，只是尾巴被大大龟压瘪了点。

"你是驴，可为什么这么小哇?"大大龟好奇地问。

"我叫小小驴，因为比别的驴小好几倍，所以叫小小驴。"小小驴回答道。

"我叫大大龟，从沙滩上来。有一天，我散完步，正想跳进海里，一只刺豚把我刺上了天，我一下子就飞到这里来了。"大大龟自我介绍说。

大大龟憨厚又可爱，小小驴一下子就喜欢上了他，他们成了好朋友。

日子过得很快。有一天，大大龟突然非常想家。他对小小驴说："虽然在这里生活得很舒适，可我还是离不了家，我想回家一趟。”

可是怎么回家呢？小小驴拍拍脑袋，想出了一个办法。“哦，有了，我爸爸是科学家，他发明了一架直升机，你可以坐着它回家。”

“太好了！”大大龟迫不及待地跟着小小驴回家了。

“爸爸，这是我的新朋友，叫大大龟，从海滩来，他现在想家了，能借你的飞机用用吗？”小小驴对爸爸说。

“当然可以，不过要小心哦，小小驴。”爸爸摸了摸小小驴的头。

小小驴高兴极了，带着大大龟上了飞机。

“哇，好大的飞机啊，你会开吗？”大大龟怀疑地问。

“放心，我会开。”小小驴跳到机舱里，让大大龟坐好。“做好准备，三、二、一——飞机起飞啦！”小小驴开着飞机，穿过雨林，飞过田野，跨过小河，接着看到了蔚蓝的大海。

“大大龟，你看，你的家到了！”小小驴兴奋地喊道。

大大龟伸出头来一看，激动地说：“啊，大海，我的家，我终于回来了！”

这时，飞机降落在沙滩上。

“谢谢你啊小小驴，对了，一起去海里参观一下吧。”大大龟说道。

“嗯……我很想去，可我不会游泳啊。”小小驴皱起了眉头。

“也是啊，我怎么没想到呢。”大大龟挠了挠后脑勺。

“哈哈，有办法啦！飞机上有我爸爸发明的适应灯，只要被这灯光一照，我就能适应任何地方。”说着，小小驴拿出了适应灯，照了一下自己。

小小驴跳到海里，会游泳啦，真神奇！

大大龟和小小驴一起在大海里嬉戏、游玩，开心极了。

快乐的圣诞节

明天就是圣诞节了，大家都很高兴，只有小猴不高兴，因为他觉得过圣诞节也没什么意思，还不是和平时一样过日子：吃饭、睡觉、荡秋千……

这时，小袋鼠来了，她朝小猴招招手："小猴，小猴，快来！我们去砍松树、送礼物、找彩蛋，一起过一个快乐的圣诞节吧！"

小猴瞟了小袋鼠一眼说："去！去！去！我最讨厌过圣诞节了，还不如干我自己的事呢，你找其他的人去吧！"

小袋鼠没办法，只好回去了。

小兔眨了眨眼，想出一个好办法："不如，我们先给小猴一个惊喜！"

“我们首先要造一所房子。”小兔说。

太阳就要下山了，小伙伴们必须在天黑之前把房子盖好。“可是哪儿有做房子的材料呢？”小猪问。

小兔说：“跟我来！”

他们来到了小兔的菜园里，那里有各种蔬菜。小兔把他们带到了一个比他们大五倍的南瓜面前。

“我们先把大南瓜滚回家，然后把里面挖空，最后在外面做一个鬼脸。喏，做好了就跟我这图纸上的一模一样。”小兔说着，像变魔法一样的从兜里拿出一张图纸，只见上面有一座非常漂亮的南瓜房子！大家惊讶不已，直夸小兔聪明。

小伙伴们把大南瓜推到了小猴家不远处，开始动手挖起南瓜来。太阳已经下山了，几个小伙伴还在忙个不停。终于，南瓜房子做好了！

小动物们迫不及待地跑进去参观，呀！黑乎乎的，什么也看不见！大家赶紧又出来了。

小袋鼠担心地问：“怎么办？屋里太黑了，看不见。”

“别着急，我们到山上去捉萤火虫。”小狐狸安慰道。

他们来到了深山里，只见满山的萤火虫提着小灯笼飞来飞去，亮闪闪的，可好玩了。小动物们把萤火虫一个一个抓起来，又一个一个把它们放进南瓜房子里。哈，现在可以进去参观啦！屋里亮亮的，暖暖的，真好！

“我们去砍松树吧。”小袋鼠说。

“不行吧，那要到森林里面去砍，那里面可能还有大灰狼呢。”小兔说。

小猪得意地说：“放心，我对这个森林的情况非常了解。”刚说完，小猪就被香蕉皮滑了一跤，大家哈哈大笑起来。

“快走吧。”小猪一骨碌爬了起来。小伙伴们小心翼翼地接近森林，好不容易找到一棵合适的松树，一只大灰狼悄悄地跟踪着他们，他们却没有发现。

小猪正准备砍松树，突然看到前面不远处有两只闪着绿光的眼睛，大叫起来：“啊，有狼！”小动物们吓得撒腿就跑。

树上的小松鼠看见了，急忙把他们救上了树。

大家把砍松树的事情告诉了小松鼠，小松鼠说：“那还不容易！”说着，他滑下了树。

大灰狼又来了，可小松鼠机灵着呢，大灰狼怎么也抓不住他。小松鼠把大灰狼引到森林深处，小兔趁机赶快把松树砍倒，放到车子上，和小伙伴们逃也似地跑回来了。

不一会儿，圣诞树做好了！小兔在自己的玩具室里拿了很多玩具，把一些漂亮的小玩意挂在了圣诞树上。

第二天，下雪了。小猪刚醒来，就看到外面白茫茫的一片。

“多漂亮啊！”大家赶紧起床，穿上棉袄，戴上手套，出来看雪景。

“大家快在地上找石头，然后把它们砸成鸡蛋形状，再涂上鲜艳好看的颜色，就能做成彩蛋了。”小兔大声说道。

大家按照小兔所说的去做，把石头涂上各种各样的颜色，哈，任务完成了！

晚上，小动物们都在南瓜房里过圣诞节，只有小猴在外面冷得直哆嗦，他想荡秋千，可是找不到一根树藤适合荡秋千。他只好回家，刚到树洞，看到一个巨大的雪球把树洞给堵住了。小猴只好在街上流浪。

突然，小猴听到一首歌："这是一个多美好的圣诞节，树上的一颗星闪闪发光，圣诞快乐，圣诞快乐，美好的圣诞节；圣诞快乐，圣诞快乐，美好的圣诞节……"小猴顺着歌声走过去，看到了一座南瓜房子！正在这时，房门打开了，小动物们同时说："惊喜！"

小兔说："小猴，我们给你做了最好吃的巧克力布丁、奶茶……当然，还有你最喜欢吃的香蕉！现在可以留下来过圣诞节了吗？"

"好啊！"小猴兴奋地说。

大家在一起唱歌、跳舞，玩得非常开心，真是一个快乐的圣诞节啊！

蓝天婆婆的蛋黄派

一天早晨，蓝天婆婆做了六个香喷喷的蛋黄派，把它们堆在一块，又拿出蜂蜜涂在上面。这时候，一个蛋黄派趁蓝天婆婆不注意，偷偷地溜走了。

“嘿嘿，我要到地球上去玩玩。”说着，它掉在了一个森林里，落在草地上。

小兔来了，惊讶地瞪大眼睛：“咦，这是什么呀？我要找别人看看，也许他们会知道。”

不一会儿，小兔把所有的好朋友都叫了过来，让他们也瞧瞧这奇怪的东西。小动物们都兴奋极了，森林里好不热闹！

小兔说：“我觉得它像一个蹦蹦床。”

小熊说："我觉得它像毯子，可以在上面享受阳光浴，吃我做的蛋糕。"

小狐狸说："我最聪明，应该听我的。它是从天上掉下来的，一定是月亮！"

"什么？是月亮！那我们要把月亮送回家才对呀！"几个小伙伴同声说道。

小猴子的尾巴最灵活，所以大家决定让他来把月亮送回家。

晚上，正好乌云遮住了月亮，小伙伴们更加相信这个神秘的东西就是"月亮"了。

几个小伙伴开始忙碌起来。小猴子一个接一个地爬上一棵高树，再一个一个地将"月亮"传上去，终于传到最后一个小猴手里。好不容易把"月亮"放回天空，可是"月亮""啪"的一声就掉下来了。

"这可怎么办？"小伙伴们开始担心起来……

小熊蹲了下来，闻了闻，真香！"难道这东西能吃吗？"小熊试着吃了一口，真甜！大家哈哈大笑起来。

原来呀，小兔说的那个奇怪的东西就是蛋黄派！大家都围着蛋黄派唱啊、跳啊，这是他们见过的最大的蛋糕，也是他们吃过的最甜的蛋糕！

美味晚餐

塔可是一只住在点心店里的老鼠，他的爸爸是一位发明家。塔可认为自己是世上最幸福的老鼠了，因为在点心店里不费吹灰之力就能得到许多好吃的，因此，所有的同伴都很羡慕他。

可是好景不长，很快就有人发现了塔可。一天，塔可像往常一样外出，只见老鼠洞外面全是老鼠夹、老鼠药，冰箱旁边竟然还有一只肥猫在看守！塔可见到了差点晕过去，“完了，完了！”塔可叹了口气说，“今天我的晚饭没着落了。”

“谁说的？我的发明可以帮你呀！”塔可的爸爸说。

“爸爸，你有什么好办法？”塔可问道。

只见爸爸变魔法似地拿出了一只机器老鼠，又拿出了一个遥控器，说:“这是遥控老鼠，可以逗这只大肥猫玩玩。”说着，爸爸把遥控器按了几下，机器鼠听话地朝外走去。那只大肥猫一听见动静，立刻追了上去，只听“砰”的一声，那只肥猫的脚被一旁的老鼠夹给夹住了。

猫疼得又叫又跳，恼羞成怒，满屋子追赶机器鼠，结果机器鼠没捕捉到，反而把屋里所有的老鼠夹踩坏了，自己的腿也受伤了。

塔可见事情办得很顺利，就打电话叫他最好的朋友塔米一起来分享美味的食物。塔米听到消息后立马跑到了点心店的门口，但还是不小心被那只肥猫发现了，虽然他的腿已经被夹过许多次，很疼，但还是不服气，摇晃着身子扑过来想把塔米吃了。

塔米吓了一跳，连忙躲过猫，一溜烟跑到塔可的家里，气喘吁吁地问塔可:“好恐怖哦，你生活在这里不怕被吃了?”

塔可笑着回答说:“怕什么?我有对付他的办法。”说着，塔可拿出了爸爸发明的钻头机，钻出了一条道路，说:“我钻一条通往冰箱里的通道，就可以吃到美味的食物了。”

话音刚落，塔可已经来到了冰箱里，他拿了一小块巧克力布丁、一根火腿，还有一个甜甜圈。

拿完吃的后，塔可问塔米：“想到树上去玩吗?”

塔米感到很惊讶：“你开玩笑吧?”

“不，是真的，上来吧!”塔可跳到了一架玩具直升飞机里，塔米也进去了，塔可把飞机开到了一棵梧桐树的树枝上。

夜晚很美，草丛里传来小虫子的叫声。在月光的映衬下，露珠像珍珠似的，在这里吃晚饭，会成为最幸福的回忆。

泡冰淇淋浴

夏天到了，天气十分炎热，森林里的小动物们都不敢出去玩，因为谁到外面玩，太阳公公就让谁吃不了兜着走，这不，他们都在家里吹着空调呢。

最近搬来一户新邻居——雪熊咪鲁卡，他可不一样，每天都出去玩得大汗淋漓，然后回家，过得舒舒服服的，没事似的。

一天，动物学校放学了，小松鼠奇奇见一群小伙伴在喊热，便说："我家有许多冰淇淋，天气很热，你们到我家来吃冰淇淋吧。"大家都点头同意。

这时咪鲁卡正好从这里路过，他用瞧不起的眼光看着小松鼠，说："这有什么了不起的？我家还有一大盆冰淇淋呢，你们来泡冰淇淋浴吧，保证凉爽！”

“冰淇淋浴？”小动物们觉得新鲜，于是都往咪鲁卡家里跑去。少数服从多数，奇奇也跟了上去。

到了咪鲁卡的家，大伙儿都称赞道：“多漂亮的房子呀！”原来咪鲁卡的爸爸妈妈很有钱，买了一套豪华的房子。这房子跟普通的房子不同，还是冬暖夏凉的呢！

现在是夏天，咪鲁卡的家里有一个大浴缸，里面装满了冰淇淋化成的水，用手一摸，冰凉凉的，好舒服啊。

大家都迫不及待地冲进浴室，只见浴缸的台子上面还有一个好大的杯子，杯子里面也装满了冰淇淋！

“扑通！”“扑通！”大家纷纷跳进浴缸，在浴缸里游来游去，水里散发着清香。他们嬉戏着、打闹着，还时不时吃几口大杯子里的冰淇淋，喝几口凉冰冰、甜丝丝的冰淇淋水。

“泡冰淇淋浴真开心！”大伙都笑着说。

这个夏天，小动物们每天放学后都到咪鲁卡家泡冰淇淋浴，开心极了。

奇怪的朋友

在一片森林里，住着许多可爱的小动物。有一次，小白兔的爸爸妈妈去海边玩了，小白兔一个人在家，感到十分寂寞。

一天早上，她吃完早饭，决定去外面走走，找几个小伙伴玩游戏。刚走不远，就碰到了小猪，小白兔高兴地问小猪："小猪小猪，你能和我一起玩吗？""哦，对不起，我要去帮爸爸挖花生。"小猪不好意思地回答。小白兔又问了几个朋友，发现他们都要去收粮食，想起自己也要回去给种的粮食浇水了，就扫兴地回家了。

小松鼠看到了，觉得小白兔需要一个人来陪陪她。于是，小松鼠想了一个很好的办法。第二天一大早，小松鼠悄悄地来到门口，把一块镜子放到了小白兔的家门口，然后又悄悄地走了。

当小白兔推开门准备给粮食浇水的时候，吓了一跳。“咦，这是谁？怎么和我长得一模一样？”小白兔先友好地向面前这只“小白兔”招招手，没想到那只小白兔也招了招手。小白兔笑了，心想：她一定是来和我做朋友的！“来吧，我的朋友，到我家来玩玩。”说完，小白兔抱起镜子，直到把镜子放到椅子上。

“你一定饿了吧，我的朋友？”小白兔端来一大碗蘑菇汤，准备尝一口。“嗯，真香啊，我的朋友，你也喝一口吧！”小白兔说完，抬起头来看了看镜子，只见镜子里的“小白兔”也像她那样美美地喝了一口。小白兔笑了，镜子里的“小白兔”也笑了，两个好朋友喝完蘑菇汤后，就开始玩游戏了，整整一天，小白兔都觉得有趣极了。“这个朋友什么都好，唯一不足的是不能说话。”小白兔睡觉时自言自语道，不知不觉就睡着了。

这样的日子接连过了几天。这一天，小白兔的爸爸妈妈带来了一个好消息，他们买了飞机票，已经让邮差叔叔送到了，让小白兔带着好朋友也到海边去玩。小白兔美滋滋地说：“一共是四张机票，一张给我，一张给小猪，一张给小山羊，还有一张给……”小白兔想了想，突然看到了身旁的镜子，笑眯眯地说：“哦，我忘记还有你呢，你一定很喜欢去大海吧，那里很漂亮的……”就这样，四个人一起乘坐了飞机，到了海滩。

“哇，这里可真漂亮呀!”小猪说。“是啊，我们快来玩吧。”小山羊高兴地说。小白兔抱着镜子和小猪、小山羊一起堆沙子、拾贝壳，开心极了。小白兔的爸爸看到了，提醒他们：“玩热了吧？到海里打水仗吧。”“好!”大家一起大声喊着，小白兔把脚放进水里，“冰冰凉凉，好舒服呀!”小白兔朝对岸叫着，“你们也来玩吧。”小白兔说完，把镜子也放到了海面上，没想到，一阵风把镜子给带走了。镜子在海面上越漂越远，小白兔和小伙伴们都急得大叫：“危险！快回来!”可是镜子并没有停下来，小白兔急哭了，小猪和小山羊安慰她：“别哭了，把我们捡的贝壳、海螺都送给你，好吗?”“呜呜，那有什么用？我在沙滩上拍了许多照片想给她看，还准备和她一起看日落，呜，可她现在都要死了，呜呜……”小白兔的爸爸看了看海面，想了一个办法，指着海面说：“你的朋友不就在那里么？看!”小白兔往水里一瞧，“哈，水里真的有我的朋友！哦，你怎么能在水里生活呢?”小白兔用惊讶的语气说。可是，她先不管那么多了，用一个大鱼缸把朋友捞了上来，看着水里的好朋友，小白兔高兴极了，抓了一个橘红色的海星和一只深红的小鱼放在里头，这样，这位朋友就不会寂寞了。镜子里的小白兔救出来了，这多么令人高兴呀!

其实，有个奇怪的朋友在身边，也挺好的。

万圣节的聚会

放学啦！同学们奔出教室，小男孩球球早就在门口等着他们了，他们约好一起到魔法森林里去玩，那里有一位魔法老爷爷，他特别喜欢小朋友。

大家高兴地出发了，没走多久孩子们就迷路了。

“幸好我带了指南针！”球球从背包里拿出指南针，指南针一会指向东，一会指向西，一会指向南，一会指向北。原来，球球拿的不是指南针，而是手表！

这时，一只小兔子出现在他们面前，手中拿着蜡笔，正在给森林画画呢！小伙伴们简直不敢相信自己的眼睛。

“天啊，一只会画画的兔子！”小伙伴齐声大叫起来。

“你们好！我是专门来送迷路的孩子到魔法老爷爷那里

的。”兔子说着，画了一座简单的城堡，“快进去吧，魔法老爷爷就住在那里。”

孩子们跳进了这幅画，看见好多蝙蝠向他们飞来。

球球看到在草地的一角放着一根魔法棒，旁边还有一本书，心想：是不是魔法老爷爷丢的呢？我来试试看，看看能不能把蝙蝠变成蚂蚁。他看了看魔法书，又挥了挥魔法棒，“奇怪奇怪真奇怪，老鼠长出翅膀来。”球球念了念咒语，神奇的事情发生了，蝙蝠一下变成了老鼠，大家不用害怕了。

妞妞开玩笑地说：“我还以为球球会把蝙蝠变成蚂蚁，没想到却变成了老鼠！”

这时，天空中出现了一团巨大的东西，伴随着呼呼的声音向他们飞来，孩子们都吓得藏起来了。只有球球站在那里发呆。他望着天空，想看个究竟。

“啊，是魔法老爷爷，他骑着扫帚飞来啦！而且他的帽子上还有一只猫头鹰。”球球指了指猫头鹰。

这时，魔法老爷爷说话了：“孩子们，你们有没有看到一本书和一根魔法棒呀？”

球球把魔法书和魔法棒递给了老爷爷，说：“喏，在这儿，还给您。”

“谢谢你，小朋友，看我粗心大意的。”魔法老爷爷拍了拍自己的脑袋。

“魔法老爷爷，你的城堡多少天没打扫了？这么多的灰，让我们怎么住呀？”妞妞问道。

月亮升起来了，洒下了皎洁的月光。魔法老爷爷看了看天上的月亮，想了一个办法。

“蜜克罗斯！把我的箱子拿过来，我要和孩子们骑着扫帚到月亮上住。”魔法老爷爷把他帽子上的猫头鹰拽了下来。

原本睡得死死的猫头鹰，突然被吵醒，它先是迷迷糊糊，然后不太高兴，最后它说话了：“这是什么恶作剧？猫头鹰不能睡一会儿，就这样粗暴地被拽到地上吗？”

猫头鹰揉揉眼睛，拿出一个灰褐色的箱子，放到大家的面前。

“出发啦！”孩子们兴奋地跳到扫帚上，一个、两个、三个……扫帚上挤不下了，蜜克罗斯蹦到了球球的身上，把箱子放在旁边。

只见魔法老爷爷手拿魔法棒，口中念了几句咒语：“噼里啪啦，啪啦噼里。”好神奇啊，扫帚飞起来了。

大家一个一个紧挨在一起，谁也不敢往下看。小男孩球球问他身上的猫头鹰：“蜜克罗斯，这个箱子里面装着什么呀？”

此时，猫头鹰正眯着眼睛，呼呼睡大觉呢！

它打了一个哈欠，“真倒霉，刚安静下来，又被你吵醒了。箱子里面装着许多东西，只要进到这里面的东西，都会变得比蚂蚁还要小，你看不清的。”

“那到底装着什么呀？”球球又问道。

猫头鹰不耐烦地说：“里面装着沙发、电视机，还有送给你们的礼物，凡是在我们家的东西都装进来了。”

突然一个庞然大物出现在他们面前。

“天啊!”孩子们用手抓住魔法老爷爷的帽子，用力一拉，把魔法老爷爷的眼睛蒙住了。

“孩子们快放手，我要撞到月球了。”魔法老爷爷大声叫道。

猫头鹰又睁开双眼，吃了几粒安眠药，然后用棉花堵住耳朵，心想：“我本身就睡眠不足，碰上了这些家伙，我也够倒霉的了。”

球球赶紧念了几句咒语：“月亮月亮真稀奇，星星星星亮晶晶……”果然，有许多星星聚集在一起，把扫帚抬了起来，降落在月亮上。

孩子们这才松手，魔法老爷爷还不知道究竟发生了什么，说：“撞到月球了吗?快拿降落伞，快拿灭火器，月球上的洞里有火的!”

“魔法老爷爷。”球球摘掉魔法老爷爷的帽子，笑着说：“我们不是准确地降落在目的地了吗?”

魔法老爷爷说：“这是怎么一回事，孩子们，我们怎么没撞到月球?”

因为刚才震动太大，猫头鹰的耳塞被月球上的一个洞给烧焦了，掉了下来。

“因为刚才是我救了你。”猫头鹰说着，高高地抬起头，样子很骄傲。

魔法老爷爷从箱子里掏出孩子们的礼物，大家都兴致勃勃地打开礼物盒，里面有他们最喜欢的东西。

小男孩球球的礼物很特别，是一个闪闪发光的小金人，她的旁边还有一个透明的泡泡，但是不会破。她头上有触角，像一只小蜜蜂，好可爱。球球给她取了一个好听的名字：阿纯。

魔法老爷爷的箱子忘记关了，那只会画画的兔子从箱子里蹦了出来。“嗨，我们又见面了！”

“孩子们想到哪里玩呢？这只会画画的兔子会帮你们实现哦！”魔法老爷爷说。

妞妞从她的背包里拿出了一本童话书，名字叫《万圣节的聚会》。

“这本书很好看，也许我们可以到里面去经历一下，这是一本关于女巫和孩子们的故事。”妞妞说。

兔子画了一个女巫，又照样子把大家都画了出来。

“进去喽！”孩子们纷纷跳到了画里，里面黑乎乎的，什么也看不见。

“好害怕呀，我们还是回去吧。”妞妞说。

阿纯说：“不用担心，我身上的光可以为大家照亮。”大家借着阿纯的光，来到了卧室，那里寒光闪闪，和北极一样的寒冷，阿纯冷得直哆嗦，她的光也变暗了。

妞妞把她带的布娃娃拿了出来。“换上布娃娃的衣服吧。”妞妞关心地说道。

球球把布娃娃的衣服脱下给阿纯穿，哈，不大不小，刚刚好。

这时女巫回来了，她一把抓住了孩子们，把他们关进一个阴森的地方，这一切太突然了，连魔法老爷爷也无可奈何。

“也许我们可以逃走。”阿纯对球球说道。

“我们来装怪物把她吓走。”阿纯停在球球的手指上，安慰道。

“但我们在哪儿找一些吓人的服装呢?”球球问道。

魔法老爷爷突然想起他的箱子里可能有一些道具。“孩子们，不用怕，我的箱子里有!”说着，魔法老爷爷从他的箱子里拿出许多吓人的服装道具。

孩子们都挑选最吓人的服装道具。

猫头鹰也被吵醒，穿上了一件睡衣，戴上一个睡帽。“难道我这服装能吓人吗？我要是在半路上睡着了，你们可要提醒我一声。”

“你能行，你就当梦游者吓唬女巫好啦。”大家都伪装好了，行动开始了!

第一个出场的是猫头鹰，它打了个哈欠，打开女巫的门，只见它的脖子上挂了一个牌子:“梦游者，不得惊醒，免生危险!”

魔法老爷爷趁机从箱子里拿出一瓶紫色的药水，“这种药水，凡是喷到东西上，就会变得很恐怖。”说着，他把药水递给阿纯。

阿纯接过药水，飞上天空，把药水洒到哪里，哪里就变得恐怖起来。

大家一起戴上隐身帽，去救猫头鹰。猫头鹰还不知道发生了什么事，只是围绕着女巫转了许多圈。

这时，出现了一棵会动的树，一把抓住了女巫。

接着，大家摘下帽子。小男孩球球和大伙一起借助魔法老爷爷的扫帚把女巫赶跑了。就这样还不够，孩子们个个穿着自己的服装，向女巫做着鬼脸。

“好了，孩子们，该说再见了。”魔法老爷爷收起药水，骑着扫帚准备带孩子们回家了。

“对了，爸爸妈妈是不允许我把宠物带回家的。”球球担心地说。他看看阿纯，阿纯也看看他，他们俩谁都不想离开对方。

最后，魔法老爷爷提议，开个纪念阿纯的宴会，孩子们欢呼起来。宴会上，他们在一起吃着炸鸡翅，喝着冰爽可乐，快乐极了。宴会结束了，魔法老爷爷把阿纯收了回去，大家依依不舍地回家了。

到了晚上，球球睡在床上，心里想着：“不知道阿纯还会不会再来呢？”

这时，窗边飞来了一个闪闪发光的东西，球球惊讶地张大了嘴：“难道是阿纯？”他爬到窗边，一看，真的是阿纯！

球球打开窗户，拥抱了一下阿纯。

“哦，我还以为永远也见不到你了呢，球球。”阿纯说。

球球把她放到了一个塑料盒里，里面装着一个小手帕和一个小沙包。

“晚安，祝你做个美梦。”球球说。

夜晚静悄悄，大家都玩累了，瞧，他们睡得多香啊！

香 樟 树

一、一片属于自己的草地

这件奇怪的事发生在 2010 年 5 月 29 日上午 8 点，那是个春光明媚的早上，奥斯卡尔和平时一样在那片绿油油的草地上玩耍。这片草地很特别，是奥斯卡尔自己的，这是他用 150 元买的一片最小的草地。

奥斯卡尔的爸爸每个月给他 50 元，好不容易等了三个月，攒了 150 元，第二天凌晨 4 点，他就跑向商店了。

商店里的人都问他："小朋友，带这么多钱，想买什么呀?"

奥斯卡尔不吭声，但兴奋得满脸通红，当他跑到收银台才大叫一声：“阿姨，我要买一块属于我自己的草地！”

阿姨吓了一跳，她看看桌子上的钱，知道这些钱不够买一块地，但她不想破坏奥斯卡尔的心情，便对他说：“孩子，我这里虽然没有这么便宜的一块草地，但我家有一片小草地，我愿意你出150元买下我的这片草地，外加一袋香樟树的种子，你说怎么样?”

“一粒就够了！”奥斯卡尔觉得得到一片草地对他来说够高兴的了。

这件事就是他每天都要回忆的一件事，你瞧，他又坐在草地上回忆了呢！

二、亲爱的种子

奥斯卡尔边回忆边摸摸自己口袋里的宝贝种子，心里在想：什么时候把这颗种子给种下去呢?

这时，丽莎走过来了，她的手里拿着一瓶热牛奶，向奥斯卡尔走来。

奥斯卡尔知道又是妈妈叫丽莎送牛奶给他喝了，因为奥斯卡尔的妈妈每天8点钟都要给奶牛挤奶，挤好了以后装在一个瓶子里，再让丽莎把奶送给奥斯卡尔喝，剩下的奶就拿去做奶酪喽！而丽莎是奥斯卡尔的邻居，每天他们之间都会发生一些有趣的事情，而且经常在一起玩到天黑才回家。

好了，咱们来看看他们到底又发生了什么有趣的事吧。

“早啊，奥斯卡尔，我来给你送牛奶了。”

“早。”奥斯卡尔平静地回答，并看看周围有没有可以播种种子的地方，因为他知道，很快丽莎就会问他问题。

丽莎坐在草地上并把牛奶给奥斯卡尔，奥斯卡尔喝了起来。

“你今天看好了一个地方并且把种子种在那里了吗?”丽莎问奥斯卡尔，奥斯卡尔看看红红的太阳，恨不得找个地缝钻进去，因为丽莎这句话问了几年了，而他却一次都没做。

奥斯卡尔跟种子的关系好了，怎么舍得把种子种下去呢？所以他都害羞死了，但声音依然是平静的：“我已经找到地方了，就是我们现在坐的这块平地。”

“你已经种下去了?”丽莎有点意外，因为奥斯卡尔每次回答都是没有找到。

“不，到目前还没有。”

“你每次都这么说。”从丽莎的话中能听出她非常失望，但她一会儿又用坚定的语气说：“我再也不能忍受了，咱们现在就回家拿工具，待会到这里集合，再把种子种下去!”

“什么？现在?!”奥斯卡尔差点把喝到嘴里的牛奶吐出来。

“对，就是现在。”丽莎的语气还是那么坚定，奥斯卡尔知道丽莎不是在开玩笑，这次他真的要与自己的宝贝种子分离了。

这时奥斯卡尔用恳求的语气问丽莎：“今天下午行不行?”这个奥斯卡尔可真够狡猾的，因为丽莎的记性不好，到了下午就可能记不住了。但丽莎摇摇头，就去拿工具了。

奥斯卡尔没办法，只好跟着丽莎去了。不一会，他们在草地上集合，奥斯卡尔用他带的铁铲挖了一个大坑，把种子放在坑里，再把土埋上。这时丽莎拿来洒水壶给种子浇水，浇完了以后，奥斯卡尔趴在草地上悄悄地对土里的种子说：“种子啊种子，你得赶紧长成香樟树，这样我就可以天天见到你了。”种子好像听懂了他的话，拼命地吸收着营养，使劲地往外钻。

三、许愿

晚上，奥斯卡尔坐在餐桌前准备吃晚餐，今天的晚餐特别丰盛，因为有很多客人要来，有一盘血豆腐、一盘猪肉香肠、一盘果冻、一盘猪肝炸饼、一盘熏香肠、一盘肉丸子、一盘牛排、一盘猪排骨、一盘粉肠、一盘土豆肠、一盘咸肉、一大盘火腿、一大盘奶酪……太多太多，数都数不完，但奥斯卡尔的妈妈还在不停地做饭菜。

过了一会，客人们全都到齐了，足足有一百多个呢!奥斯卡尔几乎把每一盘菜都尝了一遍，他的肚子鼓胀得像一个气球。

这时候已经十点了，客人差不多都回家了，宴会也结束了。

奥斯卡尔拉着妈妈的手回房间，高兴地对妈妈说：“妈妈，我今天把我的宝贝种子给种下去了！”

妈妈抚摸着奥斯卡尔的头，对他说：“是吗？等树长大了，别忘了带我去看一看哦！”

奥斯卡尔走进卧室，脱下衣服，穿上睡衣，打开窗户，就上床睡觉了。

多么美的夜晚，群星在天空不停地闪烁，月亮又大又圆，周围一片寂静，人们都睡着了，远处有昆虫的叫声。

奥斯卡尔怎么也睡不着，他在想自己的宝贝种子长大以后会怎么样，他干脆从床上爬起来，看看窗外这美丽的夜晚。

突然从天空中划出一道光，啊，是流星！

奥斯卡尔看到流星像看到宝贝一样，把两只眼睛闭上，手并拢，并放在胸前。

“我希望我的种子和我之间能发生非常有趣的事情。”他的话刚说完，流星闪烁了一下，在天空中消失了。

奥斯卡尔见流星走了，心里暗暗发誓，一定要记住这美丽的夜晚，说不定哪一天他能和种子相遇在更美的夜晚。

说完这句话，奥斯卡尔才安心地去睡觉了，这次他睡得很香，而且还做了个美梦，梦见他的树长大了，并且和他一起开心地玩呢。

四、奇迹发生了

奇迹发生了！第二天早晨，奥斯卡尔准备到草地上去看一看他的种子是否长高了，阳光照在人们身上，有种懒洋洋的感觉，大多数人都在家里睡懒觉，只有奥斯卡尔精力十分充沛。当他走到种子前，眼珠差点从眼眶里掉下来，种子一夜之间长得比他还高，马上就要长成大树了！

奥斯卡尔摘下一片叶子闻一闻，真香！不愧是香樟树！

他高兴极了，一路飞一样地奔跑着，他想立刻告诉丽莎，但是已经不用了，因为丽莎正向他走来，奥斯卡尔兴奋地跑过去，把牛奶拿过来，大约五口就喝光了。丽莎知道奥斯卡尔为什么高兴，一定是种子发芽了。可她猜错了！

当奥斯卡尔问她自己今天为什么这么高兴的时候，丽莎想都没想就回答了：“种了是不是发芽了？”

“不是。”

“不是？”丽莎一开始惊讶得说不出话来。

五、打赌

这时，布赛和拉赛骑着自行车来了。

布赛和拉赛是双胞胎，拉赛是哥哥，布赛是弟弟，拉赛正骑着自行车带着布赛到处游玩，直到他们看到奥斯卡尔的香樟树，才停了下来。

“哇，你的香樟树一夜之间长这么大，真厉害。”听了奥斯卡尔讲述香樟树的经过以后，布赛称赞道。

不知怎么搞的，拉赛是哥哥，但他很令人讨厌，他自私、霸道。这不，他正用不屑的口气对奥斯卡尔和丽莎说：“嗨，伙计，如果我没猜错的话，昨晚你肯定到商店新买了一棵香樟树苗，我猜得没错吧？”

“不可能！”布赛给奥斯卡尔护驾了，“昨晚奥斯卡尔家举行宴会，整个村庄里的人都被邀请了，包括商店的人，商店里的门都锁了，他不会买到的。”

拉赛见他说不过弟弟，就说：“今晚我在这里过夜，看看这棵神奇的树到底有多神奇。如果我赢了，这棵香樟树就是我的了。”

“但你输了的话，你就永远也不要跟大家玩了！”奥斯卡尔用凶巴巴的语气对拉赛说。大家都同意了。

到了中午，布赛、丽莎准备到奥斯卡尔家玩捉迷藏，他们像饿了三天的狼一样把一大盘鱼布丁给吃了，鱼布丁非常香，而且很好吃，难怪他们那样狼吞虎咽！

“啊，这是我这辈子吃过的最美味的鱼布丁。”刚吃完鱼布丁的丽莎和布赛称赞道。

吃完了以后，布赛提议现在就玩，但奥斯卡尔说：“我们还是给树下的可怜虫送点东西吃吧。”他说的可怜虫就是看守着树并且饿得要昏过去的拉赛。

说完，奥斯卡尔跑到厨房，那里还有一碗剩下的鱼布丁，他准备拿这鱼布丁给拉赛吃，“把这些鱼布丁给拉赛吃，再到我妈妈的商店里买点点心，好吗?”

“好啊!”大家同意奥斯卡尔的建议（奥斯卡尔的妈妈是做早点的）。

丽莎、布赛、奥斯卡尔到了商店，今天生意做得不错，妈妈在忙个不停。

“妈妈，我要十个热狗，外加三个面包。”

妈妈很快准备好了，并且叮嘱了几句:“记住要趁热吃，别把自己给撑了……”

一开始，拉赛是饿得没有力气的，但他看到奥斯卡尔就有劲了，跑上前去，开始嘲笑奥斯卡尔，“怎么样？你来换种子了吧？哈哈！我赢啦！树是我的啦！……”

听了很多烦人的话以后，丽莎再也忍不住了，她朝拉赛喊道：“够啦！我们是来给你送食物的，再给香樟树浇水、施肥，你如果再这样就挨饿吧。”

拉赛一听，不吭声了。

奥斯卡尔拿来了两个热狗、一小碗布丁和一个面包给拉赛吃，其余的让大家分。

丽莎拿牛奶给奥斯卡尔喝，奥斯卡尔分给了伙伴喝，不管怎么说，他还是挺大方的，但是他没有分给拉赛，因为拉赛在抢他的宝贝儿种子……哦，应该是宝贝儿香樟树。

拉赛还在不停地唠叨，他说虽然奥斯卡尔给他送食物，但是他绝对不会手下留情的，赢了，香樟树照样归他自己。

聊了一会儿，奥斯卡尔准备浇水、施肥的时候，拉赛非要看看水里到底有没有放东西，后来确定没有放东西的时候，已经两点了。

大楼的钟声响起，一群大雁从树上飞过，马路上的车子都停在了奥斯卡尔的香樟树旁边，人们都大眼瞪小眼，因为大家回家都要从这片草地上经过，明明奥斯卡尔才把种子种下去，种子在一夜之间长这么大，他是怎样办到的？

奥斯卡尔、丽莎和布赛听钟声响了，知道时候不早了，赶紧给树浇完水、施完肥，回家玩捉迷藏去了。

拉赛这个可怜虫，还得继续守护着香樟树。

捉迷藏游戏开始了，奥斯卡尔和丽莎藏，布赛找，农场里到处都有稻谷和小麦的芳香，奥斯卡尔和布赛在农场里快乐地跑着，他们赶走了偷吃谷子的鸟儿，还帮奥斯卡尔的妈妈挤牛奶，他们非常小心，因为这是做奶酪的奶，弄脏一点也不行。

“你要数到几？”挤好牛奶的丽莎问布赛。

“五十。”布赛回答道。

“咱们藏哪儿好呢？”丽莎直挠后脑勺。

“别急，咱们藏那。”奥斯卡尔指着一堆麦草说。他先把站在上面的鸡给赶到了地上，再在下面挖了个洞，自己钻了进去。当奥斯卡尔用麦草遮住洞口的时候，他们才知道这个洞太小了，奥斯卡尔被挤得很难受，他赶紧把洞挖大了一点，这样就好多了。

麦草里有股清香，似乎有点儿扎人。布赛已经数到五十了，他开始找奥斯卡尔和丽莎了。

就在这时，奥斯卡尔和丽莎说起悄悄话来，丽莎突然提出一个好的建议，“嘿，奥斯卡尔，你挖洞技术很不错呀，你想想看，假如香樟树长成了参天大树后，你在周围的地底下挖一个秘密游戏室，咱们在秘密游戏室里玩，给布赛一个惊喜，好吗？”

“好主意！”当布赛实在找不到他们的时候，他大喊一声：“你们在哪里？快点出来吧。”

奥斯卡尔和丽莎从麦草堆里钻了出来。

玩完游戏后，布赛问奥斯卡尔：“你们藏哪了？”

“这是个秘密，过一天后，你到我的草地上来，自然就知道了。不过这一天之内你可不能来，否则就没有惊喜了。”奥斯卡尔对布赛眨了眨眼睛说，布赛点了点头。

到了傍晚，大家都睡着了，拉赛坐在树下，他非常困，但还是看着树。

突然，香樟树颤抖起来，他立刻提高了精神，看看周围，没有一个人。

拉赛的眼睛一直盯着树，树又颤抖了几下，那时候地动山摇，树突然疯长起来，长成了参天大树！

拉赛一开始惊讶得发不出声，但后来的尖叫声比狮子吼还要响。

奥斯卡尔老早就知道他赢了，因为他昨晚一直没睡觉，想听到尖叫，而且要从香樟树那里传来的。他果真听到了拉赛的尖叫声，说明他的香樟树又发生奇迹了，也就赢了。

其他的人也听到了昨晚的尖叫声，都到树的旁边观看。很快，所有的人都知道奥斯卡尔有一棵神树。

奥斯卡尔赶紧跟人群说他要和树单独待一会，让他们一天后再来。

人们渐渐地开始离去，奥斯卡尔终于看到了等了他半天的丽莎和呆若木鸡的拉赛，“布赛呢?”奥斯卡尔看看周围没有布赛的人影。

“你忘了？不是叫他一天之内不要来，给他一个惊喜吗?”丽莎提醒奥斯卡尔。

“哦，我想起来了。”奥斯卡尔说。这时候他看了看拉赛，“该是你实现诺言的时候了。”拉赛一听，脸都红了，骑着自行车跑了。

六、秘密游戏室

奥斯卡尔拿起自己带的铁铲先挖了一个大洞，再往里挖，好不容易挖好了，只见奥斯卡尔满头大汗，他对丽莎说：“听天气预报说，今天下午阳光灿烂，香樟树就是在阳光灿烂的时候边长叶子边落叶子的，叶子会把我们挖的四个洞口给埋起来，左边两个，右边两个，真是太好了!”

到了下午，奥斯卡尔带着丽莎来到他妈妈开的小吃店，丽莎告诉奥斯卡尔哪个东西好吃。

“苹果醋味道好极了，还有咖啡加糖也不错……”他们挑了很多东西，那些东西是：四十瓶苹果醋，二十瓶咖啡外加糖，十个黄金蛋糕，三大袋洋葱圈。

“咱们现在到谷仓里把全草原最大的瓶子给搬到秘密游戏室里吧，那样很好玩的，咱们这样做……”奥斯卡尔直夸丽莎这个办法好。

他们收拾了东西，准备到谷仓里去。

“等等，亲爱的孩子，听说库玛丝小姐过几天过来，想要用 900 万美元买下你的神树……”奥斯卡尔早就兴奋不已了，哪还顾得上他妈妈说的话，早就跑远了，他还不知道自己的树危在旦夕呢。

这时奥斯卡尔和丽莎已经来到大瓶子旁，啊，它就躺在狗尾巴草丛中，上面还写着“草原纪念”几个银光闪闪的大字，而瓶子的塞子就是门了，只要按下塞子上的那一个黑点就行了。

奥斯卡尔的爸爸非常疼大瓶子，因为大瓶子是金子做的，值很多钱的。

你是不是想说那么贵重的东西应该好好保护的呀！不用担心，那大瓶子那么重，一个普通人根本抬不动。你是不是还想问那奥斯卡尔和丽莎怎么搬？哈，你还不知道吧，这附近有条小路，常常有一群放学的孩子经过。只要大家一起努力，就能把大瓶子滚到秘密游戏室里，然后大家就可以一起玩了。

瞧，有一个孩子过来了。啊，她真的太可爱了，小脸蛋红扑扑的，鼻子两侧有一些雀斑，她的金色头发在阳光下一闪一闪的，像闪闪发光的金子，特别是那两个硬邦邦的小辫子，风一吹，动来动去的。

奥斯卡尔和丽莎从小姑娘那里得到了一些消息，原来，小姑娘叫哈理，她是路队长，专门带路的，当奥斯卡尔告诉她要把大瓶子搬到游戏室里的想法时，小姑娘立即点头答应帮忙。

“那你怎么叫他们过来呢？”奥斯卡尔看看周围没有一个孩子，有点着急。

“哦，对了，我跟你们聊了那么长时间，他们等急了，到附近玩了。你们看看我是怎么把他们叫来的。”

哈理拿起自己脖子上挂的口哨，使劲地吹了一声，山谷里顿时响起口哨的声音，很快，所有放学的孩子都来了。

他们知道要和哥哥姐姐一起去游戏室，全都高兴地跳了起来，大家有的推，有的拉，忙得不亦乐乎。

“动了，动了！”一个孩子惊讶地叫了起来，把手指向大瓶子。这时，所有的孩子都欢呼起来，“哦！动了！大瓶子动了！”

他们高兴地叫着，准备出发了，不过为了防止大瓶子在马路上被车子压瘪，大家决定从草坪上走。

他们走着走着，遇到了一个小山坡，一开始他们上山的速度非常慢，好不容易爬上了山顶，奥斯卡尔高声叫着：“哦，我们爬上山顶了！剩下的路就好走了。”

孩子们一起滑了下去，大瓶子也跟着滚下去了。

只听“轰”的一声，大瓶子撞到树了！孩子们纷纷看看大瓶子有没有破，而奥斯卡尔却拉着丽莎看看自己的香樟树有没有“受伤”。

香樟树平安无事，只是掉了很多片叶子，那些叶子正好把他挖的洞口给埋了起来，而草地上的香樟树叶已经堆到有奥斯卡尔膝盖那么高了。

突然，一个很胖的孩子说他爸爸是木匠，可以帮奥斯卡尔造一些东西，孩子们都笑了，有个孩子说他爸爸是开玩具店的，他可以带来很多玩具，孩子们都想到了自己家有很多好东西，都回去拿了。

丽莎也想回去拿，却被奥斯卡尔给拦住了。

奥斯卡尔对丽莎说："急什么？等孩子们回来了，有的是东西，先躺下来休息一会。"

他们俩一起看看太阳，倒在了树叶堆里，睡着了。

等他们醒来的时候，发现一个人也没有，奥斯卡尔和丽莎觉得很奇怪，于是就滑进了游戏室里，游戏室里黑乎乎的，什么也看不见。

突然，游戏室里亮了起来，孩子们都一拥而上，大喊了一声："惊喜！"那声音差点把奥斯卡尔和丽莎的耳朵给震聋，但当他们看到这么多好东西，全都惊呆了！

丽莎高兴地叫起来："还等什么？玩吧！"

所有的人都开心地玩了起来。

奥斯卡尔和丽莎穿上自己第一次穿的潜水服，跳到了大瓶子里游泳。

哦，对了，忘了告诉你，只要是卖海洋动物和植物的妈妈或爸爸，他们的孩子都带了海水、鱼儿和海底植物，当然，还有潜水服。

“哈，原来海里有这么多漂亮的小鱼呀!”丽莎摸着一个可爱的小鱼，说。

“我发现了一群!”奥斯卡尔指着一群鱼说。当他们上岸玩的时候，奥斯卡尔被一块大石板绊倒了，他摸摸自己摔疼的屁股，恶狠狠地踢了一下那块大石板，突然感觉脚掌心上热热的，于是，就把大石板撬开一看，啊！你猜猜他挖到了什么？温泉！

“你们看，温泉!”奥斯卡尔向远方正在玩的孩子们招手，并跳到了温泉里。

“哦！泡温泉喽!”所有的孩子一拥而上，泡了大约一个小时，他们才离开。

丽莎刚想泡一会温泉（因为刚才人太多，挤不下去），只听“扑通”一声，一个人掉进了温泉里，仔细一看，居然是布赛！

原来布赛是想给奥斯卡尔送鱼布丁的，却不小心滑进了奥斯卡尔挖的洞里，不偏不斜，正好掉到了温泉里，水溅到了丽莎和奥斯卡尔的身上，三个好朋友笑了。

他们大口大口地吃着鱼布丁，很快，鱼布丁就被吃光了。孩子们有点失望，因为他们一口都没吃，直到奥斯卡尔给他们每人一点黄金蛋糕，他们才心满意足地回家睡觉。

奥斯卡尔、丽莎、布赛，他们都带了睡袋，就在游戏室里睡觉了。

七、夺回香樟树

刚熄灯，布赛好像想起了什么，他推推快要睡着的奥斯卡尔，“快醒醒！”

奥斯卡尔没理布赛，翻了个身，继续睡了起来。

“哎呀，你听我说呀！”布赛急得冒出了汗，“你的香樟树有危险！”

一听这话，奥斯卡尔立马有了精神，甚至还坐了起来，“快说！”

“我打听到了库玛丝小姐的消息！”布赛刚才专心玩，现在才想起来告诉奥斯卡尔这个重要的消息。

“库玛丝小姐？”奥斯卡尔觉得这名字好熟悉，看来妈妈跟他讲话的时候他还听进去了一点。

“对，她是又胖又爱臭美，而且又很自私——当然，还很有钱。她知道你不同意把香樟树卖给她，她就会把香樟树给抢过去，所以你要小心！”

奥斯卡尔气得像一只毒蚁，他仿佛觉得一个蛮不讲理的人硬要把他的宝贝香樟树给抢过去，他越想越不高兴，老是睡不着，干脆穿上衣服和布赛一起来到香樟树下守护……

“看来她不来了。”一直陪奥斯卡尔守着香樟树的布赛说，“咱们已经从凌晨五点守到下午三点了。”

“我们得喝点咖啡提提神，再好好泡个温泉。”奥斯卡尔拉着布赛滑到了游戏室里，孩子们都已经等得不耐烦了，因为他们约好下午开咖啡宴会的，你瞧，他们早就准备好咖啡等着奥斯卡尔来喝呢。

“好！”奥斯卡尔拍拍手，“咖啡宴会开始！”

丽莎和布赛首先抢到了一个座位坐，奥斯卡尔也坐了下去，咖啡本来挺苦的，但被这些小家伙们加了好多糖，就变得很甜很甜了。

就在这时，哦！你想象不到有多么可怕！库玛丝小姐来了！是的，她开着一个挖土机把香樟树连根挖了起来，小土块不停地砸向奥斯卡尔，奥斯卡尔第一反应就是推倒挖土机，不让库玛丝小姐把树给拖走。

这时下雨了，但雨水没有让奥斯卡尔分心，他突然想起了什么。

“一个大瓶子我们都能推得动，那一个挖土机我们一定能推得动！快来帮忙啊，伙伴们！”

孩子们听了，都来帮忙了。丽莎和布赛也用了自己最大的力气，终于，挖土机被推倒了，香樟树深深地扎到了地里，平安无事。

大家都走了，因为雨下得更大了。只有奥斯卡尔没有走，他跑到树下躲雨，抱着心爱的树，感到很安全，也很温暖……

傍晚之前，雨停了，天边出现了彩虹。

夜晚来临了，萤火虫飞来飞去，因为它们发现了一个新的月亮，那是清澈小溪里的月儿。香樟树上的露水滴落在小溪里，月亮像被搅碎了似的，慢慢地、慢慢地再恢复过来。

小　黑　怪

在一片森林中，发生了很多故事，其中有一件事是最有趣的。

一个春光明媚的早上，丁香刚从小木屋里醒来，屋子里就热闹起来了，因为森林里的小动物们又将陪伴她度过新的一天了。瞧！丁香的宠物小彩蝶带着一群小动物来吃早餐了。

大森林中好吃的很多，随便就能找到的，像酸酸甜甜的葡萄，清爽可口的西瓜，香香脆脆的苹果……丁香在那里是不会饿肚子的。

小动物们在丁香那里美美地享受了一顿早餐，就到外面去玩了。丁香吃完了南瓜粥，看今天天气不错，就准备去外面采一些蘑菇。

丁香提起篮子，走出小木屋。外面的景色很好，小鸟在枝头唱着歌儿，树叶上挂满了晶莹的露珠。有很多鸟儿都用这美丽的露珠来洗洗自己漂亮的羽毛呢。

小彩蝶也跟着丁香走进这美好的景色里。她们放眼一望，哇！有很多蘑菇呢。丁香看到这么多蘑菇十分欣喜，采得不亦乐乎。

突然，她摸到了一个毛茸茸的东西。仔细一看，好像是一个黑色的球。小彩蝶看到了也很好奇，轻轻地落在了那黑色的东西上。没想到那球动了一下，丁香吓了一跳，轻轻地将球拨开，哈！原来是一只小动物，长得黑乎乎、胖嘟嘟的，摸起来光滑、柔软，两只小眼睛滴溜溜地转，嘴角上翘，似乎在微笑着说："你们好，很高兴见到你们。"丁香见那小动物十分可爱，就把它带回家了。

接下来，丁香就开始精心地照看那只小动物，还给它起了一个名字：小黑怪。这下，别的小动物可羡慕了。

丁香给小黑怪准备了一个舒适的小摇篮，每天，小黑怪都在那里度过漫长的夜晚。

小黑怪样样都好，就是一样不好，这也是丁香最苦恼的一件事，那就是——吃饭。它很讨厌吃饭，每天都是这个样子，当丁香把食物塞进它的嘴里时，它就会露出厌恶的表情，有时还将食物吐掉，弄脏了丁香的衣服。虽然这样，丁香还是非常有耐心，一遍一遍地喂它吃饭。

每当这时，动物们都会叽叽喳喳地讨论起来：

“那个新来的真丑，猫不像猫，狗不像狗的！”

“就是，也不知道丁香怎么想的，对它那么好。”

“我觉得丁香做的饭是第一好吃，那个家伙真不识货！”

……

丁香有一个爱好，就是写日记。可是有一天她准备写日记时，发现自己的蓝墨水不见了！

她四处寻找，最终还是没有找到，只好问问别的小动物了。小彩蝶告诉丁香，她看到小黑怪拿走了墨水瓶。

丁香觉得很纳闷：“小黑怪拿我的墨水瓶干什么呢？……”

她在一棵大树下的草丛里找到了小黑怪，天啊，猜猜小黑怪在干什么？它在仰着脖子，咕咚咕咚地喝着墨水！天啊，它把整瓶的墨水都喝下去了！丁香惊讶极了，同时她也想到一个办法可以让小黑怪吃东西了！

她试图往面包上洒一点墨水，这一招果然见效，小黑怪立即就把它给吃下去了！

过了好多天，丁香慢慢发现小黑怪对蓝色的东西很感兴趣。只要食物是蓝色的，它就吃得好香。

小黑怪喝墨水这件事很奇怪，小动物们都纷纷过来看他，他们带来蓝墨水给小黑怪，只见小黑怪来者不拒，一口气喝了个精光，弄得满头满脸都是墨水，小“黑”怪变成小“蓝”怪了！小动物们见了哈哈大笑，小黑怪给大家带来了很多快乐。

有一天夜里，丁香突然发现小黑怪不见了。她急了，赶紧到外面四处寻找。她找呀找，无论是山坡还是灌木丛，都没有小黑怪的影子。就在她焦急万分的时候，一抬头发现山顶上有一团黑乎乎的影子，那是什么？仔细一看，是小黑怪！哦，这个调皮鬼，原来在那上面呀！

丁香连忙跑上去，只见小黑怪在专注地看着天空。丁香朝上一看，才发现今晚的星空特别美，深蓝色的天空镶嵌着无数颗星星，像宝石一般闪烁。

丁香想：小黑怪到底是什么动物呢？是狗？是猫？都不是。它在凝望天空，难道是从外星球来的？想家了？

想到这，丁香跑回家拿了一个热气球给小黑怪，小黑怪看了后高兴极了，连忙跳到了热气球上面。丁香猜对了，它果然是另一个星球的！丁香给热气球打满气后，热气球慢慢飞上了星空……

再见，小黑怪！

四叶草森林

有一个地方，叫四叶草森林，那里我们人类去不了，只有精灵们住在那儿，因为那里是个既幸运又神奇的地方。

芽子是个小女孩，非常的小，只有我们人类的一节拇指大，所以，只有像芽子那样迷你的精灵族才能住在四叶草森林里。下面，就是芽子的故事。

芽子是一个可爱的女孩，她还没有一根三叶草大，生活在一棵活了百年的老树里，这棵老树里头本来是实的，但被芽子的爸爸妈妈打空了一小半，可以在里面住了。窗子朝南，阳光充足。芽子还喜爱养花，她在大树门口养了许多花，它们长得别提有多旺盛了（当然，对我们而言，是迷你花朵）。

再来说说四叶草森林吧。这里的三叶草特别多，又大又绿，密密麻麻，茂密旺盛，甚至在小河里都有跟荷叶一样大的三叶草（对芽子而言）。当然，这个古老的地方还有许多遗迹，有一个传说，只要拔下一株四叶草，就能发生奇妙的事情。还有一个地方，有四块碎石，把它们拼在一块，组成一个四叶草形状，对着它衷心祝愿的话，你心里想的愿望就有可能成真，但必须得把摘的四叶草插进去，这是芽子的老祖宗做过的。芽子就在这个美丽又神秘的地方生活。

今天，她去捡拾橡树果，因为毕竟她们跟我们人类不一样，喜欢吃橡树果，又脆又香，正如我们吃花生米一样。还有三叶草的根，酸酸甜甜，正如我们喜欢吃的葡萄一样，这两样都是精灵族最爱的食物。这不，芽子吃完妈妈做的面包后，发现她最爱的橡树果没了，便带上奶油帽，拎着一个精致的木头篮子。哦，她还挺幸运，现在正是莲藕生长的季节，芽子捡了满满一篮橡树果，路过小河时，发现里面有很多鱼，瞧，它又闪了一下。

“呵呵。”芽子笑了，觉得很好玩，于是卷起裤腿，准备下去抓几条鱼，还特意把木头篮子放在岸边晒晒太阳，这样会让里头的橡树果变得更酥哦！夏日的强烈阳光从大树缝中透露出来，洒到了橡树果上，当然，也洒到了三叶草丛中，一只蝴蝶飞到铺满青苔的树干上，定住不动了。

芽子刚下水，就听见有人在喊她，还有回音，回头一看，是她的好朋友梅。

梅看到芽子就说："你在这儿呀，你妈妈叫你回家呢，她叫我找你。"

芽子当然不愿意，便叫梅帮忙把橡树果先拎回去，自己马上就赶回。梅答应了，拎着橡树果直奔芽子家。

这回芽子就在水里捉鱼喽！可鱼太机灵，芽子怎么也捉不着，但还是有所收获，挖出了不少的藕。三叶草在水里长得特别旺盛，正好可以给芽子遮阳，所以芽子一点也不热，越干越有劲儿，忘了时间……最终，她的妈妈过来了。

芽子妈妈过来时，芽子正在挖一块好大的藕，看到妈妈过来，竟吓一跳，摔进了水里，又免不了一顿骂喽！

果然，妈妈开口了："这么晚了还玩，你看你身上脏兮兮的，要不是梅告诉我，你还在这儿疯呢！……"

芽子赶忙说："好，好，我把藕带回去了，咦，橡树果呢？"

"梅带回去啦，没记性！"妈妈责备道。说罢，她便把衣服泡在河里洗，等树上的知了都不叫了后，芽子才回到家。芽子的妈妈也已经洗好衣服，准备回家时，看到一片很大的四叶草（注：是四叶草！）

"好大的根啊！一定很好吃。"芽子妈妈只注意到根了，没注意是四叶草，于是把它拔了下来，就在这时芽子妈妈发现旁边出现一根管道，上面有很多青苔。

"这是什么呀？"芽子妈妈也有好奇心，把头给探了进去，没想到手下一滑，就掉了下去。

“啊——”随着一声尖叫，芽子妈妈掉在了柔软的草地上，完美着地，只不过她吓晕了！

此时已是夜晚，繁星闪烁，芽子妈妈还不知自己在人类世界里，而那条管道，正是小男孩——星的家。

“爸爸！妈妈怎么还不回来？”芽子有些急了。

“吃完饭出去找吧，洗衣洗到现在。”爸爸也责怪道。

芽子有种不好的预感，咬了几口面包，就到外头去找妈妈了。夜晚格外宁静，萤火虫飞舞着，芽子显得那么弱小，一只虫子都比她大些。“妈妈——”她边喊边向河边去，梅正在那躺在草地上看星星，聆听虫子们的叫声。“梅，你看到我妈妈了没？”“她不是早回去了吗？该不会掉……河里了？”“不要瞎说！”芽子吼了一声，这一吼，把她自己都吓一跳，太失礼了。束手无策的芽子抽泣起来，梅看见了很不忍心，拍了拍芽子的背，并安慰芽子一定会找到的。

就这样，大家都过来帮芽子找，芽子喊都喊累了，倒在了草地上，竟睡着了。

第二天一早，芽子发现身边有一株很大的四叶草倒在路的旁边，再看看周围，芽子便发现了那个通往人类世界的管道。芽子正好奇呢，昨天怎么没看到这管道呢，说不定妈妈就在这里呢！哈，芽子和小男孩星的相遇就多亏了这个通道了。

星是个上小学的男孩，他的心地很善良，但他可比芽子大多了，就在芽子的妈妈来到星家草坪上的第二天早上，她上报纸了。星正在喝牛奶时，无意中看到了，芽子妈妈还被称为“拇指人”，地点正是星家的草坪，星觉得很奇怪：拇指人会在自己家的院子里？怀着强烈的好奇心的星到了后院里。啊，他看到二楼有一个很小的人被绑在管道上，有许多人围着她。没错，那个很小很小的人，就是芽子妈妈！星看到这一幕，觉得那小人很可怜，故意假装生气地对围着的那群人说：“你们待在我家的院子里干吗？”说罢还瞪了一眼，那群人很快走开了。

刚等那群人走，星就帮芽子妈妈解开绳子了，芽子妈妈吓得发抖，因为星在她的面前是无比巨大的。

星轻轻说了一句：“没事儿，我不会伤害你，你走吧。回到你的家。”说完便走了。

芽子妈妈这才松口气，想顺着管道爬上去，她爬到一半时，芽子已屏住呼吸，把奶油帽放旁边做记号，不想连累他人，所以自己跳下去了。同样，芽子也掉在了草坪上，星这时来给花浇水，正好发现了芽子。此时，芽子正在哭泣，星轻轻地捧起芽子，问：“怎么了？”芽子太恐慌，但看星并不是很坏，便告诉了他。星知道后，很快帮芽子找到了妈妈，芽子终于和她的妈妈团聚了。

“我们回去吧。”妈妈提议道。芽子却说，要让星去四叶草森林玩。毕竟星是男孩子，也很想知道芽子的家在哪，便问芽子，芽子很干脆地回答：“就在这管道上面。”“在这上面？”“对。”“那我准备一下，等会把你们送上去。”星在他的包里面放了一些吃的，就走了，芽子和芽子妈妈坐在星的肩上。“要走了。”“嗯。”星两三下就爬了上去。

到了四叶草森林，星被眼前的美丽景色惊呆了——一棵大树只到他的肚子那儿，好可爱啊！但是，当他爬上去时，管道消失了。管他呢，反正现在用不着回去。星这样想着，把芽子给送回地上，芽子带星去她的家，不然芽子爸爸一定会很着急的。刚回去，星就惊讶极了，树木里头的小屋，好漂亮啊，他蹲下来，用手拨弄一盆芽子养的绿色吊兰，十分喜欢，就想和芽子做交换。

“我给你一颗葡萄，你把这盆吊兰给我。”“不用了，送给你。”芽子很爽快，但星还是从书包里掏出一颗葡萄。啊，这颗葡萄真大，跟芽子一样高。芽子笑了，把葡萄推了进去，问爸爸：“爸爸，你知道这颗葡萄为什么这么大?”“难道人类过来了?”“猜对了！不过他很友善。”“开什么玩笑，人类若进来就出不去了!”“没事。”芽子认为爸爸不太欢迎星，所以就跑到外头去了，此时星正捧着一大把栗子和橡树果，对芽子说：“够你们吃5个月了。”说完便拿袋子装着，放在树旁边。芽子问：“你怎么知道我们喜欢吃这些?”“我看见你妈妈后，就查了一下。”“谢谢你。”“我就是来参观的，现在，我要去上学了。可是，那个通道呢?”“这个……”就在这时，梅过来了，梅看到星并没有害怕，说：“我也要橡树果，能给我一颗吗?”“当然。”星说完，便把橡树果倒在草坪上，芽子家顿时成了果实卖铺，橡树果个个都是特大号。“栗子也很好吃，你慢慢选，我先走了。”梅高兴地在那儿挑，芽子拦住星，说：“把我的吊兰拿着吧，还有，不许告诉别人四叶草的秘密。”

“嗯。”星正在寻找着那个通道，听芽子这样说，蹲了下来，和芽子握手告别。这时，芽子想到了爸爸说的话，见不着那个通道，顿时有些着急了。

“星。”“嗯，什么事？”“你不能永远待在这吧？”“很舍不得走，这里这么漂亮。只不过我现在真要走了，我以后会回来看你的。”“我爸爸说，人类来到这里，就……就回不去了。”“真的?!”“好像……是真的。”“怎么会？我也有自己的家，你们这里就算是仙境，但还是没自己家舒服呀。”

星失落极了，芽子想到四叶草的传说，她想要试试，便对星说了这个传说，并开始寻找。芽子全家都对星有好感，因为星很善良，要是别的人发现这个古老神秘的地方，肯定会打这块胜地的主意，所以芽子妈妈和梅都拿出许多吃的，给星当晚饭。星开始后悔自己好奇心太强了，那些食物还不够星吃上一个饭团。星开始寻找那个有四块碎石的地方，可一无所获。

当到了夜晚时，芽子过来了，萤火虫在草丛中飞舞着，星躺在草地上，静静地看着天空中的星星。一阵风吹过，树叶哗哗地响了起来，芽子觉得自己很对不起星，便想开个玩笑逗逗他。

“星看星，呵呵。”星看着这个迷人的世界，没有说什么。

芽子把手背在身后说：“你猜我找到了什么？”“什么？

什么?”星问。“四——叶——草。”芽子顿了顿说。“那,通道出现了没?”“嗯……”芽子摇了摇头,星又倒下去了。“不过,”芽子尝试安慰星,“爸爸说,那神秘的地方,就在我家活了百年的老树顶上。”“真的?”“去试试吧,走。”芽子牵着星的手,将他带到她的家,星把芽子慢慢放在树顶上,一束刺眼的光线射进来,随后,他俩就到了另一个地方,中间铺着四块大碎石。呀!到了,终于到了!

现在正是夜晚,碎石旁都是湖泊,湖泊里有大得惊人的四叶草。芽子和星将碎石拼在一块儿,再将采到的四叶草放在中间。此时此刻,星和芽子都无比地紧张,芽子轻轻祝愿:希望人类和我们精灵世界相通,其实……人类也是很善良的!

想到这,芽子和星的目光碰撞了,旁边出现了一个管道,啊,是那个通往人类世界的通道!星笑了,好像什么都没发生一样,和芽子挥手告别,爬了下去。这精灵世界真的好棒哦!星这样想着就已经到家了。

以后那就更不用提了,星每天一放学,就加速写完作业,再爬上那条管道。每次去时,星都要带些吃的给芽子、梅以及小伙伴们吃。今天,他把妈妈做的香芋南瓜丸带了过去,大家都很欢迎星,把星当作很好的朋友。

今天,天气十分热,芽子和小伙伴去池塘边捉鱼捕虾,这样还可以凉快些。星在旁边静静地看着芽子玩耍,看他们怎么也逮不着,想帮一帮他们,于是芽子和伙伴们都退到了岸边,星的手特别大,一网,把河里的鱼和虾捞上来了一大半，连同湖里的水也捞上来了许多，芽子和梅便跳进星的手掌里捉鱼。哈，满载而归，晚上喝鲜鱼汤喽！

每天，星都玩到六点多才回来，每一天都很快乐。嗯，芽子现在一定在吃香芋南瓜丸和鲜鱼汤呢，那株吊兰则长得比原来更茂盛了。

海

我很喜欢一望无际的大海，希望某日可以见到。晚上，不知是对看大海的期望太大，还是海贼王看多了，我做了个奇怪的梦。梦中的我和爸爸妈妈坐在车子上，在向大海前进。我已是万分激动，但到了那里，我大失所望，以前想到过许多次它的样子，平静或壮阔的深蓝色海洋一览无余，让人敞开胸怀，可以将生活中的烦恼一扫而空，重拾信心。但毕竟想象是美好的，现实是残酷的，在看到海的一瞬间，我真是失望到了极点，水是烟灰色的，几只破木船漂浮其上，空气里夹杂着浓烈的潮腥味。我痴痴地站在那里，这真的是我心目中的海吗？看着潮水缓缓漫过沙滩，淹没我的脚丫，退去时又带走脚下湿漉漉的沙子，留下黑色的海藻。高处灰暗的天空与海面连成一条直线，风从那里叫嚣着吹过来，海的表情由平和转成愤怒。

我冷笑一声，看着已经握得出汗的玻璃漂流瓶，再看看已经写好愿望的信纸，很简单，只要把信纸塞进漂流瓶里，再把漂流瓶扔到大海里，美好愿望就有可能成真。不过要是叫我把愿望抛到这种地方，我是死也不愿意的。

突然，我看到一条鱼正在向我游来，不，哦！它是一条鳄鱼！我刚想逃跑，却又想，海里怎么会有鳄鱼？我一定要调查清楚。于是，我哆哆嗦嗦地走到这条鳄鱼的旁边，可这条鳄鱼看起来倒挺友好，不像要伤害人的样子。反而，它还说了一句话，这句话把我吓昏了："你好！最近水源污染非常严重，你愿意和我一起保护我们吗？"就这句话，我吓昏了，等我醒来时，发现自己还是躺在沙滩上，爸爸妈妈用焦急的眼光看着我，刚才发生的一切恍如梦境，妈妈仍在身旁说："真是的，怎么睡着了？"这让我更相信刚才那是梦。"快走吧，别着凉了。"爸爸对我喊道，说罢便走了。但是当我起来时，看到旁边多了一个小木盒子，盒子里装着一颗小丸子，盒子下面压着一张纸，上面写着：尝尝吧！署名——可可。咦？可可是 who?！我很疑惑，事情变复杂了。晚上在宾馆睡觉时，我脑袋里闪过一个念头，难道可可就是那只会说话的鳄鱼？嘻，它还挺不错的嘛！还送我一颗巧克力！它一定会过来的吧。就这么想着，我觉得可可挺可爱的，管不住自己的嘴巴，把那颗巧克力放进嘴里……嗯，味道还不错，不过，怎么感觉有一丝咸味？

管它呢，我这么想着，就睡着了。

第二天早上，我发现我的身体火辣辣地痛（注：是在梦里，还是在梦里!）连呼吸声都变得紧促，我第一反应就是奋不顾身地跳进海里，我有一种预感，我会游泳了！我刚和水来了个“亲密接触”，就感觉舒畅无比，尽管那味儿令我作呕。再往前游一点，水渐渐变蓝了，不再是那样浑浊，也许这里污染不是很严重吧。于是，我潜了进去，突然发现，我可以在海里呼吸了！慢慢地我睁开眼睛了，看见了美妙的海底世界，这还是浅水区吧！我身上挂着的小熊布包湿透了，但还是能装些东西，漂流瓶也扔在里面。我调皮地扑打了一下身边的小鱼，轻巧地游到水底，挑选了几个我十分喜爱的海螺，直到那小熊布包鼓鼓囊囊。

就在我欢天喜地之时，可可游过来了，不过我已经知道它不会伤害人，便迎了上去。“嗨！没想到你还真吃了!”可可用惊讶的口气问我。“你要什么把戏？那颗巧克力怎么回事？还有，你怎么会说话?”我一吐为快，可可不慌不忙地一个个回答我。我知道了，可可是一只有特殊能力的鳄鱼，能生活在海里，还能说人话，它想要我帮它保护鱼类，因为最近水污染很严重，而且鱼群还被大量捕杀……

“对了，你来看看我的同伴吧，在海里毕竟不是很安全。”可可微笑着，游向海面。“等等!”我也跟了上去，“那颗巧克力我吃下去后就能在水中呼吸?”“真聪明。”可可夸口说：“只不过它是药丸，不是巧克力。”“那我爸妈怎么办?”“放心，我在他们喝的水里放了梦游药，他们会根据自己的需要，在这几天内，吃喝都没问题，但是他们只是在睡梦中迷迷糊糊不知自己做了那么多事，嘻嘻!”可可还挺调皮的嘛！到了岸上，我发现天空中有一只鸟在飞，一只好大的鸟！可可给我做介绍，那只鸟就是它的伙伴，我见它的嘴巴特大，于是就风趣地叫它大嘴鸟。大嘴鸟不会说人话，但能听得懂我的话，当可可对大嘴鸟说我不是捕猎者，是来保护鱼类的以后，大嘴鸟不再用警惕的眼神盯着我了。

哈，我也想尝尝飞行的滋味呢。于是我迅速地游了回去，把拾的贝壳全都倒进我的旅行包里，再看看爸爸妈妈，他们还真如可可说的那样，迷迷糊糊地起床，正在吃早饭，我进来时，他们居然都没有察觉。不过也好，如果他们看到我变成落汤鸡后，不知会怎样。我急得连肚子在唱空城计都没理睬，再一次奔向大海，看到大嘴鸟和可可正在等我，我叫一声“出发吧!”大嘴鸟拍了拍翅膀，我跳了上去，大嘴鸟飞起来，“飞的感觉真不错!”我倾听着耳边传来“呼呼”的刮风声，觉得十分凉爽……

过了一会儿，只有一小会儿，大嘴鸟就没力气了，可可也减了游的速度，大海，无边际呀！最倒霉的是我的肚子，叫得越来越厉害，是时候休息一会儿了，可我们没船！也没有食物！怎么办？可可却不着急，还哼着小曲，我注意到，可可底下有一大块黑影正跟着我们，缓缓前进，我用手指指了一下可可身后，示意它看一下底下有什么，是不是很危险，它却毫无惧色。我正疑惑不解，大嘴鸟突然倒了下来，应该是体力不支吧！“啊！——”我尖叫一声，也跟着下落，底下的那一大块黑影突然上升，我们还能活吗？我闭上眼睛，不敢睁，过了一会，我觉得奇怪，难道我没被吃吗？哦！我眼睛眯开一条缝看时，你猜我看到了什么？我看到了我正骑在一只海龟的背上！一只海龟！一只比大嘴鸟还要大的海龟！“你以为我只有一个伙伴吗?”可可见我醒了，问道。“嗬，这么个大块头!”我拍了拍龟背，肚子又在提意见。“还是没有吃的!”我有气无力地躺了下去。这时，我闻到一阵香味，所以立刻爬了起来，我很熟悉这种香味儿，正是我最爱的红烧肉。“你……”我指着正在烧红烧肉的可可，“你还会做菜?”“那是当然。”可可毫不谦虚，说：“天下第一棒！尝尝。”说着，便递给我那盘红烧肉。我来不及问材料哪来的，就狼吞虎咽地吃了下去，吃完后，我们在一起聊天。“你还会做菜，真看不出。”“嘿嘿，在外面学了一点。”“真的?! 还会做什么?”“糖、水果沙拉、土豆丝、蓝莓派、各种各样的巧克力、饼干、蛋糕，还有……”“Stop，够了，你在哪里弄材料?”“我生活在海底，那里有许多珠宝。”“真的？我喜欢玉。”“等和你说拜拜时再给你几块，你想要多少都可以。”“你太好了，还有，贝壳也交给你啦!”“哦，对了，我还会做橘子馅饼、彩色糖球。这些材料都是用珠宝换来的。”……就这样，我们聊了很长时间。

万里无云，天气晴朗。下午 3 点多钟时，可可将贝壳掀开，我发现里面有五花八门的东西，天啊！我还没发现贝壳里竟装了这么多东西。可可在那一大堆东西里翻呀，找呀，最后从一个盛满了彩色糖球的大玻璃瓶中掏出一个糖球，塞进我的嘴里，一股蓝莓糖的甜味儿在嘴里弥漫开来。我不得不承认，可可的手艺好极了。你们肯定不相信，我们是怎样战胜凶险的，用橘子三明治收服了章鱼，用牛奶粥收服了一条电鳗。每当天气冷时，我们就钻进海龟的龟壳里，风吹雨打都不怕，就是有点——挤。我每天早上喝牛奶粥，每天中午吃土豆丝、三明治，下午吃彩色糖球和蓝莓派，可可做的美食我都尝了个遍。当然，也有忙碌的时候，鱼类已是我们的好朋友，有很多人来抓它们时，我和可可都奋不顾身地去攻击他们，而水污染的话，我们就在那里找垃圾，并捡拾起来。直到有一天，有一艘大船行驶着，我仔细看了一下，他们是来捕猎的！他们好像发现了可可，叽里咕噜地说了些什么然后拿枪对着可可，我意识到危险，立刻拉着可可潜入海里，大嘴鸟也惊恐地飞向空中。之前，有很多人想捕捉可可，都没成功，可这次船上的人居然带枪了！我偷偷游到船后面观察了一下，船上有一只小海马，黄色的，不停地在那里挣扎。可可得知，立刻跳到船面上，船上的人惊恐万分，我趁机也跳上去，把小海马捧着就跑，这时，那群人都拿起枪，冲着可可射击，我吓得要命，可可没事儿吧？我把小海马放进海水里，又立刻赶到船上，可我晚了一步，正好看到可可被枪射中，我呆住了，大嘴鸟冲了下来，把可可背着，立刻飞走了，我也跟了上去，这时，我感觉冰冰凉凉的东西滴到我脸上，一摸，鲜血……等远离船只时，我发现小海马一直待在我的身边，大嘴鸟也下来了。“可可，你醒醒呀!”我拼命地摇着它，可没用，我突然想起可可是鱼，所以把可可放到水里，海水立刻红了一大片，一股咸咸的东西滑入我的嘴里……眼泪像断了线的珍珠，不断往下掉。

最终，我把可可埋在一个无人的小岛上，那里就是可可的坟墓。我摸了一下小熊布袋，发现漂流瓶仍在那里，还能有什么愿望？我轻轻许下能再见到可可的愿望，然后扔向大海，目送漂流瓶漂向远方，直至消失……

我回去了，大嘴鸟和我都怀着沉重的心情。我听到，好像有一个细小的声音在叫着，我扭过头，发现那只被我救了的黄色小海马，心痛了一下，跳进海里，小海马欢快地在我身边游来游去，我想冲它笑，但笑不出。就在这时，它拽着我的衣领，好像想带我去哪里。我跟着它来到一个洞穴里，那里可能是它的家吧！洞穴很小，小海马钻进去后，我蹲下来看它做什么，可是很黑，隐隐约约能看到小海马在那推什么东西，最后，它实在推不动了，便游出来，看着我。我伸手一掏，便掏出一块圆圆的、重重的东西，撕掉上面一层厚厚的海藻，啊！是一块玉！一块宝玉！难道那只小海马听到了我和可可的对话？想到和可可的约定，眼泪又不自觉地涌上来，和海水融为一体。我把那块非常圆的玉放进小熊布包，谢了小海马后，不知过了多久，我到家了。

爸爸妈妈已经醒了，我回来正好是下午，晚霞通红，爸妈问我去哪里了，我没回答。夜晚，繁星无数。从海面漂来一个大玻璃瓶，里面有五颜六色的糖球，我突然想起，这是可可做的。从此以后，我特别喜爱玻璃瓶，不断地收藏，那彩色糖球是我对可可唯一的回忆……

小彩菇传奇

每一个生命都有与众不同的特点，上帝也尊重每一个生命。现在，上帝预测夜晚会有一场小雨，伴随着新鲜的空气，将会有许多可爱的小菇子诞生在森林的各个角落，而在这些生命来到人间之前，上帝总会征询它们的意见。

“嗯，我想做和大家成群结队在一起的金针菇!”“好的。”上帝慈祥地微笑着，“你将诞生在今晚七点的草丛中。”说完，原本如灵火一般毛茸茸的小肉球顿时变成了挺拔的金针菇，这个小生命便兴高采烈地等待夜晚的到来。这时，所有小肉球都兴奋起来，思考着到底要做什么菇子。“我想要做大象耳朵那样的扇形蘑菇!”“我也要!”“我想要做小巧玲珑的香菇!”……“好，好。”上帝温和地答应道，目送这些可爱的小家伙们远行。

“上帝，我可以做一个美丽的彩色菇子吗?”一个细小的声音从上帝身后传来。上帝慈祥的笑容消失了，转过身去，他看见还有一个小肉球满脸期待地望着自己，想得到许可。“不可以吗?”小肉球发觉上帝好像不太愿意。“孩子，我想和你单独谈谈。”上帝皱了一下眉头，带着这个小肉球来到一块草地上。“你为什么要做一个小彩菇呢?”上帝问道。“因为彩色是一种梦幻的颜色，多好啊!”“但是，”上帝严肃起来，“拥有美丽外表的代价就是你一个人待在这片草地上，因为你美丽的外表有可能会伤害到别人，即便这样，你也愿意吗?”小肉球犹豫了一下，但它实在太爱彩色了，所以咬咬牙还是答应了。上帝见它这样执着，便说：“唉，好吧！今晚九点半你将诞生在这儿，祝你好运!”说完便飞走了。

已近黄昏，夕阳把天空染成了美丽的桃红色，只留下边缘的一抹金色的光芒，小肉球出神地望着这灿烂光辉的景象，闭上双眼，感到自己在一点点地变化。它感觉自己毛茸茸的身子消失了，变成菇子那又细又长的柄，紧接着，它又感觉自己的圆脑袋变扁了，变长了，然后头上异常的温暖。是的，它已经从一个小肉球变成了小彩菇!

刚变成小彩菇，它自己很不习惯，感觉头重脚轻，并不像以前那样可以自由地行走，它平躺着，有些吃力地滚到了小河边。水平如镜，天色暗淡了许多，小彩菇急切地爬起来，想在夕阳未落山之前看看自己现在的样子，它的心怦怦直跳，慢慢地睁开眼睛，只见自己的头上出现了最爱的彩虹色，映在了波光粼粼的水面上。小彩菇笑得合不拢嘴，心想：有了这么美丽的外表，再怎么样，也是值得的。正这样想着，它便又一次朝湖中望去，这一次，湖面的倒影模糊了，黑黑的一片，看不清任何色彩，天——黑了。

空气中弥漫着露水的湿气，小彩菇打了个寒战，觉得草丛中太冷了，于是便滚到了一块石头上，仰面望着星空。群星闪烁，天空像是无边无际的黑色天鹅绒毛毯，让小彩菇觉得很温暖，再加上身旁的蛐蛐儿演奏了催眠曲，它在七点半便安然地睡着了。它知道自己一觉醒来就会在这块草地上扎下根，不得滚动，和所有的植物一样，都将待在自己的“小地盘”。

由于晚上睡得早，小彩菇六点多就醒来了，下了一晚上的小雨，眼前的一片都是洗涤一新的绿，空气中掺杂有青草的香气，像刚刚挤下来的牛奶那样新鲜！小彩菇的腹部被松软的泥土掩埋着，身边的小花蕾娇嫩得可爱，含苞待放的样子。最引人注目的还是露珠了，只见蒲公英那小小的绒毛上沾满了晶莹剔透的露珠，好像一个珍珠球儿。最奇妙的是，原来才翻鱼肚白的天际，太阳突然间蹦了上来，害得这些调皮的阳光四处乱溅，溅在了露珠身上，使整个草地里都落满了小珍珠。小彩菇被这自然的奇观感动了，很满意自己的住所。

“哈——欠！”小彩菇打了个哈欠，心想：从现在开始，我就在这儿静心修养，做一只“禅菇”！正这样想着，它再一次闭上眼睛，聆听着自然之声。突然，它听到了不和谐的小鸟的尖叫声。小彩菇眯着眼睛，却什么也没发现。只听见一声“这是什么?”然后自己就被连根拔起来了。“我……有点想吐。”小彩菇刚刚睡醒没多久，就急速上升，所以它感觉有些反胃。回过神来，小彩菇发现自己的柄正被一双热乎乎的小手抓得牢牢的，便仔细打量提起自己的“生物”：哦！一个小女孩，一个很漂亮的小女孩。她有一双大眼睛，扎着两条麻花辫，又有着小巧玲珑的鼻子和跟苹果一样红润的脸颊，她的那张嘴巴笑起来时就像一朵盛开的苹果花。小彩菇觉得这个小女孩十分可爱，于是放心了许多，也对她产生了好感。“回家啦，奇奇!”啊，她的妈妈过来喊她了。小彩菇这样想，以为小女孩奇奇会把自己丢掉，但是奇奇没有这么做，她仍然紧紧地握着小彩菇，并把小彩姑带回了家，种在一个花盆里。

“你知道吗？我还是第一次见到彩色的菇子！而且单独待在草地上，真令人兴奋!”奇奇坐在板凳上对着小彩菇自言自语道。“我在一本书上看到彩菇子都是会变色的，你会吗？一定会的!”小彩菇微微颤动了两下，离开草坪的它很害怕，有些缺乏安全感，它感觉自己的头顶突然变得冰凉。是害怕吗？它想。“嗨!”奇奇瞪大双眼：“你变色了耶！紫色！不信你自己看!”奇奇激动地把一面小镜子放在小彩菇面前，小彩菇也看到了，镜子中自己的头顶是紫色的！“这是怎么回事?!”小彩菇非常惊讶，再看一眼镜子中的自己，头顶却已变成了黄色！

“紫色代表悲伤恐惧，黄色代表惊讶，真是不可思议。”奇奇拿出一本书，照着书上的文字念了出来：“绿色是吃醋，红色是生气，桃红是害羞，湛蓝是开心，银灰是难过……”奇奇读着读着就大笑起来，很庆幸自己捡了个宝贝。“别动，保持！我来给你照张相，贴在我的观察日记里！”奇奇说完便跑回房间去拿照相机了。小彩菇独自在屋里呆呆地望着镜子中的自己，阳光透过纱窗温柔地倾洒在书桌上，这张小书桌是用樟木打造成的，吸热。小彩菇静静地躺在上面，感觉十分舒适，太阳光像加了水似的均匀地弥漫在各个角落，暖融融的。两只蝴蝶正在阳光下嬉戏。这就是最美的时光吧！小彩菇心想。这时，有大片的白云遮住了太阳，窗外异常的安静，只有一两只黄鹂在鸣叫，风很善解人意地把树叶吹得沙沙响，十分凉爽、惬意。小彩菇发誓：如果自己有手的话，一定会把这动人的美景记录下来。

刚想完，奇奇就已推开门，宁静如薄薄的玻璃片一般被打破了。奇奇手里拿着照相机，但是小彩菇已经不惊讶了，所以又变成了最初的彩虹色。“哦！你已经恢复原样了。”奇奇把照相机放在了书桌上，然后什么也不做，就静静地枕着自己的胳膊出神地望着小彩菇，用自己的右手温柔地抚摸着它。

云——散了。太阳光照红了奇奇的脸颊，微风吹乱了奇奇的几根头发丝儿。小彩菇很乐意陪着奇奇，而奇奇，没过多久，她的眼皮就渐渐沉重起来——睡着啦。那本已经泛黄的关于彩色蘑菇的书就静静地躺在旁边，小彩菇很想了解自己，便小心地歪了一下身子，总算看清了上面的资料。书上写了几行字：警告！剧毒，会伤害到他人。居然和上帝说的一样！小彩菇不禁吐了一下舌头，看着自己新交的好朋友奇奇很健康，于是并没有太在意，合上了眼皮，跟奇奇一起进入了梦乡。

不知睡了多久，小彩菇迷迷糊糊地听到奇奇的妈妈在喊奇奇下楼吃晚饭，紧接着听到了奇奇打了个哈欠，“咚咚咚”地下楼了。小彩菇一看，都睡了这么长时间，该起来了。刚刚才清醒，还未活动呢，就又听到了“咚咚咚”的上楼声，不一会儿只见奇奇鼓着腮帮子，脸上还挂着米饭，就迫不及待地支支吾吾要跟小彩菇讲什么，小彩菇觉得奇奇太可爱了，哈哈大笑起来。“哦？我很滑稽吗？你变得那么蓝！”奇奇照了照眼前的镜子，扑哧一声也笑了，顺手抄起照相机，没来得及擦嘴就跟变蓝的小彩菇合了张影，照片很快就洗出来了，奇奇把这张照片贴在一个本子上，再用一支黑墨笔在上面标注：4 月 23 日。我找到了只彩色蘑菇，这只小彩菇会变色，我还没吃完饭就跑进来，脸上挂满了米饭，逗乐了它，它很开心，变成了蓝色。写完后，奇奇合上了本子，捧着小彩菇来到储藏室，给它看看自己收藏的宝贝。

“看！这个本子里全夹着我在树林里捡到的树叶，所以到现在都没有生虫哦。还有香味呢！你闻闻。”奇奇说完，把里面夹的香樟树叶全拿出来了，放在了小彩菇的面前。而小彩菇并不是很开心，因为它觉得有了这些树叶，自己很快就会被抛弃。它怒视着香樟叶。就这样，不知不觉中，小彩菇的头顶变成了绿色。“哦哦，瞧你，怎么想的！小淘气，我当然不会抛弃你啦，用不着吃醋。”奇奇温柔地抚摸了一下小彩菇的头顶，拿起脖子上挂的照相机，又合了一张影。小彩菇这时恨不得找个地缝钻进去，它十分害羞，霎时间又变成了桃红色。

“哈哈，你真有趣，我可以和植物聊天啦!”奇奇微笑着说。这时，奇奇身后那古老的洪钟叫了九声。“我该睡觉了。”奇奇嘀咕着，拧开瓷缸旁的水龙头，给小彩菇来了个痛快的淋浴，然后上床睡着了。谁也不知道第二天会发生什么。奇奇醒来时外面乌云滚滚，正下着雷阵雨。电闪雷鸣，她蜷缩在被窝里，害怕极了，但肚子在唱“空城计”，所以她只好起床了。奇奇感觉头好昏，喘不过气来，好像世界在旋转一样。梳头时，她发现自己的手上出现了密密麻麻的可怕的斑点。小彩菇也看到了这一幕，它心急如焚，但只能待在书桌上动弹不得。妈妈好像也觉得有些不对劲，今天宝贝女儿怎么起那么晚，于是进来看了一下，不由得尖叫，赶紧扶送奇奇去医院。门“嘭”的一声关上了，小彩菇的心揪了起来。

外面雷声阵阵，豆大的雨点打在窗台上，点点滴滴都扎在小彩菇的心上。直到傍晚雨还在下。终于，妈妈带着奇奇回家了。妈妈非常生气，因为她从医生那儿得知，是小彩菇身上的病菌导致奇奇生病，奇奇需要静躺一个星期。

奇奇躺在橡木床上，十分微弱。小彩菇很愧疚，很难过，还没反应过来，就被奇奇妈妈扔到了窗外。

“呜呜！我错了，我不想伤害奇奇，不想伤害我的朋友！”小彩菇抽泣着，它的半边身子浸没在湿漉漉的水坑中，雨点下落打在它的脸上，分不清是泪是雨……

“你怎么了？”有一只红色的小甲壳虫飞到了小彩菇的身边，亲切地问道。小彩菇抽抽搭搭地把来龙去脉告诉了小甲壳虫，并请求它把自己带到上帝那去，小甲壳虫答应了，拎着小彩菇飞上云端，找到了上帝。上帝怜悯地看着这个脏兮兮的小家伙，问：“可怜的小东西，你怎么了？”“上帝，我交了一个朋友，可我伤害了她，我很后悔，你是对的，请你把我变成一只普通的香菇吧！”上帝说：“你不是很喜欢彩虹色吗？请说出缘由，合理的话，我会考虑的！”小彩菇不再抽泣，大胆地说：“美丽的外表并不重要，只要有一颗美丽的内心就足够了，更何况，”小彩菇顿了顿，接着说，“我交了奇奇这个朋友，终生无憾！”听到这个回答，上帝满意地笑了。

小彩菇知道上帝默许了，便闭上眼睛，它再一次感受到了变化。淡淡的香气弥漫它的全身，它不再是彩色蘑菇了，它是一只再普通不过的小香菇，却有着极其不平凡的经历。此刻，它回到了奇奇的身边。奇奇睁开双眼，笑了笑，她认得小彩菇，认得眼前这只小香菇里有着小彩菇那七彩的心灵。奇奇的病很快就好了，和小香菇成了最好的朋友。

雨——停了。

传奇狗生

导　语

在梦里，我看见了心中的彼岸，它是天蓝色的，不掺有一丝杂质，多么纯洁、多么美好，像一个孩童的眼眸——清澈、明亮。

世上有多少人仍葆有一颗纯洁美好的心？有多少人仍葆有一双清澈明亮的眼眸？又有多少人仍葆有一片天蓝色的彼岸？让我们重温童年，放飞梦想吧！回到你我心中的彼岸，去看看那充满传奇色彩的童话世界，那些可爱的小动物们，会使我们的心变得很温暖。

大家好！本不想打招呼显得那么热情、可爱，但我抑制不住内心的激动——你有听过一只狗的演讲吗?！我先还不能介绍自己的名字，因为我的名儿有好几个！好吧，对于一只狗来说，我的故事也算传奇了。

第一章　出生篇

我出生在一个动物园里，那时我还很小，在我还不认得爸妈时，饲养员就把我抱走了，他每天都喂我奶喝，并给我取名为多多。他希望我长得胖胖的，招揽游客，赚多多的钱。在我大一些的时候，饲养员就经常把我带到动物园门口，让我随他一起卖气球。虽然我只是一只杂种狗，身上的毛多为咖啡色，只有耳朵和四肢是深棕色，并不是那么漂亮，但也还算可爱。很多人买气球时看到我，会抚摸我身上的毛，给我一些肉骨头。或者说，他们主要是来看望我，顺便买气球的。不管怎样，都达到吸引游客的目的，我也有了不小的名气。

一天下午，我趴在小木屋里，窗外的景物变得朦胧起来，哦，下雨了。动物园里很安静，雨势突然转大，估计一整天都会下雨，游客们自然也来不了动物园，纷纷回去了。饲养员今天可以不用工作了！想到这，我兴奋地伸出舌头，去接那透明的小雨滴。这时，我同时发现了两个让我兴奋的景象：一是有只可爱的小瓢虫飞到树叶下躲雨，它时不时动一动自己的小触角，在这阴暗的雨天里，多了一抹鲜红色；二是远方的一个人影，估计是饲养员给我送好吃的来了。我朝着人影“汪汪”叫了两声，以表示欢迎。可雨很快把我的声音断开，小瓢虫也吓得飞走了。我只好重新趴下，静静地摇起尾巴。人渐渐走近了，果然是饲养员！他手里什么也没拿，只是握着一把灰褐色的大伞，你别说，这大伞跟我的肤色还挺配！

饲养员停住了脚步，他的脚前有一个大水坑，过不去。他招手示意让我过来，我犹豫了一会儿，既不喂食，雨这么大，又不可能是去卖气球，他要我做什么呢？

饲养员见我久久未来，又响亮地吹了一个口哨。我一个小“助跑”轻松跨过了水坑，走到那宽阔的大伞下，不知为什么，那雨打在伞上发出的噼里啪啦的响声，竟使我焦躁不安起来。

回头一望，那只小瓢虫又悠然自得地停落在叶片上。

第二章　马戏团

我们沿着林荫道走了一阵子，地上的鹅卵石被雨水冲刷得一尘不染，这是我第一次看到外面的世界呢！平常我都没有出过动物园，真是长了不少见识。

隔着朦胧的水汽，远方依稀有一顶似帐篷一样的东西，五颜六色的，很是好看。我的饲养员主人似乎也比较喜欢，径直走到了那顶帐篷的跟前，拉开了布的一角，我钻了进去，抖了抖身上的水，墙纸是鹅黄色的，让人感觉温暖、舒适。椅子上坐着一个人，脸上涂得花花绿绿的，像是吃小孩的妖怪，但他笑得很慈祥，一点也没有要吃人的样子。

见到饲养员，他热情地泡了一杯茶，那滑稽的红鼻子在白色的灯光下闪闪发亮。奇怪的是，我的主人好像和他很熟似的，亲切地称他为“阿龙”，两人聊起天来，我闲着无聊只好趴在地上小眯一会——第一次和主人一起出门，我想好好表现。

在我睡意正浓时，忽然主人放下茶杯，笑眯眯地看着我说：“阿龙，这条狗虽然不是纯正的，但非常聪明，它就交给你培养吧！”我警觉地抬头，竖起了耳朵——什么?!难道我要和这个名叫阿龙的人走吗？难道我和饲养员主人的交情结束了吗？“哦，放心吧，我会照顾这个小家伙的。”阿龙抚摸着我的毛，原来他并不是出于巧合才走进帐篷的！我该怎么办呢……

“那，再见了，你要听话呀，多多。”饲养员走出了帐篷，灰褐色的大伞逐渐消失在雨中。一切来得太突然了，我不知所措地朝雨里吠叫了几声，但没有用。“希望你喜欢这里，喜欢马戏团，多多。”阿龙给我准备了一个棉絮铺成的小床和一些水、食物，“真幸运你是这里唯一的家养狗，不用像其他动物那样每天辛苦地训练，不过放心吧，我会教你一些算术和叼盘子的，也不会亏待你的。”阿龙卸下脸上的妆显得更加慈祥了，一双温和的蓝眼睛机敏地眨巴着。我想我会接受这里的，我还挺喜欢新主人阿龙的，并且饲养员让我待在这肯定有他的想法。咦，等等，阿龙说有其他动物在这，我可能会有一些伙伴了……

第三章 新生活

我是被一阵喧闹的鼓声吵醒的。我跑到外面，已经是早上了，久违的阳光洒在我的身上，大地光彩重生，真美呀，白云就像是可口的棉花糖。“多多，多多来了吗?”阿龙甜润却又略带沙哑的声音回响在林荫道里。我闻声赶忙绕到帐篷后面，阿龙正在给动物们点名，手里拿着一本小册子。“汪!”我叫了一声，试图吸引他的注意。他看了看我，“不是叫你哦，小家伙。”然后他的声音提高了几分贝，似乎有点生气了。“快出来呀，多多!”我正疑惑不解呢，我不就在眼前吗?周围有很多香樟树，形成了一片小树林，马戏团正开在树林中间的草坪上，方便训练，下雨时，还可以到树林里去。就在我环顾四周时，一只小猴子突然从香樟树的后面跳出来，调皮地摇着尾巴，把我吓了一跳，它跑到阿龙面前，舔了舔它的小手爪。“真是的，跑到哪里去了?”阿龙嗔怪道，一边翻阅那本小册子。“看来你和别人重名了呢，那么……小家伙，目前还没有 T 字打头的宠物，你改名叫图多吧!”在我的身旁还有很多不同种类的狗，它们都不约而同地把目光投向了我。好吧!我也就勉强接受了。“现在，人都到齐了，我们先来做个简单运动，然后再吃早饭。还有，这是我们的新成员图多，大家热烈欢迎，我们给它献上一段精彩的表演吧!”

草坪顿时变得热闹起来了，小猴多多打起了不知从哪冒出来的鼓，也许早上就是它在打吧！一些小仓鼠踩着皮球在草地上滚来滚去，它们表演得很娴熟的样子。不同种类的狗集中在一块，阿龙每朝一个方向扔盘子，那个方向的狗狗会准确无误地叼到，然后递给阿龙。它们竟配合得如此默契，我羡慕不已。“图多，开心吗？要不要来试一下？”阿龙转过身来，他的手里还拿着一个盘子。我愣了一下，忽地认识到自己已经改名了。阿龙用期待的眼光看着我，至少要尝试一下嘛。“嗖”的一声，那蓝色的盘子在空中打着转儿，我措手不及，当我准备去接的时候，它就已经落在草坪上了。“那只笨狗连叼盘都不会。”“就是嘛，看它那么胖，在动物园里被宠坏了吧。”场面无比尴尬，狗狗们全都议论起我来。“好了，好了，没关系，你还可以试着踩一下那个皮球。”阿龙在替我解围。我小心翼翼地踩在那个皮球上，好不容易站稳了，阿龙鼓励我，让我试着朝前走几步。我习惯性地往前跑，可球连连向后退，跑得越快向后退得也越快。“傻呀，当然要倒着走球才能前进呀！”一只浑身雪白的狗嘲讽道。我跳下了皮球，脸火辣辣的。阿龙又把我带到猴子多多面前，让我敲那面鼓，我太胖了，四肢都很短小，连鼓棒子都拿不起来，更何况打鼓！阿龙叹了口气：“看来你只适合做只家养狗来招揽游客了，本来还想让你学一些本领的……”说罢他便走了，我失落地回到帐篷，对着天花板发呆。“怎么了？”一个富有磁性的声音萦绕在我的耳畔。“没什么。”我继续发呆，没有理会。“但你看起来不开心呀。”一只鹦鹉停在了我的面前，我惊讶不已，原来鹦鹉是声音的源头呀。

“你好，我叫奇奇。”鹦鹉又说话了。“我叫图多。唉，为什么我总是那么不合群呢？我那么胖，一点运动天赋也没有。”奇奇是这里唯一一个肯和我说话的“小伙伴”。“胖也许就是你的天赋，”奇奇飞出了帐篷，“跟我来吧！”我被它的这番话搞糊涂了，难道胖也是一种天赋吗？但我没时间思考，便愣头愣脑地跟着它走了，不过看鹦鹉那肥肥的身子，我便理解它的言下之意了。

新生活已经开始了，开头有些不顺，但愿结局是好的，俗话说“先苦后甜”嘛。

第四章　我爱数学

我们往林荫道的更深处走，里面的树木愈加茂密。奇奇飞到一棵树面前停住了，那棵树是我所见过的所有香樟中最高大的，抬头便能看到它那粗壮的枝干和翠绿的嫩芽，树根一直延伸到很远的地方，在树枝与树干的交接处，有一个似洞穴的东西，可早已被枯枝落叶填满了。

奇奇一边飞一边高声唱着：“月儿弯弯，虫儿低吟，万籁俱寂，满天繁星……”它唱这些做什么？啊，我才发现树枝与树干交接处的落叶没有了！一只猫头鹰睡眼惺忪地走出洞口，问道：“嗯？已经是晚上吗？”“没有，猫头鹰先生。我只是想找你借一些书，顺便说一下，这是我的朋友图多，我是来帮它借书的。”奇奇很有礼貌地答道。“好的，进来吧。”猫头鹰打了个哈欠，又钻进了洞里。

奇奇朝我眨着眼睛。“它可是最有智慧的鸟类呢，你不去看看?”“我也想，可是怎么上去呢?”我看了一眼洞口，可真高啊。“这好办，看到旁边那根藤子没有? 抓住它往上爬。加油！你能行的，我在洞里等你。”“可，可是……”奇奇没听我说完便进洞了。可狗不会爬树呀！我哭笑不得，多么希望自己有一双翅膀，直接飞上去。“相信自己有能力，那么你就真的会有。”猫头鹰发话了，它的声音很沉稳、坚定，完全不同于之前，给人一种不可抗拒的力量。我咬咬牙，纵身向上一跳，抓紧藤子后，我试着用我那短小的四肢向上爬，一开始并不是很顺利，但我渐渐掌握了技巧，不一会儿就爬上去了。

当我兴奋地钻进洞口时，奇奇高兴地扇动着翅膀，猫头鹰先生正在读书——也不知道在读什么，津津有味的，当看到精彩部分时，它的羽毛就会蓬松得像个球儿。“我就知道你能行的，”奇奇说，“之前你做各种运动失败的原因是你没能坚持到底，一次失败后你就放弃了。而这次你凭借自己的力量坚持爬上来了，不是吗?”我觉得奇奇讲得有道理，确实，我爬上来是因为这次我坚持了。“孩子，你压根不缺乏运动天赋，”猫头鹰放下了书，“你只是需要多尝试。”听完猫头鹰这一番话，我又找回了自信，我很感谢它。“你要善于发现自己的天赋。”猫头鹰说完便飞走了，不一会儿它又回来了，嘴里叼着一本书，递给我，声称它要教我算术，它认为我有潜能。“马戏团里没有一个动物是会算术的。”奇奇在一旁添油加醋，我惊讶地问道：“连奇奇也不会吗?”“我不会的东西可多啦，”奇奇有些不耐烦了，“好啦，快读吧，别管我了。”我翻开书，其实心里仍存有许多疑惑，它哪里搞来的这本书？然而出于礼貌我并没有问……

接近中午了，我的肚子已经在唱“空城计”了，啊，我真不该这么任性，早餐没吃就跑出来了，快快把书看完回去吧！书页是淡黄色的，有股清香，使我陶醉。上面整齐地写着：1＋1＝？2＋2＝？3＋3＝？4＋4＝？……天啊，这么简单，原来这就是算术呀！我在动物园里卖气球时，加减乘除法全会呢！托饲养员的福，我成为马戏团里唯一会算术的动物啦！

我兴奋地告诉奇奇这些我都会，猫头鹰先生比较惊讶。它给我出了一些题，我也很快做完了，我感到了前所未有的快感，准确地说，是成就感。猫头鹰见我这么熟练，满意地笑了。“你今天就先回去吧，以后可以随时来找我借书。给，这里有几本数学书，相对算术而言较难一些，不过以你的水平很快便能理解，数学最终是要应用于实际生活的。”“好的，谢谢你，猫头鹰先生。”我已经迫不及待给阿龙展示我的天赋了。“那，回去吧。”奇奇叼着书，飞出树洞。“嗯。”我答应道，沿着藤子又爬了下来。“看来我得睡上一整天了，”猫头鹰打了个哈欠并闭上了眼睛，但依旧微笑着，“再见啦，图多。”

“再见，猫头鹰先生。”

午饭后，大多数动物都跟着阿龙去市里表演了，我似乎还能听见马车离去的声音。草坪上光线十分充足，我趴在那里读猫头鹰先生借给我的书，一边咯咯地笑——等阿龙他们回来后，给他们一个惊喜。也许是被我的笑声感染了吧，周围树木的叶子都沙沙响了起来。起风了，草地上两朵无名的野花随风摆动，我感受到了微风拂过面颊的惬意。哦，饲养员现在可好？他是否也在想我呢？我的思念若能化为柳絮随风捎给他就好了，我要告诉他，我在这里很快乐，找到了朋友和兴趣爱好——我真是太爱数学了！我想这会改变那些之前对我不怎么友好的狗狗们的态度。

风儿渐渐平息了，一片树叶落在我的头上，我将它夹在书里，过几天它就会变成漂亮的标本。

今天真安静耶。

第五章　去或不去？

阿龙他们在傍晚时回来了，阿龙看起来不是很高兴，他嘀咕着：“现在赚的钱还不如马车来回跑一趟赚的钱多，照这样下去我可要破产了！不行，我得搞些新的动物来吸引顾客的眼球，像长颈鹿、大象之类的……”“为何不把图多带上呢？”奇奇飞到阿龙的肩膀上，提议道。“它？那个小家伙？不行不行，它还要看家呢。”阿龙摇摇头，避开我的目光，他尽力想委婉些拒绝，但口气里还是透出嫌弃。“你让它试一下嘛，而且它会表演算术的。”奇奇仍然坚持。

“现在大家都不稀罕狗算术了，都能看出破绽——不就是在腿上拴根红绳，主人拉几下叫几声吗?”“它可是真的会算呀！不需要借助任何工具的。”奇奇硬是把我带到阿龙面前让我证明。阿龙丝毫没有显露出惊讶或兴奋的神情：很多纯种贵族狗都只能勉强会一点，更何况我一个普通的杂种狗?“这纯粹是在浪费时间，”阿龙不满了，“时间就是金钱，嘿，2×4 等于多少?”他可真够贪财的！我心想。我小心翼翼地叫了八声，生怕少叫了或多叫了。奇奇投来赞许的眼光，我知道，它在鼓励我。“这是巧合，有本事算下 28×4 呀，图多你就安心看门吧，小家伙，不要太逞能了。”阿龙用调侃的口吻和我商量——看来是不想带我去了。说实话我比较恼火——阿龙为什么不信任我，为什么小看我呢? 真是有点“欺狗太甚”了，难道想要我叫 112 下吗?!

奇奇不知从哪里搞出来一张纸和一支笔，“刚才数字太大了，来写下你的答案吧。”这时有不少动物都围拢起来凑热闹，我在纸上写下 112，这三个数字对我的意义可大了。阿龙见我答对了便也认可，但还是不怎么情愿，是怕花钱么? 哼，我想我看错他了!!“看那只新来的狗，它会算术耶!”周围的动物们也都沸腾起来。

“54×3=?”“47×6=?”“3×9=?”……它们一个接着一个地考验我，我不慌不忙地写下 162、282、27 等数字，白纸上留下我圆润的字体。“哦。你真是太棒了，给我们马戏团争光!”有一只小仓鼠说话时脸上的胡须一抖一抖的，真可爱呀。我趁着动物们兴奋赞美之时，得意地朝阿龙看了一眼，只见他眉头一皱：“随便你好了，就带上你吧。”阿龙说完便走了，气氛变得尴尬起来，动物们见主人不高兴，也不说话了。

阿龙慢悠悠地走到帐篷前，他掀起帐篷的一小角，又转身命令道：“鹦鹉过来。”说完他便进去了。我向奇奇的方向望去，它好像很紧张，在所有动物的注视下缓缓走过去。“哦，这下倒霉了，”奇奇的羽毛耷拉下来，“阿龙一般都叫我‘奇奇’的，硬生生地叫我鹦鹉，他肯定是生气了。”“没关系的。”我嘴上这样说着，但还是比较紧张。

他们都进帐篷了，我很关心奇奇的状况，周围的动物们把我的视线挡住了，我看不到，于是便偷偷绕到帐篷后面去偷听。“鹦鹉你怎么搞的！为什么要让它去？你明知很辛苦的！”是阿龙的声音！“图多它可不这样认为，得到他人的认可它肯定很高兴，要想让它快速融入集体的生活，就必须这么做！”“你不知道市中心对一只小狗来说有多危险！”“可能吧，但我会看好它，保护它的。”奇奇的话令我非常感动。阿龙沉默了，一会儿又语重心长地说：“奇奇啊，”（他终于肯叫鹦鹉的真名了）“遇到危险时，你可以飞，但图多……”“图多还会跑呢。”奇奇插嘴道，“我知道，但是一只小狗终归是没有人快的。”“我都说了，我会照顾好它的，而且市中心哪来的那么多危险！”奇奇说出了我的心声。“你是我最信任的动物了，奇奇，你一定要保护好它。”阿龙渐渐变温柔了一些，语速也变慢了。“没问题!”奇奇飞出了帐篷，长久的“讨论”终于结束了，经过好几番波折，奇奇说服了阿龙。太棒了！我现在正式成为马戏团的一员了，并要开始我的第一次表演，这不是我长久以来所期盼的吗?

奇奇发现了躲在帐篷后的我，它一个“急刹”，在空中做了一个回旋，又飞回来，我给了它一个大大的拥抱。“你果真是我最好的朋友，奇奇。”“谢谢。”奇奇把它柔软的羽毛搭在我的肩膀上，这时我又想起了什么，问道:“为什么阿龙说市中心有危险呢?你们不是每次都平安归来吗?”“只要不走远，就没问题,”奇奇面不改色，完全不害怕，“阿龙有些杞人忧天了。”“是吗?”我们不约而同地咯咯笑起来，“阿龙比较关心你、爱护你的，所以才说出那些挑衅你的话，不要太在意。”“嗯。”奇奇说的我都理解，我又重新恢复了对阿龙的好感。

夜深人静，微风轻拂，虫儿在草丛里低吟，萤火虫一闪一闪的，好美呀。我开始理解猫头鹰为什么那么喜欢夜晚了。“接下来我们要巡回演出了，你可要有心理准备哦，以后我们就不住在草地上了。”奇奇很怀念地朝着帐篷看了一眼，“我知道你肯定不愿意一个人独自留下来看家的，马戏团经费不足，这更需要你了。”“我会表现好的。”我赶忙给它一个肯定的答复，好让它放心。“我相信你的，夜已深了，去睡觉吧，晚安。”奇奇扑棱扑棱翅膀，飞走了。“晚安。”我望着它远去的背影，别提心里有多温暖、亲切了，这就是所谓的帮忙了吧，没想到我对奇奇竟是如此的依恋。

伴着黎明的微光，我入睡了，从没有睡得这么香、这么甜蜜。

第六章　市中心

今天是有史以来最棒的一天！要搬家演出喽！阿龙临走时给我的脖子上挂了一个小铃铛，他让我一定要跟紧队伍，别跑丢了，还特意把我安排在队尾，好让奇奇方便照顾我。所有动物都上了一列超长的火车，我们要向市中心出发了。我抑制不住内心的激动，拉着奇奇在车厢里跑来跑去。我感到我的脚在随着火车行驶的震动抖得非常厉害，但这又算得了什么呢？看到窗外的景色不断远去，我就兴奋不已——自己快得像要飞起来似的！“哦，哦哦！坐火车真好玩！”我大叫。“别跑来跑去的，坐下来安静点！这样很危险的。”阿龙在前面高声喊道。好吧！我和奇奇不情愿地坐了下来，由于昨晚睡得比较迟，我的上下眼皮已经开始“打架”了，在颠簸的车厢内，我一路睡到了市中心。在我意识还没有太清醒的时候，我隐约听到动物们在叫唤。“到了，到了！”好像是阿龙。我慢慢睁开眼睛，车窗外的阳光十分刺眼。“快点下车吧。”奇奇突然出现在我身后。“好的！”我打了个大大的哈欠，感觉很舒服，跟着动物们一起下车了。

我是闭着眼睛下车的，这天，晒得人睁不开眼——更何况我还在阴暗凉爽的车厢里睡了好一段时辰，但暖洋洋的还是会使人滋生倦意。我不想跟丢队伍，所以还是强迫自己睁开眼睛，还好，我渐渐睁开并习惯了。哇！当我彻底清醒时我才发现——这个市中心可真大啊！繁荣而又古老的街道，精致而又特别的商店，里面摆满了可口的点心和美丽的工艺品。高大又漂亮的楼房，还有温馨而又可爱的小房子。闹嚷嚷的人数不胜数，这里虽大，但也够拥挤的。

“嘿，看那边！有一个超酷的马戏团耶！我们去看看吧！”有一个小男孩看到我们长长的游行队伍羡慕不已。“好可爱的狗！什么品种的呀？”晕，他居然直接跟在了队尾，我吓了一跳，没有理睬他，继续前行。“你们要去哪儿？等等我。”小男孩还在穷追不舍。奇奇发话了：“小朋友，这里不是你玩耍的地方，到别处玩去吧。”小男孩沉默了片刻，我以为他要走，但他反而跟得更紧了！他红润的小脸闪烁着喜悦的光芒。“神奇啊！鹦鹉居然会说话！这个马戏团我跟定了！”看来鹦鹉的话起了反效果呀，奇奇只好说：“我们的主人上午要采购食材方便路上食用，所以请你现在不要来打扰我们。下午表演时你可以来观看，儿童半票哦！”小男孩咯咯地笑：“你可真是只聪明的鸟，我下午会来的，拜拜！”便一溜烟跑走了。“怎么样，我招揽游客的技术不比你差吧？”奇奇得意地朝我挤挤眉毛，我只是微笑，满脑子都在想下午的表演，我从此就不只是一个招揽游客的小宠物狗了，我要成为人人都爱的明星狗狗！

队伍突然停住了，我的思绪被打断，奇奇一不小心撞到了我的背上。阿龙走进一家商店，看来他要去买些什么东西。动物们都站在外面等候，一面谈论着市中心。阳光变得更刺眼了，一个小铁片在地上闪闪发亮。人来人往，市中心变得越来越拥挤，我等得有些不耐烦，想到阴凉处待着，奇奇看穿了我的心事。“忍耐一下吧，市中心白天热闹繁华，晚上却只剩下乞丐、酒鬼和警察了，不要掉以轻心。”“好。”我嘴上这样答着，心里仍很烦躁。环顾一下四周，一个小巷子吸引了我的注意，趁着奇奇不注意，我偷偷地走进去乘凉。巷子里还挺阴凉的，有很多破砖烂瓦，墙根处，一根破了的水管在不停地漏水，水滴在地上的声音十分清脆，回响在整个小巷里，砖缝里长出了一些青苔，因长年没有阳光照射而变得十分茂盛。我望了一眼身后热闹的集市，犹豫了一会，还是向着巷子深处走去了。“奇奇它会不会发现我跑掉了呢？它会不会生气？”我一边往里走一边想。这时我感觉一道黑影从我身边闪过，我心里猛地一惊——难道还有别人在这里？乞丐、酒鬼，还是警察？不管是谁都对我不利啊！我尽量屏住自己的气息——这么黑，只要我看不见他，那他也肯定看不见我！

然而我错了，当我站累了刚坐在地上时，就有一个声音冒了出来：“小子，你在这里做什么呢？”我连忙向后退了好几步，惊恐地看着“他”，咦？“他”好像和我一般高，不像是人啊。“你以为我看不见你吗？咯咯。”黑暗中多出了一双漂亮的绿色眼睛，水灵灵的，像两颗发光的绿宝石。“很抱歉，我们猫科动物的视力是非常好的。”它是一只小猫？我的眼睛渐渐适应了黑暗，我看清它了，它的毛是灰白的，不是很好看，但它有双迷人的大眼睛。“你说句话呀，一言不发的，我叫玛雅，你叫什么？”玛雅，听这名字应该是女生吧，我心想。“妈呀（玛雅），我本来就不太会和猫相处，尤其是母猫。”我说出了真心话，虽然在马戏团里狗和猫是和平相处的，但我还是尽量避免与猫正面打交道。“没关系，你会习惯的。”玛雅满不在乎的样子，“还有，不要总盯着我看，放轻松些。”“对不起。”我脸红了（在黑暗中看不见），我知道打量别人是不礼貌的，但我到一个陌生环境时就忍不住要这样做，更何况玛雅的眼睛像黑夜的明珠，我的注意力自然就被转移了，如同飞蛾喜好往亮的地方飞一样。

“你叫什么名字？为什么要过来？这已经是我第二次问你了。”玛雅好像对我十分好奇，一双大眼睛眨巴着。我想起奇奇的话——不能透露太多个人信息，而且我等会儿就要出去找我的主人，没空在这里闲聊。于是我就作简单的回答：“我叫多多（暂不告诉它改名的事），外面太热了，我在这里乘会儿凉，现在我要走了，我的主人在外边等我。”我一边说一边向外边走去。“等等，你有主人了？”玛雅不愧是猫，动作很敏捷，轻轻一跳便挡住了我，它满眼写着“失落”两字。“我还以为你也在流浪，还指望和你交个朋友呢。”“流浪？”我的心酸了一下，不禁慢下脚步，在动物园卖气球时我经常会看到一些可怜的流浪小动物，它们浑身脏兮兮的，我有时还会分一点食物给它们呢。“是啊，那是好几年前的事了，我很小还没有记忆时，就被主人抛弃了。”它双目低垂。“为什么？”我赶忙追问。“我也不知道，都说了我当时没有记忆，”玛雅又抬起头，忧伤地看着我，“不过还好这个流浪猫俱乐部收留了我。”“流浪猫俱乐部？”我惊恐万分——还有别的猫？我该不会被它们做成“狗馅饼”吧？“是的，就在这，我原本还想让你加入的。”黑暗中仿佛多了好多双眼睛一齐盯着我，我对玛雅的情感由怜悯变为害怕，我加快了脚步，拼命往巷子口跑去。“别走啊，我们不会伤害你的！”玛雅朝我大声叫道，“既然你不加入我们，就给我们留些东西吧，有一些小猫已经饿了两天了。”玛雅的话戳中了我的软肋，我转过身来看，黑暗中又多了几双饥渴的乞求的眼睛。啊，那都只是一些刚出生没多久的小猫！它们瘦骨嶙峋，居然坚持了两天没有吃东西！玛雅比小猫们大不了多少，却要担负喂养它们的重任，而我只是自私地考虑到我会不会受到伤害，其实它们才是最需要帮助的群体呀！我不禁心生愧疚——我身上实在没什么吃的。离巷口只剩一步了，光明就在眼前，我随时都可以出去，但我无法容忍那一双双饥渴的眼神，就算它们是猫，和我不是一个物种，却也是一个个鲜活的生命，怎能见死不救呢？铃铛！对了，我还有一颗漂亮的金黄的小铃铛，上面刻着小字“阿龙马戏团”，字是阿龙特意镀上一层银子的，那一定很值钱吧。我从自己的脖子上小心翼翼地取下铃铛以及那条拴住它的红丝带，它发出清脆的“叮铛”声，我又重新跑到玛雅面前，把铃铛递给它。

“希望这对你有帮助。”我说。“谢谢。”玛雅接过铃铛，脸上挂着温和的笑容。

时间不早了，我向着巷口飞奔而去。“如果你有困难，可以随时找我。”这是我临走前说的最后一句话。“谢谢……我到哪找你?”“就在……奇奇!”“奇奇?”玛雅疑惑地看着我。不，是鹦鹉奇奇！就在巷口，生气地朝我走来，它为什么不飞呢？可能翅膀被我气得没有力气了吧。天啊，这得生气到何种程度呀！我意识到不妙。“图多!”奇奇气急败坏。“图多是谁?”玛雅手拿铃铛问我。我虽然很想回答它，但被奇奇一下拉出巷子，没办法，只得由奇奇了。

“等等！唉，它最终还是没有说出地址。”玛雅失望地嘀咕道，握着铃铛，望着我远去的背影，它别提有多难过了，身旁的小猫一拥而上，迫不及待地想拿铃铛换些吃的。

第七章　争吵

“我真想和你好好谈一谈，图多。”奇奇绕着圈子在地上走来走去。“冷静些，奇奇。”我想安慰它，却不知道从何说起。“冷静？你让我冷静？我信任你，千辛万苦帮你说服阿龙，希望你能快乐，让你不要乱走，你偏要！现在好了吧，阿龙快要急疯了！他最好的朋友托付给他的宠物狗走失了！我要负全责，因为我有照顾你的义务，如果找不到你，我就会被逐出马戏团!”“怎么这么严重?”“我只不过乘会儿凉，没想到发生这么多事。”“乘凉？我以为你遇到了危险……”奇奇带着哭腔，看来它真的很担心我。“好吧，我想我们没什么可说的了。”它用羽毛擦拭了一下眼泪，生气地瞪了我一眼，然后飞走了，留我一个人傻傻地站在那里，不知所措。

我又重新回到了长长的队伍。这次我走在最前面，由阿龙亲自看着。刚见到我时，阿龙犹如哥伦布发现新大陆似的，兴奋地把我抱起来，举得高高的，一面轻蔑地朝奇奇瞟了一眼：“还好小家伙自己找回了路呢，鹦鹉，要不有你好受的。”我刚想说些什么，但看奇奇面无表情，好像麻木了，变成机械木偶一样，动弹不得，我也就把话咽下去了。它丝毫没有要为自己辩解的意思，迈着僵硬的步伐，回到队尾。身边的动物叽叽喳喳地议论开了，怪奇奇没有保护好我，而奇奇仿佛什么也没有听到。“行了，图多待在我身边最安全。”阿龙发话了，所有动物安静下来。

就这样，我成了整支队伍的领头，奇奇则默默地跟在队尾。

我不时回过头去看奇奇，我多么希望找一个为它辩解的机会啊。主人阿龙和我寸步不离，我怎么到奇奇身边呢？“我要买十包鼠粮、五袋新鲜蔬菜水果……”我回过神来时，阿龙又来到另一个铺子，他望了望我，顿了一下，“再来三根风干香肠吧！”哇，这么多！我想我能大饱口福了！要在平时，我早就乐得合不拢嘴了，但看到奇奇一脸忧郁的样子，我实在开心不起来了。

就这样，一个充满火药味的上午结束了，我的心情无比纠结。午餐时间一到，大家都在美滋滋地享用食物，只有我和奇奇吃不下饭。我想趁着主人阿龙不注意时，偷偷溜过去，最终未能得逞。

选购结束，我盼望已久的表演要开始了，地点在市中心一个巨型帐篷里，台下有座位，我和动物们一起上台。奇奇依旧像往常一样在台上唱歌、说话，好像什么也没发生过一样。台下欢呼声一片，之前和我搭讪过的小男孩也在，一个劲地鼓着掌。哇，奇奇真厉害，一下子就把现场的气氛带动起来了，动物们一个一个出场，看得人眼花缭乱，热闹极了。“Ladies and 乡亲们!”奇奇以自己独有的幽默方式主持道。台上的话筒把声音传播得很远，我抿嘴偷笑了一下。这时，一只小仓鼠滚着一个皮球儿来到我面前。“你是图多吗？听说你和奇奇吵架了？”“呜……”我含糊不清地答道。“我有办法!”小仓鼠看起来很感兴趣的样子，跟我耳语了一阵子，我迟疑了。“这样做真的好吗?”“这是唯一的方法，你就照做吧！亏你还是会算术的聪明狗，其他动物，我还不告诉它呢。”小仓鼠批评我了，看来它还挺傲娇的，“你这样……再这样……”我一面听一面点头——唉，就按它说的办吧！

我来到后台，那里有很多乱七八糟的大电线，我听从小仓鼠的吩咐，把那根红色的主线拔掉，我用力咬住它，向后一拉便轻松搞定——嘿！没我想象的那么难。我还没来得及高兴，就忽然眼前一黑。停电了？哦，是啊，我把电闸什么的都通通弄没了呢！果然如小仓鼠所料，帐篷里光线较暗，是需要开灯的，若把主线拔了，电就自然没了，没耐心的观众就也肯定要回去。“很高兴与你们……”奇奇话音未落，整个帐篷里就漆黑一片，不一会，话筒也没电了，声音彻底中断啦。

“怎么回事?”“怎么搞的?”“我要退票!”“妈妈我害怕，呜哇——”底下所有人都不满地大吼起来，阿龙尴尬无比，拿着一个扩音筒上台救场（还好那个不需要电），“请大家少安勿躁！后台出了点小问题！耐心等待一下，我会找人修的。”啊，我得趁乱快跑，以免被卷入其中。“那可怎么行？我可等不及！退票算了。”“退票！退票！……”群众都也跟着附和起来，阿龙急了。“要不这样吧，我们把表演时间推迟到今晚八点，到时候票价一律七折，怎么样?”“好吧，好吧!”群众渐渐散开了，大家其实都还是比较喜欢占那“七折”的便宜的。

“好啦！为了让主线坏得更彻底，我把它剪断了!”小仓鼠在我身后，它手上一把小剪刀白晃晃的。“嘿，适可而止呀你，这让阿龙晚上怎么表演？太过分了吧?”我夺过它手里的剪刀，慌忙藏起来，拉着小仓鼠一起躲在帷幕后面。我听见了脚步声，阿龙拿着手电筒过来了，我似乎看到了他惊讶扭曲的表情。果然不出我所料，没过多久，整个帐篷里回响着阿龙的咆哮，“是谁把主线剪了？该死！晚上怎么给观众交代呢?”但是抱怨归抱怨，他最终还是打电话请人过来修了。“鹦鹉你也过来看看怎么回事呀!”“很抱歉，我只负责主持。”奇奇冷冷地回敬着。

计划进行得很顺利，现在全靠我自己了——第二步，写一封道歉信，马戏团结束时通常会有互动来信的活动（这就是把主线剪断拖延时间的原因），到时候奇奇在大众面前朗读我的信，多有诚意呀，它一定会原谅我的过失。

我和小仓鼠跑到小树林里去写信，这里绿荫尽染，阳光透过枝叶投下斑驳的影子。我冥思苦想，盯着白纸看了半天却一字未动，当时的我还没有接触过文学，不太会写信呢。我想，白纸肯定都被我这样死一般盯着感到不好意思了，我仿佛指望纸上能蹦出些黑字，给我一些灵感。

玛雅，要不要在信中提到它呢？我愁了，放下手中的笔，也抛弃了脑中凌乱的思绪。我躺在地上，身边的小仓鼠早已睡着，看来在它醒来前信是不能写完了……多羡慕天上的云朵呀！无忧无虑，自由自在的。“嗨！”一个熟悉的面孔出现在我面前，这声音是玛雅。“嘻嘻，”玛雅银铃般的笑声回响在树林里，“没想到我来了吧？”“你怎么来了，玛雅？”我答非所问，但语气里仍透着几分欣喜。“我找你找得可辛苦了！”玛雅边责备道，边坐在一块光滑的石头上。“一开始我清点小猫数量时，觉得小巷口并不是安定的栖居所，所以想来投靠你。”“这我理解，可你是怎么找到我的呢？”我怕玛雅吵醒身边的小仓鼠，便带它到一个小池塘边（反正那里能坐的石头也多）去慢慢聊，潺潺的流水很快就盖住了我们的说话声，再加上树林的隔音效果好，小仓鼠已经酣然入睡了。“我有时饿急了，就经常在这里采野果子吃。”玛雅指着对面一丛野乔木。确实，仔细看会有一些果子，但都尚未成熟，估计熟的都被采了吧。我只关心玛雅是如何找到我的，可它怎么就不说呢？“咳，玛雅，咱们言归正传吧。”我大胆地提了出来。“嗯？哦，好。”玛雅笑的时候有两个小酒窝，真是可爱。“你给我的铃铛若换钱来买东西的话，也管不了几顿饭，于是我准备收藏着。几只细心的小猫发现了铃铛上的字，上面写着‘阿龙马戏团’，我就觉得这是你给我留下的重要线索，就向人四处打听，终于找到了这里。”“等一下，”我忍不住插了一下嘴，“你怎么向人打听消息？”“当然是写下来呀。”玛雅很惊讶，一副“你该不会连这都不知道吧”的表情，我也就不插嘴了。“话说回来，你小子不是叫多多，叫图多吧？连改名的事都不告诉我，真是的，那个阿龙牵只猴出来找我，我还以为自己跑错路了呢。”哎呀，被它发现了，我的脸颊顿时红得像个熟透的番茄，支支吾吾地解释道：“呃，那个还是老名字用得习惯一些嘛！”“行，算啦，我也不计较啦。”玛雅看我紧张的样子，不由得笑了起来，“还是上次那只找你的鹦鹉告诉我的。对了，它好像不太高兴？”玛雅的话一语惊醒梦中“狗”，我一下想起了来小树林的根本目的，又开始焦躁不安了。“玛雅，你会写信吗？”“会呀，要不怎么找到你的。”我把事情缘由重新跟它讲了一遍，希望它能帮助我。

玛雅满脸写着“没问题”三个字。“我最会写信了！但道歉信不同，必须由你亲自来写，这样显得有诚意，不过没关系，我能教你格式。”“我字写得不好看。”我声音小得像只蚊子，要知道我最讨厌曝光自己的糗事了，但还是被耳朵灵敏的玛雅听见了。“字不好可以慢慢练嘛，还有一下午的时间。”玛雅握住我的手，我感受到了它手的温暖，还湿乎乎的，估计跑过来找我时流汗了，喵星人的汗腺主要分布在脚爪子上。它手把手地教我写字，我学得非常认真，玛雅的声音像泉水一样清脆，似乎能使我忘却一切烦恼，在它的鼓励下，我的字有了很大的长进。

在我练字练得有些累的时候，玛雅就跟我讲关于它的故事，它讲得棒极了，不亚于一个演说家，它简直就是一个生存大师！“大自然是残酷的，有时我们不得不打架争夺食物，为了让小猫们不挨饿，我上树又爬墙，甚至下水捉鱼！”听到这里的时候我不禁产生了疑惑。“猫不是怕水吗?”玛雅却一点也不在乎。“那都是些娇生惯养的猫，不愁吃喝，再说不入虎穴，焉得虎子，不下水，怎么能吃到美味的鱼呢?”玛雅朝我挤挤眼睛，原本很辛苦的事被它说得如此轻松，真令我佩服，树林里充满了我们的欢声笑语。

“对了，玛雅，”我放下手中的笔，“我的主人是不会轻易收留其他动物的，你得表演些什么。”“我会唱歌，还会跳舞呢，流浪猫俱乐部每年都要举办舞会。”玛雅不假思索地答道。“那，你能在黑暗中表演吗?”我想起来小仓鼠剪断了电线，修理员还不一定能在规定时间内修好呢。“这个嘛，行是行，要知道我可是夜行动物，但观众就看不到了哇!”是啊，观众怎么办呢？这真令我着急，就算阿龙在市集上买了灯，但没有电怎能发亮呢？难不成把全市的手电筒买下来？这也太离谱了些……“我们可以抓萤火虫，姐姐！”姐姐？我扭头一看，发现好几只可爱的小猫不知什么时候从树丛里冒了出来，它们一下扑到玛雅怀里。“还有我们帮你，我们造了一只木船，等会儿去捉鱼和萤火虫吧！”它们真是太聪明啦！用萤火虫来衬托静谧的夜，不是很美好吗？我越发喜欢这些小猫了，瞧，它们造的木船多精致呀，有了它们的帮助，一定会成功的。

玛雅怜爱地抚摸着小猫们的头，就像母亲一般温柔，突然它把头转向了我，“图多，可以把这些小猫带去表演吗？它们唱歌可好听了。”“当然。”这些小家伙可帮了我大忙呢，我怎能不答应？

夕阳无限好，只是近黄昏。我的信连正文部分都没有写到呢，我得加快速度。

第八章　最棒的夜晚

黄昏，小飞虫变得多了起来，夜幕马上就要降临。正值六月，太阳落山了，暑气却还没有完全消退。我和玛雅在芦苇两侧滑行，浮萍一道开，似乎在为我们让路。为保证小猫们的安全，我们得把它们留在岸边。“好，就是这了。”玛雅突然停了下来，一头扎进芦苇丛，船儿猛地一荡，把我吓了一跳——唉，我可真是胆小。水面也因船的震动而漾起了涟漪，我不敢贸然走动，因为我不太会游泳，我只能拿着手里的捕萤火虫的网子（小猫们做的），尽量去够船边发光的小昆虫。芦苇丛中时不时发出“咻咻”的声音，玛雅的收获应该不小吧，过了一会儿，它就满载而归——手里拿着一个装满萤火虫的网子，玛雅把网子丢给我，我立马把里面所有虫都放到一个巨型玻璃瓶里——据说那瓶子原本是装猫粮的，然后又迅速扭紧瓶盖。望望我自己的网子里只有三三两两的小虫子，对比一下玛雅的，我一下变得很不好意思。玛雅似乎看穿了我的心思。“别傻了，你也可以做到的，草丛里多的是！你来捉虫，我去捕鱼去，顺便洗澡呢！”说完它便“咕咚”跳进湖里去了，留我一个坐在船上，手里仍握着那只装虫子的网。

四周响起了蛙鸣声，不知不觉天都黑了。我鼓起勇气往芦苇丛里一跳，正好跳在中间那块可以落脚的石头上——啊哈，我还挺走运的嘛！我慢慢睁开眼，发现周围的萤火虫多得数不胜数，十分壮观，一挥手网里就几乎装满了亮晶晶的小萤火虫，它们发出的光笼罩了整只小船。

“玛雅，你快看呀！萤火虫我已全部捕捉完毕了！”我高兴地朝湖面挥手。水面冒出了好多泡泡，玛雅游上船，嘴里咬着一条和它差不多大的鱼，那条鱼还在挣扎着，水珠溅得到处都是。玛雅望了一眼我的“战利品”，放下口中的鱼，点了点头。“嗯，不错，我们回去吧。”“唔，好。”我一直盯着那条大鱼，对玛雅产生了一点嫉妒，不过又不好意思显露出来。就在我们划了一小半时，岸边的小猫突然朝我大喊：“不要过来，这一块儿有水草很容易缠住船身的！还是反方向绕过来吧！这些水草白天沉在湖底，一到晚上就会自动浮出水面。”原来是这样！我赶紧调了船头，往反方向划，但这很费力，水的阻力很大，我们在逆流行驶呢，我累得满头大汗，船却只往前行驶了一点点，当我停手时，它又向后退了，搞了半天丝毫未动。“再不动，我可要游回去了！”我很恼火地朝船骂道。“别急啦，慢慢来。”玛雅温柔地看着我，“你没发现今天很美吗？”我停了下来，四周的蛙鸣声似乎更加响亮了，天空像是黑色的天鹅绒地毯一样，上面点缀着闪亮的繁星，芦苇丛里也发出阵阵幽香。是的，今天的确很美。这时我无意间和玛雅对视了一下，我们的眼光碰撞了，却怎么也移动不了，我们只看见——你的眼里，有我；我的眼里，有你……玛雅的双眸依然是那么楚楚动人，萤火虫发出的柔和的光，投在了玛雅那双像绿宝石一样的眼睛上，让我看到了像火一般的希望……我的心扑通直跳，等等，难道，我爱上了她？不行，爱上一只猫是多么愚蠢呀！和它交朋友已经够容忍了……但它真的很好哇！在我做内心斗争时，玛雅跑到我面前，紧紧地抱着我。“谢谢你给我一次机会，”一切来得太突然，我几乎能感受到它的气息！玛雅柔软又湿滑（刚从水里捉鱼回来）的毛贴在我的肚皮上，让我感觉很温暖。“不客气，我们是朋友。”我把手搭在了它的肩上，不知为何，说出这句话让我舒了一大口气。

“划船吧，玛雅！”我递给它一个桨，还有很多重要的事没做呢。“两个人总比一个人要强。”玛雅接过桨，我们俩用尽全力，终于划上了岸。“噢，姐夫！”一群小猫坏笑着看着我，高声喊着，“姐夫，姐夫！”“别乱说……”我慌了，玛雅却像什么事都没有一样，微笑着，抚摸着小猫们的头。“玛雅它只是抱了我一下以示感谢……喂，玛雅你倒是解释一下啊。”玛雅微笑而不答。“解释就是掩饰，掩饰就是事实，你喜欢姐姐的事实哦。”唉，这帮调皮的小猫，我竟无言以对。

“我还有正事要做呢，别烦我了。”我拿出纸和笔，赶紧写信的正文。“你有灵感了？”玛雅问道。小猫们见我要做正事，很知趣地走了。“是啊，文思泉涌呢。”我很高兴，手中的笔仿佛施了魔力，在白纸上齐刷刷地写着。终于，在离表演时间仅有五分钟时，我赶完了稿子，连饭都不吃，就拉着玛雅和一群小猫飞奔向帐篷。

刚到帐篷里，我就看到奇奇熟悉的身影，它独自坐在帷幕后，似乎在等我，见我来了便站了起来。“电路维修不了，主人得退票，你的第一场演出也泡汤了。”说完它转身就走了，我喊住了奇奇。“等等！你不要再生我气了，马戏团经济状况本来就不好，这次演出再失败，阿龙会破产，我们也要遭殃！”“那你有什么办法，没时间了，你能把演出全搞定吗？”奇奇激动得羽毛都蓬松起来了，它泪光闪闪，像受了很大的刺激。我低下头，“也许我不能，”我又顿了一下，“但是，我们能！”玛雅和小猫们把玻璃瓶一路滚来了，帐篷一下亮了很多！奇奇看了惊讶得嘴都合不拢了，沉默后，它缓缓开口：“好吧，那就按你说的做吧。”我笑了，和它做了简单的计划。观众已经逐渐入场了，等着吧，阿龙，我会给你一个惊喜的！

“怎么还没开始呀，超过演出时间了！”有观众已经不耐烦了，我推奇奇上场。“去吧，勇敢点，后台交给我。”奇奇犹豫地看了我一眼，缓缓走向台上。

阿龙的扩声器发出刺耳的尖叫，我知道奇奇正在努力尝试用翅膀抓握它。“大家好，虽然后台出了点小问题，可依然阻挡不了我们的‘动物狂欢’。”

“我敢保证，大家一定能体验到前所未有的乐趣，不过在此之前，请大家听我读一封信，我们得先跳到来信互动环节，再开始精彩的表演。”

全场鸦雀无声，每个人都满脸期待地看着奇奇。啊，它要读我的信了！大家皆欢喜，唯我的心提到了嗓子眼。我向玛雅点头示意，它打开玻璃瓶，萤火虫飞出来了，一闪一闪的，有很多观众都啧啧赞叹。哈，很美吧，这可是我的精心安排。

此刻，萤火虫的光已经照亮了整个帐篷了，奇奇大声地朗读着我的信：“来看看是谁写的信！噢，给亲爱的奇奇，你的图多，图多?”奇奇肯定没想到我会写信给它，它迟疑了两秒，仅仅两秒，然后它撕开信封，又继续读。

亲爱的奇奇：

我知道我们之间发生了争执，我很抱歉因我私自跑到巷子里乘凉，害你被主人误会，差点因我的冒失而把你逐出马戏团。你是那样好心帮我融入集体，而到头来我却什么也没帮你，还让你背了黑锅，我真不配当你的朋友，我一心只渴望名利，而却忽视了最珍贵的东西——友谊。是友谊鼓励我前进，是你助我实现“明星狗”的梦想，然而，我现在什么也不想要了，只求你能原谅我。你知道吗，奇奇，我向来是不太会写信的，但我在巷子里认识了一位朋友。它的名字叫玛雅，它是一只流浪猫，却带来了很多小猫，独自扛起生活的重担。虽然它是一只母猫，可爬树、跳舞、唱歌，甚至下水捉鱼它都会，无所不能。它教我写信，帮我捉了这些飞舞的萤火虫，玛雅和我成了朋友，我佩服它的勇气和乐观向上，和它相处使我明白，名利和财富都不重要，我真正想要的——一直在我心里。

最后我还想和你说两句，你有选择原不原谅我的权利，我的心意已经传到了，毕竟，这是一封道歉信。当然还有亲爱的观众朋友们，请尽情享受今晚的“动物狂欢”吧！顺便问一句，你们认为，我和奇奇能够和好吗？

你的图多

奇奇读完信后，茫然地望着观众席。一阵沉默后，之前跟我们认识的那个小男孩，从前排带头鼓掌。“能！”他说，“奇奇你应该原谅并和图多和好！”我多想给他一个大大的拥抱呀，这机敏的孩子！可我不能，因为我要主持后台。

全场掌声雷动。我走向舞台，曾经，我梦想着能通过这掌声来成名，然而如今我找到了更有意义的东西……我把手伸向奇奇，它看了我一眼，一把握住了。也不知是光的原因还是怎么的，它的眼里闪着泪花。

我们终归是和好了。

“我们仍是朋友吗?”“当然。”奇奇又恢复了它往日的富有磁性的声音，然后，它又转身朝向观众，“大家想看玛雅的精彩表演吗？请尽情欣赏吧!”“想!”所有人异口同声。玛雅带着小猫们上台了，在美丽的萤火虫光照下，玛雅唱起了一首节奏感很强的曲子，我虽然不知道叫什么名字，但我只是感觉很高兴，随着音乐的节奏跳起舞来。不一会儿，所有动物都被感染了，大家都上台展现出了精彩动人的一面，大家玩得很开心，连阿龙都上台加入了我们，他愿和玛雅共跳一支舞，完全忘了主人的身份。今晚我忘却了一切烦恼，只是融化在这动人的曲子中，沉浸在这来之不易的友谊中。在快要结束之时，阿龙高声喊道：“我宣布，玛雅正式成为马戏团的一员!”太好了，我可以和玛雅在一起了！我高兴地向玛雅奔去，再一次抱住它。“上次是你谢我，这次是我谢你。”“噢，图多。”玛雅笑了，“你都不知道我有多开心呢。”说完，它拉着我的手，教我跳舞，我悟性比较高，很快就能跟上玛雅的舞步了。世上没有不散的筵席。歌也唱了，舞也跳了，观众们也回去了。高潮已过，我和玛雅躺在草坪上看天空，流星划过，啊，快许愿呀！我记得动物园里饲养员和我说过，对着流星许愿很灵的。

“你的愿望是什么?”我问玛雅。“不能说，说了就实现不了了。”玛雅一本正经地看着我。

在大家都进入梦乡时，我却怎么也睡不着，总感觉忘了什么事。啊！小仓鼠！它还在树林里呢！该不会被谁吃了吧！我起身去找它，小仓鼠突然出现在帐篷外，圆溜溜的小眼睛直瞪着我：“好哇你！竟也不喊我来马戏团，真不够朋友！”

什么？又是争执？饶了我吧！

第九章　一封来自主人的信

时光飞逝，转眼我已经成了一只成年狗了（正常的狗狗三四岁成年）。马戏团的经济有所好转，玛雅和我早已融入集体，我俩的感情也日渐深厚。

没有人打破这宁静，直到玛雅收到了一封信。

“是谁写的呀？”玛雅疑惑地打开信封。那封信发出好闻的紫罗兰香，哼，该不会有哪个臭小子向它表白了吧？我愤愤不平地想。玛雅开始读信。它的表情由平静变到十分复杂，天啊，难道真有人表白了？“是杰克！”玛雅大喊。一听就是个浑小子的名字！可恶。“管它呢，一听就知道不是什么好人。”我始终想保持平静，走向狗盆低头喝水。“可他是我主人啊！”玛雅抬起头来，一语惊“狗”，我差点把水吐了出来。“他让我回去，要好好照顾我。”“拜托，把你抛弃了又要你回去，你主人能靠谱点吗？”我才不想要玛雅走呢，尤其是跟这么不负责任的主人。这时，我又想起了什么，“对了，你不是说在你没有记忆时你就被抛弃了吗？你又怎么知道你主人的名字呢？”我怀疑玛雅在撒谎，唔，今天应该不是愚人节吧？“他上面写着，你的主人，杰克。”玛雅把信纸反过来给我看，它真的没有骗我。“上面还说，之前的都是误会。当时我们去市中心是要去做慈善的，结果流浪猫俱乐部的首领猫太年老了，若它死了，就没人能照顾小猫了，于是需要新的候选人，杰克心软，就把我交给了首领猫，并说四年后来接我回去，到时候小猫们就可以自谋生路了，正好锻炼一下我的意志。”玛雅一本正经地看着我，似乎希望我发表一些建议。我自然是不愿让它走的，可我不能强迫它的意愿。“玛雅，你想离开马戏团吗？有可能杰克是骗你，想拐走你的！”“当然不愿意！”玛雅从未这么激动过，“你可曾记得我刚入马戏团时，天空有流星划过，你猜我许了什么愿？”我想了想，还真猜不出。“和你永远在一起！”玛雅大声喊道，然后不由分说地在我脸颊上亲了一口，啊！啊！啊！我可是第一次被猫亲啊！我当时许的愿望是和玛雅永远成为好朋友，不是这样子呀！我也曾问过自己的内心，我爱它吗？我自己都不晓得答案！神啊，告诉我吧！就算不求答案，遵循自己的内心，我也是知道的，我会选择跟玛雅在一起的。

我愣了好一会儿，才缓缓开口。“玛雅，我知道，我也挺喜欢你的。但是，求你留在这里好吗？我不想离开奇奇和大伙儿。”玛雅却伤心欲绝地看着我，“没有用的，我的主人和首领猫下了约定，我在约定上印了小猫爪，也就是说，无论如何我都得回去。”怎么能这样呢？约定“合同”在哪儿？我想我用心中燃烧的怒火便可把它化为飞灰。“那，你真的要走？”我心中有千万不舍。“是的，看来这次是非走不可了。今日一别，估计我们也只得来生相见了，马戏团只会在热闹、人流量大的地方，而我的主人偏住在小镇的后山里，他让我今天在市中心的收容所见。”“如果我和你一起去收容所的话，也许就多了一份遇见你的机会，话说，你主人介意再多养只狗吗？”“可能吧。”玛雅不确定，含糊地答应着。不管怎么说，至少要先尝试一下。

我开始收拾行李，却被奇奇拦住了。“图多，你要去哪儿？”“我要离开马戏团，去收容所，玛雅的主人要接它。”“等等，你为一只猫而抛下我们大家，你疯了吗？”我停下来，犹豫了。“包括要抛下我和阿龙吗？”奇奇哽咽了，我的心很痛。“抱歉，奇奇，我喜欢玛雅。”“喜欢？你忘了，马戏团是禁止动物们恋爱的！更何况一只狗和猫！”“所以我才要离开。”我故作镇定，似乎想要征求奇奇同意，奇奇坐在地上，长叹了一口气，“你的心情我是能理解的，不用多说了，去陪玛雅吧。”这就行了？我简直不敢相信奇奇这么轻易就答应了。“谢谢你理解我，我会回来看你的，奇奇！其实我已经劝玛雅留下来，可实在没办法。”奇奇好像没听到我说话，径直走向里屋，拿了根羽毛后又回来了。“喏，给，这是马戏团唯一的‘通行证’，挂在脖子上收好了啊！你对自己的选择一定要坚持到底，开弓没有回头箭，但愿你和玛雅能快乐、幸福。”羽毛是碧绿色的，很与众不同，我小心地用线穿起来，挂在脖子上。

“我自然也有喜欢的鸟，”奇奇回忆往事，“因我的胆小懦弱而失去了它，就是当时不敢离开马戏团，我至今仍在懊悔。”“懊悔是没用的，要不你和我一起去找？”我提议道。“罢了，可能这是上天注定。”奇奇摇了摇头，一面帮我收拾行李。“马戏团经济好转，你却要走，唉。”它叹了口气。“放心吧，我绝对会回来看你的，”我咧嘴一笑，“记得帮我向阿龙问好哦。”“嗯。”奇奇飞出帐篷，去找阿龙了。

我提起行李，和玛雅一起出发，走到半路，我突然有个好办法。“你假装没看见信不就行了！走，咱们回去吧！杰克又不知道你在哪！”“他知道，傻瓜，要不怎么寄信给我的？再说，我要遵守承诺。”玛雅点了下我的脑袋，我便不说话了，默默地走着。马戏团本是个热闹的地方，有很多伙伴在一起，而如今却只剩我俩了，未免显得有些冷清。

“到了，就在这儿。”玛雅停下脚步。这就是收容所？和我想象中的不太一样耶。店前有一块很吸水的毯子，即便下雨，也不会把店内弄脏。我进收容所前先擦了下自己的小手爪，软软的，很舒适。

玛雅立起身子推开门，那串铃铛叮咛作响，引得里面的人都朝我望去。收容所的墙纸是梦幻、治愈系的粉红色，可空气中弥漫着一股怪味！香水？草药？狗粮？风油精？更要命的是一股尿骚味，不过被其他味道遮住了好多，尽管如此，我还是有点想作呕，狗的嗅觉是十分灵敏的。

“531号!”有一位带着厚眼镜的超胖女人“滚”到我和玛雅跟前，她是那样的胖，居然还穿高跟鞋。“531号房!”她又高声重复了一遍，“一只猫，纯种，和一只杂种无名小狗!”女人说话时口中的唾液都喷到了我的头上，我不禁对她产生了厌恶感。我还没来得及抗议，就被女人那肥肥的胳膊抱起来，不由分说地把我和玛雅带进了所谓的“531号房”。她打开一道浅绿色的门，我感受到她用高跟鞋走路时地板在“咯吱咯吱”响，天啊，大地都在颤抖!但愿她不要陷进去。

淡绿色的小门发出香樟树的清香，不像之前闻到的香水味那么刺鼻。531号房内有两个房间，我被分配到了左边，玛雅在右边房间（男左女右么）。这是一个密封的房间，胖女人把门都锁上了，以免我们到处乱跑。房里没什么东西，只有一个向阳的小窗子。阳光射进房间，一点一点移动着，角落里是一盆狗粮和一盆水，连张床都没有!未免也太抠门，而且我还见不到玛雅！我心想。

我跑来跑去，这里真是闷得慌！在这狭小的空间里，我能做些什么呢？早知道我就应该再找猫头鹰借几本书！“玛雅！你能听到我说话吗?”我冲隔壁大声喊道，还好这不是隔音墙。“能!”玛雅兴奋地回应，一面靠着墙。“这里太孤单了，什么都没有，我只好找你讲话了，毕竟我们只有一墙之隔。”我把耳朵紧贴墙壁，好像与玛雅分别了许久。

“别担心，有我陪着你呢！而且杰克今天就会过来的。”

“好吧。”我静静地趴在角落，看阳光慢慢移动，不再打扰它了。

不知过了多久，我听到开锁的声音。胖女人又进来了，她给我铺了一个坐垫“小床”，还瞥了一眼在角落的我。“你们这群懒惰的杂种狗真幸运！”她说，“免费吃喝我还要伺候你们。”我宁愿离开这里，要不是为了玛雅，我早就扑上去咬她了，不过咬她还要倒霉，说不定会进“疯狗院”。“咚”的一声，门又关上了。哼，拜拜不送！我心想。不过这坐垫小床确实还挺舒服的，经过好几回巡回演出的我，又累得趴下去了。还没睡一会，玛雅的主人就真的来了。自称是杰克的人打开了我隔壁的门，他要接玛雅走了。“走吧，宝贝儿，咱们回家。”他亲切地呼唤着玛雅。透过钥匙孔，我能清楚地看到他把玛雅抱起来，并付给那位胖女人一些钱，应该是领养费吧，但这和计划不太一样啊，我被锁在屋里，又怎么能出来呢？玛雅挣脱了杰克的怀抱，跑到门前，“喵呜喵呜”地叫着，看来它想暗示杰克我在门里面。杰克发现了玛雅的异常，询问胖女人：“这房子里是不是有什么东西？”“没有啊，”胖女人头摇得跟一只拨浪鼓似的，“一只杂种狗而已。”她故意把“而已”两个字拉很长，轻蔑地瞟了一眼门，还好门是锁的，而且她看不到我那愤怒的表情——要是我能出去，我准要咬她！

杰克没有说什么，再次抱起了玛雅，向胖女人道谢后，便向外走去。玛雅对着门叫得更欢了，满眼流露出失落和惊恐。我不顾一切地撞那道绿色的可恶的门，撞开呀！开了就好了！开呀！可门没有开，我却感到自己的脑袋要炸开了——计划失败。有一股热热的、咸咸的液体流入我的嘴，我无助地哭泣着，昏了过去，也不知那是泪还是血。

第十章　出发！寻找玛雅之路

“这只狗有毛病吧！拼命地撞门！”我听到有人在骂我，说了很难听的话。我的胃翻江倒海，好难受呀！我在哪？玛雅呢？我想睁开我的眼睛，却一点力气也没有了，只好一动不动地躺在那里。玛雅走了，但我什么也做不了。我心急如焚，却也终究无能为力。我该怎么办呢？我的泪又再次滑落下来，被一个人看到了，她问：“嘿，这狗在流泪呢！李姐，你是不是没照顾好它？”“我哪有！”胖女人原来姓李呀，“是它自找的……”剩下的话我都没听到，我又睡着了。

我醒来时已经是傍晚了，胖女人进屋给我端了一碗瘦肉粥（我还是比较喜欢叫她胖女人）。她一点一点地喂我。虽说我对她恨之入骨，但我实在太饿了，加上瘦肉粥那诱人的香气，我大口大口地吃了起来。唔，吃饱了才有力气去找玛雅嘛！

她第一次对我好耶！是因为被批评了吗？我有力气睁眼了，望着胖女人温柔的目光，我心中不禁产生了疑惑。“小狗，对不起啊，我不该那样对你。”胖女人头一次向我道了歉，我吓了一跳。虽说她这真诚的口吻使我的怒气消掉不少，毕竟我是只善良的狗狗，但对于她放跑了玛雅之事我依旧耿耿于怀。

胖女人喂完粥后找来毛毯搭在我身上。她走出门时轻轻的，不像以前“咚”的一声关门，看来她是真心悔改的。

第二天，当清晨的第一抹阳光照在我的窗前时，我就醒了。玛雅一走，我待在收容所里便没有意义了，我得尽快逃出去。我的身体恢复得差不多了，四肢基本能活动。胖女人再过来时，我伪装成不能动的样子，然后伺机抢走钥匙，逃出这里。就这么愉快地决定啦！

哎呀，说曹操曹操到，我清楚地听到胖女人开门的声音——她又进来了。我趴在地上，有气无力的样子一定引起了她的注意。她蹲下了，摇了摇我“无力”的小手爪，“我接下来的举动一定会让她大吃一惊的！”我心想。

钥匙就静静地挂在她那肥胖的腰部。我看准时机，纵身一跃，在空中划出一道优美的弧线。好的，漂亮！钥匙到手了。

胖女人条件反射向后退了一步——她还以为我要咬人哩。我在马戏团苦苦练功就为了这一时刻吧！门上的锁很高，我够不到，只好跳起来开。胖女人对我的举动感到奇怪，伸手摸她的钥匙，却只摸到了空气。她恍然大悟（反应可真够慢的），大声喊道：“531 号房有狗要逃跑，紧急求助！”说着她走到我眼前，想把我逮住。

我费了很大力气才把钥匙插进锁里，现在只要轻轻向右一拧就能开，可胖女人要捉我了！她捉我的那一瞬间，我来了个顺时针的后空翻，完美躲过了她的“魔爪”，门也因此“叮”的一声开了。所有人都看着我，这只出逃的小狗……这是暴风雨前的宁静吗？我心想。在众目睽睽之下，我拼命地逃跑。“抓住那只狗！”胖女人在后面咆哮。

一时，闹闹嚷嚷的人群全向我扑来，我灵活柔软的身子像肥皂一样光滑，岂能让他们捉住？大门就在眼前了，耶！我得意起来，瞟了眼身后那些人。“咚！”一个人突然挡在了我面前，我狠狠地撞了上去，顿时碰到他的膝盖反弹回来，一个踉跄跌倒在地板上。“哦！可怜的小狗，你没事儿吧？”那人赶忙抱起我，亲切地询问着我的情况。“帕丁顿先生，谢谢你的帮忙。”胖女人追上来，她要来逮我回去，我意识到情况不妙，想挣脱出他抱我的那只手，可为时已晚。

“我？”那位帕丁顿先生笑道，“还用谢我？是这只小狗自己撞到我的。”“您可帮了我们的大忙。”胖女人说着，把我硬塞进一个四方四正的铁笼里。“等一等，我是来领养狗的，可这一只是怎么出来的？”帕丁顿先生又发问了，他的头发很特别，带有一点自然卷，鼻梁上戴有一副厚眼镜，脸呢，和笼子一样是正方形的。虽然人望起来挺慈祥的，但我对他一点好感也没有——因为他阻碍了我去找玛雅。

“这只狗太坏了，偷了钥匙，还跳起来把门打开。”胖女人把手指伸到我鼻尖，我险些把手指当成火腿肠吃掉。“这只狗偷钥匙还开门?”帕丁顿先生惊讶地望着我，“太好了！我正需要这样聪明的狗！不用说了，就它了，李姐，给我办领养手续吧!”“什么!”这回轮到胖女人惊讶了，“帕丁顿先生，你有没有搞错，这只是一只普通的杂种狗。”“没错，但它智商超群呀!”帕丁顿先生双手叉着腰，平静地说。此时是个大好机会，趁胖女人分散注意力时，我猛地一跳，可恶的铁笼便从胖女人手中滑下来，把锁给摔掉了。我用嘴打开铁笼门，潇洒地走到帕丁顿先生旁边。“看见没?”帕丁顿先生抚摸了下我的头，“它能听懂我的话，多聪明呀!”

“可是……可是管理法院需要一只……”胖女人还在尽力地去说服，“一只像这样的狗……”帕丁顿先生打断她的话，带着我头也不回地离开了收容所。

就这样，我莫名其妙地认了一个新主人。管他呢！反正我挺开心的，能离开这收容所就行。

按理来说，收养狗是需要律师证明的，但我的新主人本来就是律师，他自己证明领养了我，真酷！

“话说，你还没名字吧?”帕丁顿先生忽然问我。我很想回答他，可我不会说人话。“就叫你汪汪吧，好多狗都叫这个。”他不由分说，又给我换了个名字，唉，我已经有了3个名字了！谁能理解一只小狗换名时的心情呢？一个名字一个主人。管理员和阿龙不知怎样了，在此祝他们都平安、快乐。然而世界之大，找到玛雅如同大海捞针，概率十分小，我又怎能和它在一起呢？往乐观方面想，只能够随缘了，有缘自会相见。为了玛雅，不论付出多少代价，我都心甘情愿。

第十一章 帕丁顿法院

帕丁顿先生带我来到他的法院，这里十分宽敞，不免显得有些寂寞。因为几乎没有人在这里居住，这么大的建筑只有我和他踩在地板上发出清脆的声响，久久回荡在屋子里。

本以为法院是个严肃、阴森的地方，但事实上却正好相反。帕丁顿先生拿钥匙打开了法院那铜褐色的门，一阵书香的气息扑面而来。哇，里面简直是宫殿呀！地板都是用大理石铺成的，光滑得可以在上面溜冰，上面画着各种漂亮的图案。头顶便是亮闪闪的水晶灯，特别大，阳光透进来，整个屋子显得特别亮，加上水晶灯的折射，便是一番富丽堂皇的景象了。最棒的还是尽头那张结实、黝黑的橡木桌子，摆满了各式各样的小摆件，还有一把小巧玲珑的木槌点缀在其间。壁炉里有一些烧焦了的木柴，发出了“嗞嗞”的声响，想必那是用来取暖的。壁炉前安置着“香肠沙发”，好吧，我承认，这名字是我自己取的，因为它一字排开，橘黄色的，很容易使人产生联想。我在“香肠沙发”面前停住了脚步，帕丁顿先生注意到了，他弯下腰，亲切地询问道：“怎么，你也觉得这沙发很独特吗？这是德国设计的香肠沙发，喜欢的话坐上面试试吧，别弄脏了，比较难洗……”天啊，原来这就叫香肠沙发呀，和我想的一样！主人与宠物间果然有心灵感应。我没有坐上去，因为帕丁顿先生看起来是一个生活比较讲究的人，而且还有楼上没参观呢！看样子有三层楼，这幢房子可真大。我盯着壁炉旁的那层楼梯，迟迟没敢迈步，里面一片漆黑，与大厅的艳丽形成了鲜明对比。“楼上有可能你不会感兴趣的……”帕丁顿先生扶了下挂在鼻梁上的厚眼镜，“全是书。”“你总不会看书吧，哈！我只要求你不搞破坏就行了。”他说着，脱下自己的大皮鞋，光着脚直接上楼了。上到半途又好像想起来什么，回过头看了一眼愣在原地的我。“上来吧，没事的，不要害怕啦。”我犹豫着，但还是随他上楼了。摸着漆黑的楼梯心里不免有些发慌，我怕黑。有一丝微亮的光线从三楼的门缝中射出，我伸出我的小鼻子嗅了一会，“探测”一下，曲奇饼的香味！果然，一开门便有一个很大的老式烤箱摆在面前。帕丁顿先生在黑暗中忙活着，摸索着找到一个烛台，点燃后，那温暖的小火光投射到墙面。这时我才发觉自己已经被书籍包围了，看来这里是放杂物的，不然怎么会这么乱，而且也没有灯。“这些书全是我收藏的，我比较念旧，不舍得扔，久而久之就堆满了。现在我再也不需要处理麻烦案件了，只是偶尔来吃点曲奇。”他抚摸着我的脑袋，絮絮叨叨地说着，并丢给我一块曲奇。我昨晚刚喝过瘦肉粥，又满脑子都是玛雅，不想吃。“怎么了你，一副心事重重的样子。”帕丁顿先生抱起我，将我放在他的膝盖上。我想他一定很喜欢小动物，否则他怎么会那么温柔地抚摸我的后背呢？“无论你之前经历了什么，”他说，“这就是你的家了，汪汪。”他又拿起曲奇递到我嘴边，我吃掉了（怎能拒接他的好意呢），吃饱了，才有力气找玛雅！咦，不对呀，现在是白天，为何这么黑，还要点蜡烛？我不禁心生疑惑。好吧，那边的窗户都是拉上窗帘的。我冲着窗子叫了两声，帕丁顿先生才反应过来。“哦，我真笨，昨晚拉上帘子后忘开了，还好养了你这样一只精明的小家伙。”这都能忘……我心想，看来帕丁顿先生不适合当严谨的律师啊。“我平时一般都晚上来，点蜡烛点习惯了。”他解释着，将帘子拉开，顿时明亮了许多。“那么我的卧室就在楼下，你可以随时来找我，今晚你暂且在阁楼将就一下。”

（未完待续）

第二辑

初中写意：少年心事当拿云

班会主持人

星期二的下午，狄老师抱着一大堆作业缓缓走进教室。“我们来谈谈自己的问题，疏天然的计划是完全可行的啊！星期五班会课就由她来主持……”哈！就知道是我！可是……这次要做主持人?！“为此，你们要准备一下，第一，”狄老师不顾惊讶得连嘴都合不拢的我，继续说自己的，“你们要推荐一本自己喜欢的书。”“啊?”所有同学都觉得麻烦，用埋怨的眼神看着我。“第二是展示才艺，唱歌呀，跳舞呀……”老师话音未落，又被同学们更大的“啊”字打破了。唉，一群怕麻烦的家伙呢。“第三，……，第四，……”，同学们一个个垂头丧气，好像蔫了的豆芽，都对我的班会课不感兴趣呢！

我原本蛮高兴的，以为正好可以趁此机会大展身手，但看到大家都这样，我也就紧张了起来——怎么办？万一班会他们不听怎么办？一堂课呐！更何况狄老师会在底下用手机录像。

回家后，我小心翼翼地准备了一张纸，上面写了节目单和关键的台词，写着写着突然想起了那堂政治课。老师说，好情绪过了头也会产生负面影响，会产生压力大、发挥失常等种种现象。干脆拼一把，尽力准备就是了！紧张只会更加失败，台词都现场发挥吧！只要尽力，同学们就一定会喜欢。想到这，我就大胆地在纸上写下了出场顺序，台词一个没记。真正厉害的主持人都是临场发挥的，计划赶不上变化，而且我随机应变能力强，一定可以的，相信自己。

带着这样的信念，我相信明天一定会成功的。哈欠，困了！先睡觉啦。

紧张的学习生活

上学时又碰见狄老师，她这次居然是一个人！这令我很惊讶，上前打过招呼后，我立马就飞奔上楼——还有三分钟就要上课了。

老师要求今天检查英语背诵，可我只背了 Unit 1 的课文啊！偏偏要查 Unit 2。我本身就是英语组长，自己都不会还怎么检查？把背得不熟的名单交给英语课代表后，我就在“等死”了。放学了，居然半天都没人找我，正纳闷，抬头看见狄老师在讲台咆哮了：“剩下的不会背的中午就让家长来送饭！”哦！我还是去“自首”吧！我走上讲台，还未开口，狄老师语气就缓和了很多。“哦？疏天然？快走吧！”天啊，求之不得，兴奋之余，我赶紧溜之大吉了（狄老师信任我呀！感动……）。

中午吃完饭我就在埋头苦背（逃得了一时，躲不了一世呀），可依然不理想。我只觉得心中一片烦闷，希望和狄老师倾诉一下。课间，我去找狄老师，可办公室里空无一人。宋欣雨机灵，说去桑老师办公室找，一看，狄老师果然在那。狄老师发现了我俩，询问我们来做什么。“有桑老师的地方，三米之内，必有狄老师。”我开了个玩笑，然后再引入正题。狄老师让我用想象力来背，这样方便记忆。她知道我没有背课文，不是责骂我，而是教我解决方案，这就是我喜欢她的原因吧。

倾诉完后，我也找到了方案——是啊，一篇小课文难不倒我的！回到教室，只见一大群人围着黑板抄作业。刘文绮在我身旁边抄边问我：“你是怎么写随笔的啊？烦死了，我都没有东西写了。”啊，又碰上一个“写作困难户”了，我笑了笑：“其实生活中每天都会发生很多事情，挑几个自己觉得有意义的写下来不就行了。”看她依然愁眉不展的样子，我又补充了一下：“哎呀，你怎么想的就怎么写！”“可我什么也没想啊！”她无奈地望着我，看来写作对她来说还真是比较棘手的事情，就像我做一道复杂的数学题……

在我表示同情的同时，我想到了最近想参加的一个征文比赛。和往常不同，至少要写 5 万字，我从没尝试过呢！一直到 10 月份截止，我有的是时间准备，而且奖金高达 25

万元，当然要尝试一下咯！

每个人都有自己擅长或不擅长做的事情，我要给自己加油，相信学习和参加课外活动是不冲突的，紧张的学习生活中也有乐趣呢。

发书小风波

不知不觉一个寒假都过去了，我恋恋不舍地告别了心爱的寒假，要知道，“苦逼”的校园生活又要开始了。但想到能见到我心爱的女神，我的心里就充满了一些小期待，有了一丝安慰。早上妈妈喊我起床，我心里很不情愿的。妈妈不经意地说了一句：“能见到女神哦!”貌似很随意的口吻，却起到神奇的功效——我立马翻身起床了。

到了学校虽然时间充足，但我还是小跑着上楼的（哎呀，平时迟到锻炼的，说出来真不好意思）。跑进走廊，意外地发现任晓彤做好了吓唬我的姿势——她肯定是又想拿我开玩笑吧，小坏蛋。任晓彤笑了：“本想吓吓你的，但你上楼的速度太快了呢。”“还好我是跑步上楼的。”我得意地想。

教室的门还没开，狄老师没来，我们都在门口等候着。嗯，主角总是要晚一点登场的嘛！我跟任晓彤比赛看谁先找到狄老师，结果被杨逸欣找着了，真是惊喜连连呀，狄老师身着一件粉色的衣服，出乎我和任晓彤的预料。

开锁进门后，我们就忙着收作业、找自己的位置，我检查英语作业的完成情况（我是英语课代表）。等检查完毕，将名单交给狄老师时，班里的绝大部分男生都下去搬新书了，狄老师抛下一个问题："等会发书时，有什么办法既快又好呢?"杨丰川回答说："让我们一个个排队上去拿书。""那你的意思是要跑 46 趟吗?"狄老师被他的话逗乐了，确实，我也觉得这个主意太耗时间。"让每个人负责发一科书本就好了，又快又安静。"尹晓卓提议道，这个办法不错，可以采纳。这时，杨丰川恍然大悟似的大声喊道："哦，我知道，让高老师来发新书!"我们都笑得前仰后合。谁都知道高老师是比较严厉的，他站在台上时教室里鸦雀无声。"你的意思是说，"狄老师又好气又好笑，"高老师站在台上和我站在台上的效果不一样，是吗？你给我过来!"她作势要打杨丰川可是又没有，尴尬的气氛被张德明的发言打断了。"老师，"张德明一本正经地说道，"我觉得最快最有效的办法是——现在就发书。别的班都发完了，我们还在讨论怎么发书。"哎呀，他说的话真幽默，仔细想想，又蛮有道理的。此时下楼搬书的男生们都进班了，讲台上铺满了新书。狄老师终于宣布道："发书吧。"

我们最终采用尹晓卓的方法，很快便发完书。这场有趣的小风波过去了，我们还都意犹未尽，沉浸在快乐里。此后，每天都有新鲜的事发生，忙碌的学校生活是丰富多彩的，我们痛并快乐着。

团结“四人帮”

说起这“四人帮”呀，我的嘴角便扬起了一丝丝笑意。其实，这个“小团伙”是在无意中成立的，或许连我们自己都不知道。顾名思义，这个帮团员有四人——张警宇、杨丰川、范晓雅和我。说白了，就是坐在第四组前两排的几个人嘛！

这个团伙是何时成立的呢？这还是上学期的事了。临近期末，政治、历史听写便频繁起来，政治还好，历史我不熟悉。杨丰川在听写时不断向张警宇救助，坐在后面的我和范晓雅都听得一清二楚，结果我们四人听写全过关了，但其实只有一人背了，多亏了张警宇呀（千万不要告诉狄老师）！

下面我便来具体介绍一下每位团员对我们“四人帮”的贡献吧。首先是杨丰川。他是我们四人中最聪明，也是最调皮的一个。每当上课犯困时，他总能说些有趣的话题把我们逗乐。有一次上语文课，老师让我们讨论自己的感受、想法时，他悄悄回过头来跟我们说：“我的感受是——要下课了，好开心呀!”这样的事常有发生，不过他和范晓雅吵架时才是最有意思的。说是吵架，还不如说是开玩笑，因为没有人会生气。“范晓雅你的智商击石，冷冷作响。”“杨丰川你的头争高直指，千百成峰。”“范晓雅，‘I am a pig’翻译成中文怎么说?”“杨丰川信不信我把你再打矮三厘米!”这时的我和张警宇就会像看戏似的看他俩吵。大多数时候我是帮着范晓雅的，一起跟杨丰川开玩笑。杨丰川势单力薄，有时讲不过我俩。而张警宇便是中立人了，从不插手，只是静静看戏。

杨丰川这个小鬼头还是值日组长呢，他管理班级秩序时特别好玩。我印象最深的是一次物理课前，赵老师走进教室来，杨丰川却浑然不知，站在讲台上拿着个三角板用力敲着桌子。每当他举起时，三角板的一头便会撞到黑板上，形成一支乐曲“碰擦！碰擦！碰碰擦”，他放下时，桌面便“砰”的一声，他十分夸张地像啄木鸟一样前仰后合，桌子不停晃动着，非常滑稽。赵老师也忍不住笑了，杨丰川这才反应过来，就像耗子见到猫似的，丢下三角板，以飞一般的速度回到座位，气喘吁吁地转过头来，用手指着狂笑不止的我们说：“你们这群坏蛋，老师来了也不提醒一下我。”哦，我笑得没力气了，趴在桌子上，好久才恢复过来。上面讲的全是杨丰川调皮捣蛋的事，再来讲讲他的感人故事吧。有一天早上我来到班级，赵芸玮幸灾乐祸地喊道：“哦，疏天然迟到了！杨丰川快记名字！”我紧张地看着杨丰川，他轻蔑地瞟了眼赵芸玮：“你眼瞎呀！不是还有三分钟吗?”就是！说得好！真是太解气了。

然后便是范晓雅了，身为她的同桌，我很了解她。她十分可爱，也十分善良，经常帮我们三人打印复习提纲，有不会的题问她，她都为我们细心讲解。我向她请教物理，她向我请教英语，我俩互相促进，和谐相处。

最后是张警宇。他很少同我们打闹，下课都在写作业，晚上回家居然看电视，期末数学考满分。这引起了无数人的羡慕嫉妒恨。他总体比较老实，偶尔也开个玩笑，却被我和杨丰川打了一顿。还得从那个课间说起，杨丰川跑来问我一道英语题，我跟他讲，作为交换，你要教我数学。张警宇插嘴说：“作为交换，杨丰川要以身相许。”滚！我们几乎同时吼了一声，把张警宇“毒打”了一顿。杨丰川说：“作为交换，张警宇和范晓雅互许终身。”“我招你惹你啦?”范晓雅不满了，我们开始扭打起来，陷入一片“混乱”，直到上课才罢休，结果一个问题也没问，是不是对我们很无语呀？（嗯，我对“四人帮”的贡献是可想而知的，就省略啦）

我们四人中只要其中一人带吃的，就一定会分享给另外三个人。我和杨丰川就经常带巧克力，范晓雅带糖果，张警宇带蛋糕或面包。好吃的很快被我们分掉了，风卷残云一般。我们很默契，就像早已安排好了一样——今天你带，明天他带，后天我带……哦，不说了，明天应该轮到我了，我得多放些巧克力在书包里……

普通话另外篇

从小我们就看过一句俗语——说好普通话，方便你我他。和同学们已经相处两个星期了，发生了不少有趣的事儿。尤其是在地理课上，老师因说不好普通话而成为笑点。

上个星期，地理老师跟我们说飞机环游地球的故事，他总把“飞机”读成“肥鸡”，我看到同桌在窃笑，却不敢出声。再望望四周，全班同学都捂着嘴偷偷地笑老师发音不准……当老师的故事讲到一半时，他又突然跟我们说另外一个知识点，说完知识点后，地理老师竟然不知道刚刚故事讲到哪了，于是他愣了三秒，高声道：“我们刚讲到哪里啊?”坐在前排的张清武调皮极了，他学着老师的腔调说：“讲到肥鸡了。”“对，讲到肥鸡……”老师话音未落，大家都忍不住哄堂大笑起来，就连班长也忍不住前仰后合。地理老师特别搞笑，每次都把“西半球”说成“鸡蛋球”，“飞机”说成“肥鸡”，“17 岁”说成“吃鸡岁”。让人总感觉他和鸡有缘分呐。

说好普通话，事虽小，却也大。说不好普通话，当心闹笑话。

期　　中

考试结束了，我七门课加起来一共 555.5 分，真有意思！不过五门加起来我排名第三，不错的成绩；有些遗憾的是，一向拿手的语文这次却没有数学和英语高。

虽然感觉自己进步了不少，毕竟最高分只有 85.5，但我坚信我一定不比任晓彤差，现在我总结了一下：我已经学会梳理重点、补充笔记，并且认真复习了。但我成绩不是很稳定，时好时坏。

在平时，我就像“土豆地雷”一样普通且易被忽视，但一到大考基本上就能进到前三，真是件怪事。我觉得自己课外积累做得不够好，考试还会写错别字，而且阅读理解也会失不少分。所以我去图书馆借了好几本课外书，来学习每位作者的写作特色和写作特点。另外，准备积累本绝对是个很棒的主意，好记性不如烂笔头，可以每天都摘抄自己喜爱的语句、诗词，是多么愉快的一件事。再者就是要勤查字典了，遇到“拦路虎”不要绕道。我想，我应该改进的大约就这三点吧！

不，还有一点，也是最重要的一点，那就是制订合理的计划，让生活变得充实。虽说人不可以活在计划中，但又不能无所事事，漫无目的。每个人都有自己的理想，给每月的自己定下目标，并出几个主意去实现这个目标，但并非要规定几点至几点，计划赶不上变化嘛！比如，我的本月目标是进前五，那我可以制订做“周周卷”“记重点笔记”等计划，不用写几点，只要在本月达到目标即可。

一点一点地进步，在失败中总结、成长，我相信自己一定会成功！

乾坤“大”挪移

短短一个星期内，我竟换了三次同桌，是上学期的两倍速度。

这一切太突然，我完全没有适应，或许是宋欣雨上课找我讲话吧，又或许是成绩与她有点悬殊，总之，狄老师很“残忍”地把我和“宋宋”分开了，严子阳成了我的新同桌。

Oh，my god！这是要闹哪样呀？想演绎一场“最萌身高差”吗？绝对不行！我想向狄老师抗议，可是考虑到老师这样做也有一定的道理，就决定这样坐一段时间，更何况，“宋宋”上课讲话有些烦人，比较适合做课下的玩伴。

心刚定下来，一场英语考试又来了，严子阳果然比宋欣雨安静得多！要是没分开，“宋宋”一定又是扶书包，又是转身在包里掏东西，一刻都不消停。试卷有难度，这次是全年级统考，很重要。我完成还算顺利，没过一会儿就写完了，放下笔，站起来活动活动。

原本很平淡、普通的一天，到了今天，就完全不同了，当得知自己考了 94 分时，我心中一阵窃喜——因为我听说 90 分以上只有三个，我进前三了。我推测第一是陈雅涵，第二是李雪琪或杨星宇，第三是我。可是英语高老师一进门就宣布："试卷改完了，第一名 94 分，疏天然。"当时我还以为自己在做梦，天啊，我打破了陈雅涵永远第一的神话！这不科学。我掐一下自己的手，发现的确是真的。啊哈，我明白狄老师的用意了，真是巧妙的安排！我要珍惜啦（可是好戏维持不了多久）。

下午，我仍然很亢奋，兴致也很高。曹毅忽然回头来找我讲话，我还没来得及回应就被狄老师发现了。她认为曹毅这样会影响到我学习，立刻把他调到了后面去（用她那不用商量的口吻），让我和吉子睿坐。啊？和严子阳才坐一天呢！而且坐一天就变得那样的幸运，我不要嘛！

虽然不想调，可是狄老师是那么坚定……

我还是拎着书包，慢慢移到了新的座位旁。

唉，我们俩呀！一个话太多，一个话太少；一个性格太开朗，一个性格太内向……我和他相加等于 180 度，互补！

最重要的是，上课再也不能讲话了！呜……

算了，还是认真听讲吧，希望明天的自己比今天更好些……

我的假期生活

灯火倚黄昏，新年第一天似乎很快就过去了。

掐指一算，离开学只有一个星期，倒计时也没剩几天了。一想到还有好些作业我就头疼，没办法，谁叫过年这几天我都在家玩呢。

吃过晚饭，弟弟妹妹都嚷着要去看外面院子里养的鸡，说是要去观察并写作文。整个家族中，数我写作算好的，他们都还比较小，看到他们打着手电观察笼中鸡的可爱模样，我忍不住偷偷笑了一下。院子里黑漆漆的，空中弥漫着一层水汽，但仍残留着白天放爆竹后难闻的烟味儿。我咳了几声，赶忙窜回屋里，趁着这少有的宁静，我还是写会儿作业吧。

读了一小时英语后，我仍有很多空闲时间，面前摊开的作文本使我情不自禁地拿起笔。

回想前几个星期的假期生活，觉得还是蛮充实的。我发现自己成长得很快，再也不赖床了，八九点的样子自然醒，太阳完全成了我的好朋友。它斜照在我的书架上时，我就写日记，当它偷偷移到我的小书桌上时，我就临帖。若它正正地把光投在我的手背上时，读唐诗的时间就到了。其余时间嘛，就写写作业呀，散散步呀，画会儿画呀之类的，两个半星期就这样平淡又充实地过去了（不能忘了每周五晚上的《中国好歌曲》）。

到了过年，我就完全不是这样了，几乎大半天的时间都陪妹妹在广场上荡秋千，给她即兴讲一个我自己编的故事，她一边听一边笑——尽管她已经听了一遍，但笑得比第一次还欢（这个故事似乎很有感染力，我决定写下来，总之似乎没有写作业一说……所以作业堆积起来，我只能在外婆家狂补了）。

窗外下起了小雨，把那呛人的烟味都洗去了。“好雨知时节，当春乃发生。随风潜入夜，润物细无声。”美好的假期接近尾声，我要迎来紧张的开学生活了，拜拜！2014！你好！2015！

雨转大了，昏黄的灯光摇曳着，农村毕竟是农村嘛！合上本子，关好灯，夜深了，睡吧！明天又是崭新的一天。

女神不在家

我最亲爱的狄老师星期二去滨湖听课了，整整一个上午我都没见着她。我想狄老师，没有她感觉很不习惯。教室里依旧那么热闹，可没有狄老师就一点意思也没有了。

其他同学可不这么想，班主任不在，他们似乎比平时更嗨了。作业不交，没关系！反正狄老师不在，中午又不会留人。课间打闹，没关系！反正也没谁管。胆大的还去办公室，反复确认狄老师不在后，一脸窃喜。

最气人的是晨跑时，男生们全都一副懒散的样子，似跑非跑，似走非走。我恼火了，冲前面的沈伟航吼道："跑啊你！今天怎么搞的?"沈伟航不屑地回头瞟了我一眼："没事，狄老师又不在。"

狄老师，狄老师，难道没有了她就不能跑步了吗？真是笑话。我小跑着超过沈伟航，不再理会他。大课间结束了，我们上楼去听写。这可忙坏了值日组长。她每报一个词，都有很多同学插嘴捣乱。“啥?”“什么?”“我没听清。”“再报一遍!”“狄老师不在，你们的智商都变低了吗?”组长没好气地骂道，班里这才安静下来。

天啊，狄老师，不管你在哪，赶紧回来吧！整个班的秩序都乱套了，“狄老师不在”都成了同学们的借口。

终于熬到放学了，储著枫如同离弦之箭，飞一般地冲下楼。唉，虽然放学不用留人，但至少也要等值日组长讲一下吧！这还是以前的14班吗？我心中满满的失落。哦，就在这时，狄老师终于回来了！“你来救我了，呜呜。”我想。“狄老师你终于回来了!”“我们好想你。”我仿佛几年都没见着她似的，深情地向她诉说。身旁的同学为了能早点回家，都附和着说好话。

“抱歉让你们失望了，”狄老师勉强地笑了一下，“我听隔壁班老师说你们不止一次去办公室确认我在不在，并且都很高兴。对了，储著枫，在二楼碰到我，是不是跟遇到鬼一样?”

“呃，这个……”同学们大笑着来掩饰自己的尴尬，14班又恢复了往日的气氛。可能，狄老师会认为我很虚伪的——拜那些说假话的人所赐。但是，狄老师你要知道，就算一群人中只有一个人是真心想念你的，你也要相信那一群人——为了不使那一人伤心哦。

友　谊　船

朋友是风，朋友是雨，有了朋友，我就可以呼风唤雨。

转眼间，大半个学期都过去了，蓦然回首，我想自己最大的收获，并不是学习成绩，而是收获了诸多友谊。

从古至今有多少首歌是歌颂友谊的啊。周华健的一曲《朋友》广为流传，清纯童真的《友谊地久天长》令人感到温馨且经典。

遇见你呀，是我的运气，是我们的缘分，一定要好好珍惜，我们之间都有一段美丽的邂逅，从互不相识到亲密无间，从沉默无声到无话不说，我们亲昵地叫着对方的外号，互损对方，但在有困难时，又会伸出援助之手。

我也有一艘小小的“友谊船”。

这比任何宝藏都要珍贵，我是从时间那里得来的友谊。

经过几个月的交往，我的友谊船上的人数急速增加，每每想到他们，我的心就很温暖。

俏皮害羞的苏佳颖是我现在的同桌，又是要好的朋友，我们相处得不错。可爱的苏佳颖就像一条小金鱼，尤其是害羞时，下巴埋在袖口里，脸上微微泛着红晕。戴上眼镜不失文气，长长的马尾辫又显得很精神、活泼。别看她平时和我打打闹闹，可到关键时刻，她还会为我耐心解题，在我伤心时安慰我，只有在她面前，我才会吐露自己的心声。

多愁善感的任晓彤心思十分细腻，分析问题很全面，给我提的建议非常有用。我们有很多共同点，有时都想到一块去了，产生共鸣。我们都喜欢音乐，令我惊讶的是，她原来也曾有一段时间痴迷上了《三寸天堂》这首歌，真是不可思议，那也是我的最爱。

有了这样美好的共鸣，我们自然成了好朋友。有一天大扫除，只有我俩站在卫生区内打扫，那里很安静。平时我总喜欢偷偷地躲在那里唱歌，不好意思唱给别人听。不过既然对音乐都感兴趣，为何不一展歌喉呢?！于是我和她一边唱歌一边扫地，度过了那愉快的一堂课。碰巧那天学校举行歌唱比赛，不少同学都以为我们是合唱队的。也就在那天，我和任晓彤的意见不一致了，她认为低调是好的，不用去参加比赛……可我觉得，有才艺就要勇于展示。后来我终于说服她了，那天，我们的合作是最棒的。

不管怎么说，那些宝贵的记忆都深深地印在我的脑海里。驾驶着友谊船，向着明天，向着希望进发吧。我们有三年的愉快航海时光呢！

运 动 会

今天是初中阶段最后一次举办运动会了，我们都很珍惜，同学们个个跃跃欲试，积极地报名。我自知跑步不是我的强项，于是便报了跳远。

我到运动场时好多同学都在写作业，也有一部分人在玩手机。咦，等等，老师不是说过不准带手机的吗？正疑惑着，耳边突然传来一声枪响，把我吓了一跳，原来比赛已经开始啦——看来我又迟到了。

我身旁的艾劭桁正在奋笔疾书，狂抄政治，真是“两耳不闻窗外事，一心只读圣贤书”。他全然不顾比赛进程，同学们的加油呐喊声他仿佛听不见，我默默地看他写字，一边发呆望天。

太阳光越来越刺眼，可丝毫不扫同学们的兴致，他们有说有笑，不亦乐乎！我的女神在哪儿呢？我开始在人群中寻找狄老师的身影，但眼睛都看酸了，就是没找着。“疏天然你今天来得有点迟哦!”有人点了一下我的头，一个熟悉的声音回响在我耳边。啊，我的女神狄老师！“嗯。”我含糊不清地答应着，脸红了，狄老师的突然到来出乎我的意料，不过她并没有说我什么，把话锋转向了艾劭桁。“哎呀！你居然在抄政治，真是太让我感动了！来来来，我俩来照一张!”看来狄老师心情不错。“早知道我也抄政治了。”我不满地嘀咕道，自己的女神却和别人那么亲密，羡慕嫉妒恨！

轮到我去跳远了，平时我立定跳远不错，可这次居然是助跑式跳远！我唯恐自己跳不好，果然，没拿到名次还受了伤，真是倒霉！宋欣雨安慰我说比赛重在参与，唉！她说得好听，自己跑得和兔子一样快，我一个体育渣怎能和她相比?!

剩下的时间我便看书、写作业了。可这回我抄政治抄了好久狄老师也没来和我拍照。抄一遍后我一气之下放下笔——不写了。写累了就看会儿书，看累了就写会儿作业，要么就抬头看一看比赛进程，或者吼两句“加油”为跑步的人打气，这就是我运动会主要做的事了。

最令我高兴的是——托宋欣雨的福（她长跑第一名），狄老师免去了我们抄古诗和政治的作业，真是太棒了！最

后全班拍照留念数我笑得最开心。只是艾劭桁……“苍天啊！我白抄了三遍政治！”他咆哮着，一脸失落……（我暗自窃喜）

运动会圆满结束了，多年后，这将会是我们珍贵的记忆。

最优秀的人是自己

今天真是个奇妙的日子，上午 8 点钟，狄老师抱着一沓周记本进来，我看见自己的那本被压在下面……她看起来心情不错！果然，没过多久狄老师开口了："我真是太感动了！周记有那么多同学完成了，只有四五本写得不是很好，如果你们各科作业都这么完成多好！"她滔滔不绝地说着，一手拍着那堆比新华字典还厚的本子，"这些都是写得好的！"Yes！大家都窃喜，有些甚至还拍手。这节班会很棒嘛！我心想，这星期的周记我可是写了满满三页纸的，花了不少工夫，自然是在那优秀的里面了。我原本等待着组长发本子，可是狄老师好像并没有这个打算，她顿了顿说："这次周记全班只有一个人得了 A$^+$，只有一个人让我满意哦。”“谁呀?”“陈雅涵?”有不少同学开始猜测，我紧张又期待，会不会是我呢?我相信自己能超过大家所猜测的陈雅涵，一定!一定是我!好强的我相信第一就是自己。想想看，对自己都无自信的人，别人还会对你有期望吗?

看着老师在那堆“优秀”的本子中翻找时，我心急火燎——自己的那个本子压在底下呀!等待真漫长，当老师就要翻到我本子的时候，突然，一个陌生人走进来，清了清嗓子:“那个，咳，全体同学去二楼拍个照片!”说真的，我还没有像今天这样激动，就差一点点了呀!急死了!!“挨千刀的，早不来，迟不来，偏偏这个时候来。”我在内心咒骂道，极不情愿地排队过去拍照了。

哪有心思拍呢?刚照完，我就飞一般地跑上楼了，同学们也陆续地进教室了。哦，狄老师终于回来了。快点快点!继续继续!我内心里的小人在和我说话。但是老师好像忘记这回事了，又扯到了国庆节前的安排。“国庆节我们班举行一个活动，男生出题给女生做，女生出题给男生做，各科都行啊!”我瞬间觉得没希望了，想提醒老师，但是又不好意思，看来是不会公布了……如果我的本子上面是A$^+$，还能证明自己是最优秀的那位嘛!我开始安慰自己，但是没有公开好可惜，好伤心。就在这时，我的好朋友姚金鑫神了，仿佛看出了我的心思，她举下手，问老师:“你刚才说只有一个人写得非常好吗?是谁啊?老师。”她提出这个问题我高兴得都想亲她一口!“对呀，谁呀?”所有人也都附和起来。“差点忘了。”狄老师重新翻找起来。当她翻到我的周记时，我屏气凝神地盯着。突然，她合上了本子。“周记写得最好的是疏天然，大家给点掌声，写得很好！”掌声雷动，我的心里像抹了蜜。

走在放学的路上，我紧紧地揣着周记本，用老师的话来说就是——感觉自己棒棒哒！

新学期，新梦想

不知不觉我已经上初三了，从初一的“启梦”到初二的“逐梦”，现在终于到了“圆梦”的时候。

随笔已写完了一整本，心中有一些小成就感。然而，上学期第一名的我，开头可并不那么顺利，开学第一天我几乎被罚站了一整天，书没背完，东西忘带，又没写完作业，真是厄运连连，我都不想提了。甚至走路都被绊倒，还好身旁的杨星语扶了一下，水杯也摔坏了。《创新》没发到，我的天！倒霉的事全发生在我身上了，开局不利呀！但是换个角度思考一下，先苦后甜，霉运全在第一天挥发掉，也就是说以后会有好运来临啦！人生最低潮的时候，也就是最接近成功的时候。这样想便会感觉好多了。

我可不敢说语文是我强项，以前小学时语文在所有科目中分数最高，现在成了最低了。主要是因为作文失分多，前面基础题也错了不少，知识掌握不牢固。所以我要在周末空闲时间多读些中考作文选，掌握一下中考应试作文的大概结构，试着模仿写，避免失过多分。其次就是多积累好词好句，要做到熟能成诵，还有就是有空抓紧时间多背文言文及古诗词，做好预习、复习工作。至于目标简单，平时前十，大考前三。我对自己平时的要求不是特别高，别跌出前十就行，大考的话勇争第一。加油哦！得语文者得天下。桑老师，我知道你怎么想的，你给我的目标一定是“平时前三，大考第一”吧，但是，“臣妾做不到啊”！

语文期中考试反思

本次考试是150分制的，难度不是很大。我只考了122分，狄老师说我连杨丰川都没考过，这让我很伤心（尽管他是靠天收……）。

说是靠天收其实他在文科方面是花了工夫的，练了很多阅读，还背文言文与中考满分作文，他的125分，其实也是蛮拼的。相比之下，我便没他那么拼了，语文阅读做得很少，名著导读也没有记牢。

像我，基础不牢靠，阅读也失分过多，有句话叫“梦想很美好，现实很残酷”。是啊，我原以为能考130分的，结果不说了，说多了都是泪啊。

亡羊补牢，为时未晚，离期末也不远了。这时候更要静下心来学习。巩固基础，多练习，勤动笔，上课跟紧老师节奏，掌握阅读规律，再背一些满分作文。好啦，that's all，我想 500 字应该到了，而且我也想不出来写什么，承诺过多，我怕实现不了。

小 普 通

已经很久没有写随笔了，最近都要忙炸了，明年就要毕业考了，每晚孤军奋战到半夜的滋味真心的不好受。我不想说谎，但这些日子确实是倒霉透顶。

前几个星期吧，我请教晓彤："小彤彤，你是怎么考那么好呀?"晓彤她就给我一个萌萌的摸头杀："小疏疏，压力不要过大哟，放松心情，我每天写作业前都要玩点什么，调整好心情，到时候效率高高的，就可以啦。""哦。"我回想了一下，唔，确实，除了学习就是吃饭、睡觉，那确实挺枯燥的，还不得念成书呆子，不过要叫我的话，应该是"疏呆子"，嘻嘻。

我照做了，以前从未登过的 QQ（都差点被冻结），今天登了。朋友都感到万分惊讶，许久未联系的好友纷纷来Q我，回应后又忙自个儿的了。

从此我每天都这样，接收一下消息，抑或是看会儿新闻，发发动态，总之就几分钟的事，顶多不超过五分钟。然而有一天，狄女神发现了，很生我的气，说我上网。我正觉疑惑，她又是如何得知的呢？忽然想起自己曾加过赵老师，我发动态他是能看到的呀！哎呀，我真粗心，害得狄老师不理会我了，我想她不会再信任我了。

上次背《生于忧患，死于安乐》原本很熟了，但一紧张竟连第二句都忘了，好不容易背完了，狄女神却说："背会了又有什么用呢？反正也考不过任晓彤。"听了这话我很伤心。女神再不是原来的女神，我还能变为原来的那个我吗？鲁迅先生是怎么说来着，失掉了"他信力"要发展"自信力"，然而我的自信力又从何而来呢？我不得而知，我只是一个小普通。

是啊，我是一个有野心的小普通。我不需要他人知道，我只希望自己内心明白，坚强起来。我的努力我自己了解，想到自己还是被一部分人关心和爱护着，也就心满意足了。相信自己的实力吧，小普通！坚持就是胜利，在通往成功的路上，不可能总有鲜花的。

圣诞前夕

我敢发誓本周的语文课是我觉得最有意思的一次。当听到曹毅在作文里写“世界上没有比我们更辛苦的人，也没有比我们更坚强的学生”时，我是鼓了掌的。他真的太可爱了，说出了我们的心声。然而却收获评语“刮过一阵浮夸风”，被当作反面教材，因为这是作文，需要严谨，力求真实。倘若他要是写随笔的话，那这个夸张手法就用得非常好了，要是我的话就给他个“A^+”，还表达了作者对学生“黑暗”生活的抨击，以及对学生们的深切同情呢(当然，开个小玩笑)！

马上圣诞节就要到了，我网购了不少糖果，那包俄罗斯紫皮糖风味极佳，很快便被同学们抢光了。我算了下，有很多老师同学的生日都在圣诞节前后嘛！高仔（我和任晓彤喜欢这样称呼他，保密哦!）的生日在圣诞当天，26号立立生日，再过些天便是桑、汪的生日，最后是狄女神的生日，所以才要多增加我的糖果储量呢！狄女神的生日是最神秘的，因为我无论怎么问她就是不说（坏人）。直到那一天，我数学考59分，她笑了，她居然笑了（其实这让我感觉更恐怖）。我扫了一眼办公桌上的鲜花，顿时明白了——噢，原来今天是狄女神的生日啊。我永远也忘不了，因在狄女神生日那天不及格而愧疚许久来着……不过她应该早就忘却了考试吧。

宋欣雨周末来我家玩，她在巴莉甜甜买了三块可爱的小姜饼送给我作为圣诞礼物。啊，太精致了，我都舍不得吃。到时候我将在纪念日百货里挑的猫耳朵送给她作为回礼吧。

另外，提前祝亲爱的桑老师圣诞快乐！

读 书 趣

中学的作业增多了，看课外书的时间便自然减少，但好歹周末我还能挤出点时间来看书。从桑老师那借来的那本《汤姆·索亚历险记》值得好好品味一番。在一个阳光明媚的午后，我开始翻阅那本书，惊奇地发现——这不就是我小时候最爱的那个故事吗？没错，我敢肯定在哪见过。果然如此，我在杂志《兴趣语文》上找到了那一章节，《粉刷匠的辉煌成绩》，一模一样。

其实在别人眼中这件小事简直是普通得不能再普通了，但我当时竟然有种自豪感，回头看看那个老书柜，记忆的锁一下子被打开了。

我刚出生没多久，酷爱文学的老爸就买回了 N 本诗词选，没错，他尤其偏爱古典文学。为了让我对读书产生兴趣，爸爸妈妈可以说是呕心沥血。一有机会，他们就会大声地朗读那些五言绝句，而我则在一旁玩，似听非听，似懂非懂。但是没过多久，我就能背下诗的最后一个字，爸爸妈妈都十分惊喜。要知道，那时我才一岁多。正因为儿时的启蒙，我才对那些读起来朗朗上口的句子产生了浓厚的兴趣，也很喜欢诗的最后一个字，真神奇。

到我上幼儿园了，临睡前妈妈会给我读那本《格林童话》，有些故事我都会背了，但是谁也不会想到——我不认识字！在上小学前，除了数字外，其他基本上都不认得，别提写了。那时，我总觉得自己好笨好笨，不如别的孩子。

多亏了李业涵老师，她是我的小学语文老师，至今我都很感激她。在一年级时，她带我们学习了拼音，认识了基础汉字，教会了我们如何查阅字典。除此之外，她还教我们制作绘本，推荐了些有趣易懂的图画书。我一下子被那些五颜六色的图片和精彩的童话故事吸引了，并且开始尝试创作。

我写的第一篇童话叫《最好的地方》，这名字多美好，当时的我真是单纯可爱。

随着年龄的增长，我的作文水平也上升了一个档次，但我依然喜欢那些有创意的绘本，依然喜爱那些古诗词。

想想这几年的读书生活，我的心中就涌起了波澜。如今上初中，学习不能放松，不过我可以读些课外书来充实自己的生活呀！我再次望着那架老书柜，就像望着老朋友一样……

读书报告

我一直对童话类图书情有独钟，可往往童话故事都很短小，最长也不过几千字，这远远满足不了我的需求，可我那时认识的字不是很多，爸爸给我买的那本《中国经典童话》确实挺长的，都抵得上一本新华字典的厚度。唉！可惜太深奥了，都有点类似寓言、散文，我读得晕晕乎乎的，中间还没插图……这哪是童话！是天书吧！！

在妈妈带给我那本书之前，我一直没能找到自己想读的书，只是翻着很久以前的绘本。直到有一天，妈妈下班回家时手中抱着一大堆稿纸，上面写着四个黑色宋体字“夏洛的网”。我在接过稿纸时做了一个奇怪的举动，就是凑上去闻闻它。我感受到了一股浓烈的油墨气息，再瞟一眼第一页上的几个词（奶油罐、臭蛋爆炸、小猪……），我就明白这是一个有趣的故事。果真不假，妈妈放下背包后就叮嘱说："这是我从网上打印下来的童话，很厚，但不费一分钱，哈哈！"我捧着那堆文稿走进房间，细细品味了起来。我读完后才感受到这个故事的伟大，这是第一次，第一次我被图书所打动（虽然打印下来的，但胜似一本书）。

我很佩服作者的想象力，这是我读过的最棒的一本长篇童话。在朱克曼家里的谷仓里，生活着一群快乐的动物。有滑稽结巴的鹅夫妇，也有外表美丽可爱、说起话来却咄咄逼人的小羊羔，还有一只名为坦普尔顿、总是自私自利的老鼠……它们过着平静而又不平凡的农场生活，我想，我也爱上了这小小的农场。小猪威尔伯也和蜘蛛夏洛建立了最真挚的友谊。然而，一个丑恶的消息打破了谷仓的平静：小猪威尔伯未来的命运竟是成为圣诞节的熏肉火腿，作为一只猪，悲痛绝望的威尔伯似乎只有接受任人宰割的命运了。但它的朋友会袖手旁观吗？当然不会！看似渺小的夏洛用自己的丝在猪栏上织出了被人类视为奇迹的网上文字，彻底逆转了威尔伯的命运，让它在集市的大赛中赢得特别奖！就在这时，蜘蛛夏洛的命运却走到了尽头，这令我伤心不已。故事中的农场及人物的细节描写十分得当，如："勒维在苹果树下面坐下来，点燃他的烟斗，牲口吸着它们熟悉的烟草味。威尔伯听到树蛙咕咕叫，还有偶尔的厨房关门声。"

我真的非常喜欢夏洛。

在美国大作家怀特的笔下，夏洛用蜘蛛丝编织了一张爱的大网，这张网挽救了威尔伯的生命，更激起你我心中的爱与温情。

《钢铁是怎样炼成的》读书笔记

这世界上最令人哭笑不得的事被我撞上了——我读完这本书，悬着的心掉下来了，却砸中了自己的脚；我不太会写读后感，每次老师的点评是——“感”太少了。但这本《钢铁是怎样炼成的》令我印象很深，受益匪浅。

我原本是把它当成任务，以完成任务的态度去买它、读它，因为我对这种书名丝毫不感兴趣，以为它是专门关于教育方面的，比较死板。阅读的时候，我却把这任务当成了享受，开始以欣赏的眼光读它。这位苏联作家奥斯特洛夫斯基我很钦佩，他有很多值得我们学习的地方，而且万万想不到的是——这本书是以小说的形式写出来的。

哇哦，插叙的景物描写得活灵活现，把气氛渲染得恰到好处，再加上细腻的感情和心理描写，让我赞不绝口，不知不觉就看完了。

我感受到我在与保尔一起成长，残酷的战争中也能有美好的爱情和纯洁的友谊。保尔把自己的青春奉献给了党，在战争中爱恨分明，在生活中顽皮机灵。

这部小说必须一章一章地读，我往往不读完一章就不罢休，在任何时候不读完一章就会感到不自在——太期待下面的情节了。也许这就是这本小说的特点及长处了吧：跌宕起伏且曲折，有放有收，给人惊喜，但又很真实，既在意料之外，又在情理之中——作者的高明之处也就在此了。

最后作者还风趣地加了一笔，说这本书是保尔和小伙伴们一起写的，多有意思啊。桑老师，感谢您给我推荐了这本书！它使我懂得，在任何困难面前都不要低头——活就活得痛快，死就死得光荣。好好享受生活吧！

读《铁哥们儿擒贼记》有感

拉斯莫斯是一个非常机灵的小伙子，他和他的好朋友蓬杜斯，以及自己养的可爱的卷毛狗陶科尔成了故事的主角。我非常喜欢这对铁哥们，他们既善良又勇敢，与小偷周旋着，以巧妙的办法取得了胜利。

起初，拉斯莫斯的姐姐普丽根和尤阿基姆相恋了，由于误会，普丽根以为她的照片被尤阿基姆放进了降价商品目录表里。哦！尤阿基姆曾说过，把自己讨厌的女孩照片放在这里头。普丽根伤心不已，拉斯莫斯不忍心看到她姐姐那样，所以准备半夜三更去尤阿基姆家把普丽根照片偷回来。

我想，这两个人该不会被当成小偷了吧？但不是这样，拉斯莫斯是不会让家人伤心的，他和蓬杜斯成立了一个组合——联合废品股份有限公司。看到这里时我笑了，是的，这名字取得真是奇怪！

前几段写得幽默风趣，景色描写得很美，我完全沉浸在这本书里了。然而到了后面，特别是当他们被那些强盗发现时，我心里也是特别紧张。还好，强盗并没有对拉斯莫斯他们怎样，只是把那只像小火炭似的可爱的卷毛狗给带走了，拿狗当人质威胁拉斯莫斯不准告诉任何人。拉斯莫斯和蓬杜斯心急如焚，他们为狗狗陶科尔担心，商量如何对付强盗。我这时非常希望他们想出一个主意，出这口恶气。受害者正是尤阿基姆，他现在快急疯了！好在拉斯莫斯的爸爸是警察，拉斯莫斯随时都可以叫他。

于是，拉斯莫斯冒着生命危险跟踪强盗们，终于知道了狗狗的所在地，旁边就是那些强盗偷走的银器。等强盗走时，他们把全部银器都拿走了，并用巧妙的方法救出了陶科尔，我真是为他们捏了一把汗。最终，他们成了大英雄。冒险过程是那么的惊险有趣，结局也是美好的，多棒的一本书啊！这是我读完后想说的。

读《叮当响的大街》有感

我在读这本书时感到很奇怪，大街怎么会叮当响呢？然而后来我才知道，这本书由许多个短篇故事组成，《叮当响的大街》只是其中一篇。我还是最爱第一篇，它是最令人惊奇的一篇。一个拇指大的小精灵，他用一种神秘的方式，使一个孤独的小男孩变得和他一般大小，他们建立了自己的“家”——住在一个老鼠洞里，用一大堆用过的火柴棍当木柴取暖，一颗小肉丸就和他们的头一样大，真有意思。小男孩还送小精灵玩具箱里的家具：一张柔软的床、一张桌子、一个角柜、两把带扶手的小椅子和两个木制小板凳，还有一条吸水的花格子地毯，这条毯子几乎把这间房间铺满了，这时小房子变得异常温馨，我恨不得钻进去住上三五天再走。想想看，谁不想住进一个可爱的玩具房里呢？真是棒极了！我看着看着，觉得我也住进去了，也在果冻碗里洗澡，用牙刷刷地板……他们小小的家里充满了欢声笑语。

除此以外，还有许多篇不同的故事。叮当响大街上的三兄妹生活幸福，不是去森林远足，就是去乡下度假，或者玩各种游戏，尽情享受父母的慈爱和家庭的温暖。卡伊萨是个快乐的小姑娘，七岁的她勇敢面对生活中的困难，使人们对她刮目相看……

书中的每个故事都让我融了进去，每篇都很好看，我非常喜爱这本书！

细品读书的美好

我们正处在学生时代，不免要与各类图书打交道，读书成为我们必不可少的一项功课。然而在日常生活中，这项“功课”并非是枯燥无味的，而是有其美好的一面，细细品味方知它的趣味。

课余时间，我会根据天气以及心情来挑选自己想看的书。若是在写作业劳累之时，我会挑一些令人放松的杂志来阅读，找到自己感兴趣的小故事或笑话，或者翻翻报纸，看《文摘周刊》的生活类栏目，欣赏《安徽商报》中“非常道”“水吧”中俏皮幽默的句子、富含哲理的名人名言等，心情也顿时变得欢愉起来。读完新鲜趣闻后，我又拿起笔来继续“奋战”，就如同充足电一般，又精神抖擞了，注意力也变得格外集中呢。

若是在阳光明媚的午后，我更倾向于选择清新类图书，如林格伦写的各类童话、永不过时的经典散文等。我最喜爱的一本书是《小清新心理学》，它生动实用，能带我们走进一个清新的世界，寻到心灵的寄托，恬静优雅，温暖人心。泡上一杯茶，读着一本书，看茶叶沉沉浮浮，任时光静静流淌，多么美好惬意的午后啊，细细品读这些文字何尝不是一种享受呢？

窗外阴雨连绵之时，便是读优美诗词的最佳时机。无须死记硬背，只要领会其中意境，感受它的美好即可。小雨淅淅沥沥，伴随着几首诗词，一齐滋润着我的心田……

阅尽繁华皆不是，人间唯有读书真。朋友们，让我们一起细品读书的美好吧。

课本剧——唐雎不辱使命

上星期跑步过猛，原本要来编排课本剧的，可到了周末扁桃体发炎竟一句话也说不出，这可急坏了我，还好有我们组的“曹导”救场。不过，“曹导”的安排，并不是很好，就让我这个“疏导”来疏导一下吧（咦，这就是所谓的一词多义吗）。

首先安排李雪琪出演是个错误的选择！错误的选择！错误的选择！（重要的事情说三遍）不是台词忘不忘的问题了，而是根本不会说台词，而且我们的“曹导”还很天真地让她演唐雎（台词最多）。真是要命了，在我的多次提醒下，她才勉强说完台词，生硬刻板，磕磕绊绊，半点唐雎气概都没有。早知道李雪琪就这熟练程度，我就是嗓子哑了也要上去，我们可怜的“曹导”被李雪琪那对于演出的渴望和积极参与的态度冲昏了头脑，还误以为她台词很熟呢，不然哪来的信心报名？也许李雪琪是抱着“我要和陈雅涵在一起玩一玩”的心态报名，但在我看来这是极不负责任的表现。明知道自己不熟练，还表现得那么积极，这不是辜负了全组其他人员的努力吗？

虽然李雪琪同我要好，但我不得不讲一下这件事。表演得最好的当属晓彤那组（其他的组忘词能力比李雪琪还李雪琪，但我并不否定全部，像曹庆择、汪堃等人还是不错的）。任晓彤完美地演绎出了秦王骄傲纵横、不可一世的情态，而机智过人的杨丰川也将聪颖、对答如流的唐雎刻画得活灵活现。

这次我是有些后悔，有些遗憾自己没能参与其中。不过没关系，做一个观众，当一个坐在路边为英雄鼓掌的人未尝不是件好事。

夸父追日

夸父小时候，常常拉着父亲的手走在田野里，父亲粗糙结实的大手握着他幼嫩柔软的小手，两人就这样漫无目的地走着，散完步后再回家。田野两侧的麦浪里荡漾着欢声笑语，前方那红艳艳的夕阳，散发出柔和的光芒，它在一点一点地从山的那边跳下去，照亮了天边的云彩，也温暖了父子俩的心窝。“爸爸，那是什么?”他幼嫩的小手指着天空，突然问道。

然而父亲是看不见东西的，他双目近乎失明，只有一片模糊的重影，但父亲不想让夸父知道，便一直隐瞒着他。“哦，那是……”父亲微笑着，假装抬头去看，但眼睛只能感到红色的、暖融融的光亮。“那是妈妈住的地方。”他说着，哽咽住了，有两行晶莹的泪从腮上滚落下来，掉在了田埂路上，那里便湿了一片……“等我长大了，我要把妈妈找回来!”夸父很勇敢，他一点也不难过，因为他感到那一团暖融融的光影里有妈妈的身影，他坚信妈妈会在那里过得很好。

父亲是在一个大雨天去世的，怎么喊也不醒，夸父见到他的最后一面时，他仍面带微笑，像散步时那样。夸父失落地走在田埂上，身后是他孤零零的、拉得很长的影子。他再也不能握住那双大手了，那双温暖、慈爱的大手。突然间，他奔跑了起来——他还从未到达麦田的尽头，也许，追到那太阳，就能与爸爸妈妈团聚了吧。他越跑越快，残阳如血，照着夸父单薄的身影。太阳一直下落，没有要停的意思，夸父顿时觉得自己很渺小，无助地坐在路边。一只小鸟飞来，看到夸父后，停在他的膝盖上，给了他一个红果子。夸父似乎明白了小鸟的意思，便吃了下去。他顿时变得高大威猛，浑身都充满了力量。

夸父健步如飞地奔跑着，他拿了一根手杖来帮他翻山越岭。他跑呀跑，感到了从未有过的快意……终于，他到了太阳落下的地方，那太阳比任何时候都要大、都要圆，仿佛伸手可及。夸父太渴了，他几乎没有喘气的机会，他决定先喝些水。他喝光了黄河、淮水的水，不够，又去北方的大湖喝水。他跑着，骄阳似火，豆大的汗珠滚落下来，滋润了他身边的土地。夸父离太阳过近，失水过多，体力不支，还未到大湖边就倒下了。他倒下了，就再也没能站起来。他丢下的手杖，在他身后那片被他汗水滋润过的土壤中长成了桃林。夸父死了，却带着微笑，像他父亲那样，因为他们全家团聚了，在那光明美好的圣地。

给维克多·雨果先生的信

维克多·雨果先生：

您好！

也许您无法看到我写的信，也许我写的信没您的那封信伟大，但只要我的心意传达到了就好，在此我献上崇高的敬意！您身为法国人，不同流合污，出淤泥而不染，站在人类文明历史的高度上，批判痛斥了英法联军火烧圆明园的暴行。您在信中，无不透出对中国的怜悯和同情、对英法联军的愤恨，显示出您的凛然正气和博大胸怀。

不是我吹捧、赞赏您，是我由衷佩服您的勇气，那敢于讽刺巴特勒上尉的勇气，我想您的那封信将永远刻在历史的丰碑上。巴特勒上尉想利用您的显赫声望，让您为远征中国的所谓“胜利”捧场，可他聪明反被聪明误，您的“捧场”不但谴责了英法联军，还为我们中国讨回了公道！

我明白，落后就要挨打，勿忘国耻！我们要好好学习，少年强则国强。我们要让祖国富强起来，不受别国的侮辱。和平是多么来之不易呀！它是用鲜血和热泪换来的，我们应当好好珍惜光阴，不虚度青春。如今，中国已变成一个独立自主的大国，虽然您已离世，但中国的富强离不开您的支持！您将会永远活在我们的心中。

再次表示由衷的感谢！

此致

敬礼！

疏天然

2015 年 10 月 13 日

IQ? EQ? Oh，my god

好不容易有一个狄女神不在的周五，我想大家一定都乐疯了，可惜我跑操时吐了，晚上想犒劳一下自己。忙碌了一周，终于能放松，原本准备和宋宋一起去看《爱乐之城》的，这虽是部爱情片，但我在公交车站牌那儿看预告时十分期待里边的情节，应该会十分精彩的吧。不料票全被抢光了，只剩第一排和最后一排。不看也罢，不是还有下周嘛，下周再早早订个好位置，想着就和妈妈去茉莉餐厅吃饭了，饱餐一顿后，回家做会儿作业便窝在沙发上看电视。

电视已经坏了很长时间，最近才修好，我好久都没看电视了。打开电视，播的是最强大脑，我记得以前这个节目里的选手个个都是奇才，是真正的超人。竞争是异常激烈的，各个选手都针锋相对，寸步不让，好胜心爆棚。就在这时，一场数独比赛展开了，四位选手中有一位 12 岁小男孩，叫胡宇轩吧，12 岁貌似就上高一了。他特别幽默，别的选手都在夸耀自己的国际名次是如何如何的好，有信心希望超过谁谁谁，他谦虚地称自己是来“打酱油”的。结果他“打了一手好酱油”，回回第一，就连总决赛时都那么从容不迫，对着他的对手（排名全球第四的那位）说：“祝你好运。”然而对手好胜心切，太匆忙，失败了。而胡宇轩呢，在对方还没拼好九宫格之时，他已拼好写完了。对手不得不佩服。当初口口声称自己要赢，却败在了这个小孩手里。就这样，胡宇轩可以走上国际平台了，我都看呆了！人家问：“哪来这么厉害的‘打酱油’的？”他微笑答道：“北京啊。”

我超喜欢胡宇轩，成功的人往往都是很谦虚的呢！

《朗读者》观后感

一直非常喜欢董卿，她浑身上下所散发出的那种非凡气质，是无人能比的。之前一模考试英语就考到《朗读者》了，真幸运，我上周才看的专访董卿的杂志。为策划《朗读者》，董卿真是付出了很多心血，有时她晚上只睡两三个小时，心力交瘁，但她还是坚持下来了。当她主持时，她发现自己还是那个在舞台上活力四射的女孩儿，遇到了灯光，她便又成了那个自信的董卿、热爱主持的董卿。

哇，现在她穿着一身白色的衣服，虽然她是女孩儿，但我不得不说她帅呆了。朗读者共有6位，但令我印象深刻的只有2位，并不是说剩下的4位不好，只是个人觉得这2位最好。本期主题词是“那一天”，光是这三个字就会让人产生无限的联想了。

最让人感动的是安文彬先生的朗读，作为中国外交官，香港回归中国的那天，对他来说意义非凡。香港回归的背景原来是如此的艰辛复杂啊！为了争取宝贵的两秒钟，遭到了英国百般刁难，最后安文彬先生忍无可忍拍桌站起，再也不退让一步，让英国无法下台，给不出合理解释，只好答应。那毫不妥协、大义凛然的形象令我难忘，霸气啊！五星红旗升起的那一瞬间，他热泪盈眶，口中念叨着："香港，你终于回来了。"当安文彬先生说起这件事时，他的眼睛湿润了，情绪显得很激动，我感受到了他深深的爱国情怀。

另一位便是金士杰，这位台湾演员的戏我都超级喜欢，只是没来得及看，老戏骨了（你看我没说"金士杰先生"，说明我当他为朋友）。他像个老顽童，狡黠的坏笑，调皮的眼角。他老来得子，龙凤胎出生那一天，估计是他生命中最重要的一天了吧。他回忆到一个细节，就是他妻子以前灿烂的笑容，一笑就掉眼泪，笑得泪汪汪。好一位纯真的女孩儿，这让我想到了狄女神，她笑起来是最美的了（当然，除了她打人前的那种坏笑），毫不掩饰，很自然。

金士杰读了一段《相约星期二》，说是读倒不如说是背。他感情非常饱满、充分，停顿也恰如其分，流露出真切的爱子之情。

令我印象深刻的就是这两位了，若非要再加一位不可，那就是董卿。

呆萌表哥来袭（一）

他是谁？我的外星表哥。他叫什么？何伟东（我更喜欢叫他东东）。我已经一年没有见到东东了，听说他还近视了，戴个大大的眼镜。他有点腼腆，胆小，这点和我完全相反，我非常擅长搭讪。

说东东是外星人是因为我的外语书上一个外星人的名字也叫东东（Dongdong），更有趣的是东东长大后的理想竟是活捉外星人！难道他要去自首？不管怎么说，我真有点想他了，以往暑假东东都会到我家来玩，唯独今年没来。国庆节他去外婆家，我可以趁这个假期去看他！

从大圩回来后，已经是晚上了。我和妈妈买了许多蜂蜜蛋糕和零食，为明天回老家做好充足的准备。为此，我还特意挑了些巧克力和肉松蛋卷，要知道，东东可喜欢吃这些玩意儿。

第二天一早我们就出发了，幸好没有堵车，我和妈妈很快便到了。“东东！我来啦！”我大声朝屋里喊道。没过一会儿，东东出来了，他激动地看着我，准确地说，是他激动地盯着我拎着的那袋巧克力……“你终于来啦！我原本打算去你家呢。”愣了半天，东东才感叹了这一句。我后来才知道，他从前天就闹着要去我家，甚至都急哭了，看来他真的很想我呢！

“东东！我带了两棵蓝莓树的幼苗回来，快找把小铲子……”我已经迫不及待了。那两棵蓝莓幼苗是昨天在大圩那里买的，在车厢里闷了好一会儿都没事，真顽强，现在得赶紧栽下去。“来年有蓝莓吃！”外婆很高兴地握住我的手，她没有牙齿的嘴瘪瘪的，但这并不影响外婆的美丽，她的笑容总是那么纯洁、甜美。

我顾不上喝水，拉着东东的手到屋后那片肥沃的土地上挑选“最佳种蓝莓之地”，东东走起路来两个鼓鼓的脸蛋一抖一抖的，总让我联想起“小黄人”，再加上他那架大大的、十分滑稽的眼镜和黄色衣衫，真的是萌萌哒！“戴上眼镜后变酷了呢！”我拉拉东东的衣衫。“哪里酷了？都成‘四眼’啦。”东东看上去对自己的眼镜很不满意……

呆萌表哥来袭（二）

还是五一那次吧，东东这个馋猫偷我的花生吃，吃就吃呗，还在我面前显摆，仿佛故意气我似的。我抄起鸡窝旁的一根短木棍，作势要打他，一边顺手抢花生，他打不过我就一溜烟跑到后院里去，躲在那一堆稻草后面。原以为东东被吓得不敢出来，我心里不免有些兴奋，但他一会儿就出来了——手里还拿着根超长的竹竿，估计是刚砍的，上面还有些竹叶。

东东很得意地向我“反攻”，但我笑他傻——那么长的竹竿，跑动不便，而且拿也拿不稳，又怎能打着我？再说，我的木棍像擀面杖那般粗，却因是木头，轻盈且结实，虽短却也有大半米长吧。

我不跑反而笑起来，这让东东更疑惑不解，他恼羞成怒，抓起竹竿吃力地向我横扫过来，不料我猛地用木棍把他的竹竿向下一敲，他本来就拿不动，经我这一击，脚步便乱了，险些摔倒。我乘胜追击，用木棍去够他手里攥着的那袋花生。他也慌了，赶忙抄起竹竿再向我打来，被我的右手挡住了，左手终归是没有右手力气大的，他光顾着“横扫”，却忘了握紧，我使劲往后一拉，竹竿自然掉落了，他因受到阻力而松了手，花生也掉到地上了。

在他还未反应过来时，我就用木棍把花生够过来了，亲爱的花生又重新回到了我的怀抱。东东拿起竹竿想跟我再次“比武”时，我已经在享用“战利品”了，他也傻了眼——“比武”的最初目的是抢食物。第一反应竟是去捡竹竿而不是花生?！东东失落极了，坐在一个板凳上发呆，竹棍也丢在一旁。我见他如此难受，便招呼他一起来吃，他判若两人似地蹦起来，抓起一大把花生吃起来，满脸洋溢着笑容，仿佛算好了似的。

真为这个呆萌表哥感到“头疼”呀！

王茹姐姐

又是周末，窗外多了几分寒意，淅淅沥沥的小雨不知何时会停。

起床时我就知道不早了，因为客厅里的灯亮得刺眼，并且伴有匆忙的脚步声。简单的梳洗后，胡乱啃咬几口早餐后，我默默地走向阳台。

世界上最动听的莫过于小雨拍打窗户的声音了，一滴雨珠落下来，在我的心里溅起一小片水花，荡漾了几圈涟漪后，等待的便又是一番平静。

洗完的衣服全挂在那根单薄的铁杆上，四处弥漫着诱人的肥皂香，屋里的一切都是暗淡的——除了摆放在瓷砖地上的小绿萝，嫩嫩的，增添了份新绿的生机。

这时候，我想到了她，嘴角向上扬了扬。

我给小金鱼擦完缸，喂了食。我知道，她要来了。

我给仙人掌去灰尘，喷了水。我知道，她要来了。

今天的一切都是美好的、愉快的了。

她果然来了，踏着傍晚的余晖。哼，前面也许我把她写得太唯美了，像个天使一样，其实她是个典型的女汉子，我的损友表姐。

笑呀，是因为早料到她会很晚过来，王茹姐姐每次都很磨蹭的。

“大狗。”我小名叫狗狗，她一见面就这样喊我，还是老样子啊：眉清目秀的小脸下隐藏着一个掩饰不了的调皮笑容，虽然她都已经是“上班族”了，但仍很稚气，不可思议，说是我同学都有人信！我们在一起玩有很长一段时间了，她烧饭很好吃，我最喜欢她做的那道可乐鸡翅了，她几乎每次来都要做，这次当然也不例外，我险些把骨头都吃了。

晚饭结束后，我们坐在床上聊天。刚刚坐上去，王茹姐姐的“汉子”本性就暴露了，这“货”把脚架在了我的腿上。“喂，喂，喂!”我很鄙视地扫了她一眼，推开了她的脚，打趣地说：“天啊，你男朋友真可怜，你这么暴力，我应该劝劝他!”“你是说我暴力吗?”她坏笑着用胳膊使劲勒住我的脖子威胁道。“呵呵!”我干笑几声赶忙挣脱了。我们就像这样互损了一晚上，感觉她一点也没变，仍像之前那般的狡猾腹黑，但同时又很亲切可爱。我也不晓得用什么形容词了，损友之间的感觉就是这样怪怪的，我原本很好强不想去写她的，但内心里其实很喜欢她，那声“大狗……”也回荡在脑海里，久久不能忘记……

载着爱的电动车

一提到他，我都不知道从何下笔。也许叫他“父亲”显得我更成熟、更懂事些，可那些都是虚的，我觉得没什么比叫他“爸爸”更好一些、更亲切一些。

我和爸爸很少交谈，很多事情我会告诉心思细腻的妈妈。更何况，爸爸往往是“独行侠”，要么读书，要么写字，要么睡觉，要么刷微博。这是我观察到的他最喜欢做的事情。

爸爸不怎么做家务，自由自在，无拘无束，很容易被我忽视。有一次他出差了一个星期，过了三天我才反应过来——家里少了个人儿。

哦！在他与我只有一步之遥时，我却感到彼此的距离是那样的遥远。我小时候常嘲笑爸爸长得不好看，可现在我发现自己长得好像他！哇呀呀!!! 怎么能这样?! 怎么可以这样?! 不过我的眼睛长得像妈妈，这让我有了些许安慰。

现在我上初中了，离学校有三站路，爸爸妈妈便买了辆电动车以方便早上送我，骑车的“任务”就交给了爸爸。夏天还好，现在天气越来越冷了，我只得缩在他背后。

每每妈妈抱怨爸爸太懒时，我就维护一下：“好歹他还天天送我呢。”妈妈仍不依不饶：“他要是不送，我就把他拎到外面去！他不就做这一件事儿么。”

爸爸听后，也只是笑笑。他从不在意别人说他什么。

不过爸爸很和蔼，我可以感受到那辆电动车载着满满的爱。

傻　子

“这本书是什么时候买的?”爸爸指着桌上的《地心游记》，突然问我。“那是你给我买的呀！不记得了?”我惊讶地看着他。“我不记得了。”爸爸带有歉意地一笑，然后走进书房，继续读诗。

这是我家常出现的一幕。爸爸的记忆力非常差，可他偏偏酷爱文学，反复地读诗词，希望把它记住。但过一段时间，他又会忘记，就像破竹篮里捡鸡蛋——捡一个，漏一个。我们都笑爸爸傻，读诗词读半天，以至于我们都听会了，他还没背会。爸爸一点儿也不在乎别人说什么，自嘲似地说：“我就是傻子。”

他那平静的满不在乎的口吻使嘲笑者无话可说，如此乐观通达，估计只有爸爸能够做到。我问他为什么说自己是傻子，他回答道："当傻子也有傻子的快乐。"

就这么简单，不需要任何复杂的理由。

可是，爸爸是真傻吗？

每天早上6点，爸爸就准时起床，开始读书；午饭过后，关门继续读书（怕打扰我睡觉）；睡觉前，他一定要读书才能睡着……读书早就成为爸爸人生中重要的一部分，就像我们要呼吸一样，爸爸读书早已从"条件反射"变为"非条件反射"。无论严寒还是酷暑，他每天坚持着，从不厌倦，哪怕妈妈嫌他懒——懒得连家务都不做；哪怕朋友说他傻——傻得连书都不会背；哪怕奶奶骂他吵——吵得连饭都吃不下。

我开始觉得很烦，但渐渐地被爸爸的毅力所打动，也就习惯了，毕竟这是他个人的爱好。

不知不觉中，一学期过去了，我迎来了期盼许久的暑假。在暑假的前一个星期里，我终日碌碌无为，感觉日子过得平淡无味，白天只有我一个人在家，不免有些孤单。

爸爸知道后，没说什么，依旧读他的书。

有一天，我终于忍不住告诉正在读书的他，暑假是多么的漫长无趣。他沉默了一会，不再读了，在书架上挑了好几本书给我。"人在这世上，"他说，"只要做好一件事就行，每天坚持做，哪怕花5分钟、10分钟，哪怕背一首诗，画一幅画，看一本书，写一篇文章……任何时候，努力都不为晚！"他不多说一个废字，认真严肃地看着我。我接过那几本书，顿时受了启发，拿出纸笔，开始写我思量已久的童话小说。我每天像他坚持读书一样坚持写作，日子一天天过去，暑假结束时，我竟写了3万字！带着满满的成就感，我迈入了新学期。

这真让我体会到了坚持的重要性。不仅如此，我还惊喜地发现——我读了爸爸给我的书后，文笔进步了很多。

爸爸虽然记性不好，但他不厌其烦，一首诗读十遍甚至百遍，最终整首诗也就连贯地背了下来。如今爸爸背会多少诗词，我也数不清了。"熟读唐诗三百首，不会作诗也会吟"，爸爸在读诗的同时，经常写写属于自己的诗，读起他写的小诗来，情趣盎然，不亦乐乎！

时间就像海绵里的水，挤一挤，总会有的。平时的我会在后面调皮地添上一句：我发现我的海绵是干的！但我现在认识到，任何人的"海绵"都不是干的，只要努力，就会有回报。

我不觉得爸爸是全天下最聪慧的人，在我的眼里，他也许永远只是个"傻子"，但这个"傻子"教了我很多知识和道理，是全世界最伟大的人。那么现在我也要来自嘲一下了：也许我们真的不如"傻子"呢。

成功者分为两种：天才型和努力型。我甘愿为后者，你呢？

同“小金鱼”去游泳

我从小便比较怕水，听我妈妈讲别的小朋友洗澡玩水好开心，我则一挨到水就鬼哭狼嚎。苏佳颖的妈妈就是游泳教练，我见苏佳颖的第一面就叫她“小金鱼”，因为她脸蛋鼓鼓的，很可爱，没想到她不仅外表像，而且还真是一名游泳健将，这外号没白取。

宋欣雨以前邀请我去游泳馆很多次了，可我都以没有泳衣之类的借口推辞掉了。这回“小金鱼”考虑周全，跟我说游泳要用到的东西都能在体育场门口买到，我也就答应了。

在包公园车站会合后，我们买了游泳必需的物品。原想带个游泳圈的，考虑到可以让“小金鱼”教我，便打消了这个念头。刚下水有种神奇的感受，整个人都轻飘飘的，一点也不好控制，我深刻地体会到了阿基米德的浮力原理。“啊，‘小金鱼’！我要飞起来啦！”我紧紧抓着泳池两旁的扶杆，生怕松手，一踩滑就整个跌到水里了。“别紧张，先练习憋气。”“小金鱼”深吸一口气，一个猛子扎进泳池，在水中行动自如，真羡慕！我也像她那样深吸一口气，然后潜入水里。一开始我还不敢把头完全埋水里，心想：要是耳朵进水了怎么办？然而事实正好与我想象的相反，只将半个脑袋泡进水里反而耳朵会进水，而全部浸到水里，耳朵里储存了部分空气，滴水不进。“你试着将整个脑袋伸到水里。”“小金鱼”跟我说。“不要，我怕，我半个脑袋泡到水里都感觉鼻子呛了不少水。”“你在陆地上待久了，嘴一闭就习惯性地用鼻子呼吸，记住，只吐气不吸气，加油。”我又试了一下，深吸一口气，进入水中，睁开眼睛，透过护眼镜一望，哇！好多腿呀，真是奇妙！这次我逐渐掌握了点窍门，吐了好多空气泡泡，气吐完了，我也就将头伸出来了。折腾了一下午，总算学会了“水上漂”，估计下回我就要练自由泳了，“小金鱼”居然说我算是学得快的，而我也只能呵呵了。

幼儿园奇遇记

我才得知——我竟和宋欣雨是幼儿园同学，只不过我早忘了这个名字，这个人。

迅速地追忆往事，一一对应她到底是我儿时印象中的“谁”，这时，我突然想起了那个小姑娘——一口整洁的牙齿，短短的蘑菇发，圆乎乎的小脸……天啦！我原认为幼儿园时的那个哭得最厉害的、因为我受委屈了的小姑娘蛮像宋欣雨的，没想到她就是！

在幼儿园时，我十分强悍，也很傻，有谁招惹我或招惹我的朋友我就打他（现在想想太可笑了）。有一天早晨，大家在一起做早操，我当时不知怎的，好像是滑了一下吧，狠狠地打了一下宋欣雨。我俩直到现在印象都很深刻——

尤其是被打方！她含泪气愤地回过头，看着我。我不知所措地站在那，也不知道说什么。终于，她开口了，她的声音无比稚嫩：“你打我干吗？有本事你去打他呀！”她顺手一指，指向了我班最厉害的“打架大王”。“哦。”我见她没告老师，也松了口气，径直走向那位男生。“打一架吧。”我平静地说，只是为了证明自己“有本事”。“什么？”他惊讶地皱起眉头。万万想不到的是，一个“打架大王”竟会败在一个小姑娘——我的手上，我把他脸都抓破了，很是恐怖。

他哭着去告诉老师了。我也呆了——我可没想过真要伤害他，完全一时兴起，这可怎么办？哦，对了！我为什么去打他呢？因为证明呀！为什么证明呢？因为宋欣雨呀！太好了，我告诉老师是她搞的就好啦！（至今未理解小时候的奇葩思维）当老师问我为什么要打他时，我说：“宋欣雨要我打的。”不过事实也的确如此。（想当初，米宋（宋欣雨）一定很恨我吧！我打了她，她还要受罚，现在她和我那么要好，真是出乎意料呢）宋欣雨哭了，她一直哭到吃午饭。老师不停地责问她有没有让我去打人，她若不认，老师也不信；她若认了，老师会骂的。所以当时我也是很愧疚的，决定不再打人了。

“51，52，53……”我回过神来，才知道自己在做仰卧起坐。见我停了，宋欣雨便催了：“接着做啊！”“哦。”我仍像幼儿园时那样回答她。那时的我们都不懂事，只是当作一场笑话罢了，并不较真，关系是可以互相转变的呀！望着她的脸，我也仿佛看见了年少时的自己，也许那时没有和她和好是我心中的一个结吧！宋宋仿佛也看穿了我的心思，笑问："话说，你是怎么从汉子变萝莉的呢？"

"不告诉你。"我的眼睛弯成了一道月牙。

我最难忘的一个人

我最难忘的一个人——既不是父母，也不是老师，更不是同学，他只是一个陌生的叔叔。

与其说对他难忘，还不如说是那天令我难忘。也许，他那张面孔在我的印象里已模糊，但他温暖的笑容、善良的心却深深地刻在我的脑海里。

那注定是一个不平凡的下午。放学后来到车站，立马就有公交车驶来。我原本还觉得挺幸运的，但后来幸运成了悲剧。车上空位很多，随便找个位子坐下后，我就在发呆，想到这次的数学测试就令我心烦。

就这样过去许久后，我才意识到不对劲——窗外的建筑物都是陌生的，我也不记得有那么多拐弯呀！正犹豫着，广播里传来“乘客您好，欢迎乘坐166路公交车”的声音。天啊！果然坐错了！别说数学成绩的好坏，明天看不看得到都是问题，不管了，赶紧下！

下车后，我的心里无比恐慌——天，已经黑了。我想到爸爸说过的话，万一坐错车了就去对面坐回来。

匆匆忙忙过了马路，我又来到另一个车站，每一辆车的下一站都通向大钟楼。这我就放心啦！大钟楼我熟悉，到了那儿再转6路就OK啦！这样想着我就随便上了一辆公交车，仅坐一站就下了。下车后我又忽然发现——这并不是我熟悉的那个大钟楼公交站（哇呀呀，居然有两个！）！

完了，再一次迷路了。只能采取第三个方案——向别人求助。车站大约有八九个人，但每个人都很匆忙的样子，我该怎么办呢？这时候，我碰到了他。他，拎着一个小塑料袋，看上去刚从超市出来，有着一张和蔼的面孔。“能不能把电话借给我用一下，我想打给我的妈妈，我迷路了……”我万分焦急，几乎是带着哭腔说话的。他很爽快地把电话递给我，经过一番对话后，妈妈恳求叔叔把我送到安徽大剧院那边，他居然同意了。一路上他边走边和我聊天，我有些警惕，时刻留意他把我往哪儿带，丝毫不怠慢，没多少心思听他讲话，不知不觉中，又来到了那个我熟悉的大钟楼公交站。

见到车站，我有说不出的喜悦，慌忙道谢，另外我还有一些歉意——误会叔叔了，他真的是个好人呀！要知道，他和我走的可是相反的路线呀！真是太感动了，我都不知道该怎样感谢了。

回到家，我仿佛经历了很多，好像有种很久没回家的感受。哦，世间自有真情在，那位叔叔的热心肠最令我难忘了……

回 乡 记

这个周末，我回浮山了。大片大片的油菜花映满了我的眼帘，放眼望去，一片金黄。老家有个习俗，一定要在清明节前“做清明”。

天气十分暖和，我到家时已经三点半了。妹妹疏婧去挖野菜了，不在家。阳春三月，正是香芹、竹笋、香椿头生长的好时节。我也想一起去挖，但她们已经走远，并且把工具都给带走了。

倍感无聊的我，跟着爸爸妈妈一起上山去玩玩。山上四处杂草丛生，花团锦簇，活像一个魔术园。林荫道里十分凉爽，我们沿着它一直向上走啊走，不知不觉就到了一片竹林里。

一阵风吹来，竹叶沙沙作响，这一刻是那么宁静。竹林旁有很多残砖断瓦，以及一堵古老的小院墙，上面爬满了爬山虎。我兴致勃勃地寻找春笋，仔细一看发现遍地都是。小嫩笋们冒出尖尖的芽来，把树叶拨开就有一大堆。我锁定一棵笋开始挖它，因为没有工具，只好拿起一根非常粗的木棍来松土，可这么小的笋居然有如此大的毅力，木棍都断了它还纹丝不动！算了，既然你有那么强烈的生存欲望，那我干脆就不挖了，摘些红椿头吧！

红椿头是“一枝独秀”，茎上不长任何叶子，光头顶有一抹嫩芽，但它有香臭之分。香椿头入菜滑爽可口，口齿留香，而臭椿只有一股涩味。它俩长得像极了，几乎没有什么差别，只靠气味来分辨太慢，我发现了它们的不同之处——香椿的水分大，摸起来湿湿的，颜色鲜亮些；臭椿摸起来毛毛的，叶片暗淡些。凭借这几点，我很快就摘满了一袋，满载而归了。

回家的路上有一片松树林，这里的地衣特别多，密密麻麻的。好可爱的松果呀！我捡了四个，想要留作纪念，它们是那么小巧玲珑，与落叶一起干枯在这里实在可惜。

我玩得很尽兴，最大的收获就是乐趣，做任何事情都要做到“乐在其中”：在学校，我感受到读书的乐趣；在山中，我感受到亲近自然的乐趣。多棒的一个周末啊！

清塘荷韵

终于考完试了！五一节也到了，妈妈和我准备回家去看看外婆，我真想痛快地玩上三天，可不得不把作业带回家写。

天刚蒙蒙亮，我们就起床了。俗话说得好，早起的鸟儿有虫吃。正赶上节假日，肯定有很多人要回家，早点上高速，就不怕堵车了。

路上畅通无阻，一觉的工夫就到了。外面太阳很辣，刺得人抬不起头，还好行李不多。我背上书包，沿着土路跑到树荫里，那里可凉快多了。

一枝蒲公英孤零零地长在一个小土丘上，我见了，玩兴顿起，极力伸手想把它摘下来，池塘旁洗衣服的一位阿姨好奇地打量着我。我总是摘不到，她那样看我我反而更不好意思了。终于够到后才发觉上面有红色的小斑虫，便扔掉了。“虫子什么的最讨厌了。”我小声嘀咕道，一边向前走。

那褐黄色的小土房，啊！终于到了！小土房就是好呀，冬暖夏凉，里面像开了空调般凉快。

坐在椅子上歇息片刻，我便耐不住了——好无聊。幸好出发前我带了本课外书来解闷——季羡林老先生的《清塘荷韵》。平日里我忙着做作业时，妈妈总是拿着这本书读，我怀疑这是本极好的书，因为她读得津津有味，时不时发出“咯咯”的笑声。

我随意翻着，发现大部分文体都是散文，语言朴实而又唯美。至今仍记得小学时曾学过他的那篇《夹竹桃》，如诗如画的意境，后面老长一段都要求背诵，我还因背得不熟被留过堂——其实我是会的，在同学“老牛”那里都背过的，不知怎的，老师喊我背，我就背不出，也许是因为紧张吧，当时我是出了名的胆小。现在狄老师抽我背政治的时候，也怪了，她问的是我最熟悉的，但一时竟什么也想不起来，不知所措地站在那儿。她似乎也比小学老师更理解我，并没有怎样，让我坐下了，从此便不再喊我背书。我知道这是师生间的信任、理解与体谅，因此我并不想破坏，默默地背，要以好成绩来回报呢。

当时，也许我并不理解季羡林老先生写《夹竹桃》的用意，更体会不到站在月光下、树影里的诗意，只管背会就是了。我一向认为写文章（尤其是像散文）是供人欣赏的，但我现在再来看看他的《夹竹桃》，就觉得我错了——他可能只是想表达他当时的想法、情感罢了。他一生都那么朴素，像邓稼先那样默默无闻，是不会骄傲，更不会有成名的想法的。

我很欣赏他朴实、谦虚的性格，但是我做不到。每写完一篇文章，我都会感到开心与自豪，并希望结集出版，因此我要多多地写文章——仅为这点单纯的想法来记录自己内心的感受。有句话叫作“奇文共欣赏”，我喜欢写完文章后给别人看，这样可以提高文章自身的价值——给别人一些启发和教益。当然，每个人写作都有各自的理由，没有对与错，只要出发点是好的就行，理由也许只是想写而已……

整个上午我都在看《清塘荷韵》，边看边注入自己的思考。风儿吹过来，树叶唰唰地响起来，我平静地翻了一页，啊，读书的乐趣就在于此。

等　风　来

五一原想好好玩上三天，因此我还特意回了老家想与东东一起玩耍，可放假第一天实在是太热了，外头骄阳似火，土房里凉快又舒适，太阳晒不到，热风吹不着。何况小东东明天上午才过来，妈妈就劝我把作业写完，明天就能好好玩，我也答应了，反正出不了门，还不如读会儿书。

接近中午时，我作业也写得差不多了，就剩预习了。吃过午饭，正是最热的时候，我便不再学习，躺凉席床上睡着了。临睡前我让妈妈在 4 点钟喊我起来一同去田里摘豆，那时暑气会消退，不像中午那么热的。

醒来后，我做的第一件事就是问时间——我很害怕因睡过头而耽误玩耍，不过我多虑了，醒时不过 3 点多，还可睡半个小时。

我依旧不肯怠慢——万一再次睡着起不来怎么办？还是现在起吧！一起来，我便吵着要出去。妈妈正和婆婆拉着家常，见我闹腾，就指着外面说："现在还很热呢！再等会儿。"于是我便不再吵了（乖孩子），一边喝水，一边盯着那火红的太阳，巴不得它一下子就掉落。

所谓的"一会儿"就是指一小时，可把我等急了，中途催了好几次，妈妈才动身。她挎了个小篮子，在田里来回穿梭着，过不了多久，篮里就有了好些豆子。我也想摘，却又不敢——那里有许多虫哩，何况我总分不清豌豆和蚕豆，把它们都混在一起了。

我只能用"甩秧"来打发时间，绿油油的秧苗被我一棵棵像丢飞镖一样"射进"泥田里，哪里有空隙就甩哪，我扔得又准，插了很多棵。正得意之时，忽起一阵风，这风与城市里的不同——没有脏的灰粒或迷眼的沙尘，有的只是泥土的芳香和自然的凉爽。此时已经没有太阳了，但，天依然亮着；风，依然徐徐地吹着，树叶沙沙响着。我放下秧苗，任凭风儿吹乱我的头发，它是那么轻柔，真的像母亲的手抚摸着我的脸，好想与它融为一体，随之翱翔啊！

我等的，就是这阵风。

熟悉的地方也有风景

好多人喜欢舍近求远，希望出国游玩，恨不得插双翅膀，远走高飞，挣脱家长的约束，过上无拘无束的生活。然而他们又何曾知道，熟悉的地方也有风景，而且“风景这边独好”!

身旁依旧是散发着淡淡樟木香的书桌，耳边依然是几声清脆的鸟鸣，屋后的那条熟悉的田间小路，记载着我成长岁月的痕迹。

外婆家就是好，熟悉的小土房冬暖夏凉。虽说是将泥土与稻草裹在一起筑起来的，但质量却不比钢筋混凝土差。特别的是那地窖，专门用来储存山芋、土豆等农作物，简直是一个天然的大冰箱。

每年寒暑假或国庆节，这间小土房就成为我“度假”的不二场所，每分每秒都有乐趣。

伏在书桌上写字，累了，抬头便能看到大舅种的枇杷树，叶子绿得发亮，随风摆动的枝叶仿佛在向我招手。

这时候最喜欢听到母鸡咯咯叫，因为这样就有理由暂时放下手头上的作业，开启“寻蛋模式”。这些母鸡精明得很，专把蛋下在暖和的稻草里，有时一个稻草窝里有三四个蛋宝宝，那我就乐坏了，小心翼翼捡起放在厨房抽屉中。

午饭后困意来袭，就在蚊帐里小睡一会，起来后精神抖擞。若在金秋十月，就拿根竹竿去打板栗。满树板栗，压得枝丫抬不起头来，一竹竿下去，板栗纷纷落地。用脚将外面的刺壳踩裂，里头就是圆厚敦实的栗子了，剥开栗子皮，黄灿灿的果肉露出来了。生吃不是太卫生，把它与肉合炒一番，放在锅里焖尽汤汁，那就是十成十的美味了。我每次到外婆家都胃口大开，吃大半碗一点都没问题。

傍晚就是“捕鱼达人”时刻，此时池塘边上的小飞虫多，鱼儿时不时从水中蹦出，溅起一片水花，又“扑通”落水，荡起一圈涟漪。我和妈妈拿废旧蚊帐做渔网，去池塘边罾小鱼。池塘里的水是温的，可以把脚放进去，但要轻些，不能惊走鱼。放入香喷喷的鱼饵后，把网放进水里，直至沉入水底，过上两三分钟再猛地向上一拉，细针般的银白小鱼在网里跳着蹦着，最终都乖乖地束手就擒，被放进了桶里。这样反复几次，就能捉到不少了，拎着桶回家，犒劳一下那馋了一天的猫咪以及蠢萌的大麻鸭。它们一见我来了全都争抢着聚拢过来，大一点的鱼被猫叼走了，剩下的任那些大麻鸭抢食，鱼儿瞬间便不见了踪影。

哦，谁不喜欢这个妙趣横生的小土房？原来熟悉的地方也有风景。

牛角大圩

星期三，特殊的日子，平日里我都埋头苦做作业，今天却在翘首盼望七天长假了。别看我们人在教室里，心早已飞到别处了！老师们苦口婆心，希望我们不要在假期里疯玩，并警告我们一开学就测试！这七天做什么……你们懂的！边说还边布置一大堆作业。

作业虽然多了一点，可丝毫不扫我们的兴致，毕竟不用上学嘛。

一回到家，我就放下沉重的书包，感觉如释重负！让那烦人的破试卷见鬼去吧，我一天也不想见着它啦。

我开始疯狂地玩耍，就像老师们不想看到的那样，聊QQ，乱涂鸦，吃零食……平时在学校连大气都不敢出，今天终于能放松放松了。当然，学习仍是我们的“主干”，可不能忘了它。这个假期就让大自然和课外书来做我的老师，让我想想去哪旅行！正当我规划时，妈妈打电话过来了：“放学啦？快活了吧！明天就不用上学了，不过这个假期很珍贵耶，你要制订一个计划哦，几点到几点做什么……”

啊，又来了，真受不了！计划？计划赶不上变化呢，根本行不通！只要安排得当不就行了嘛，一天学习 2～5 个小时，其余时间随便做点什么，这在我眼里就是最完美的计划。这样想着我心不在焉地答应道，把老妈糊弄过去后放下了电话，继续窝在沙发上看《儿童文学》，顺便放松下疲惫了一天的身子。每个人活在世上的意义就是因为前方都是未知的，如果你能将未来计划得天衣无缝，每一秒都生活在计划中，那就太无趣了。

吃过晚饭，我漫不经心地翻阅一本杂志，无意中听见厨房里妈妈跟小姑的对话：“明天去大圩看花，疏天然去吗？”“去，去！我一定要去！”我兴奋地大喊起来，大圩呀，那里的葡萄、草莓之类的玩意儿可好吃了，明天又可以采一篮子回来喽。

第二天中午，阳光明媚，空气清新，是个出去游玩的好日子，大城市里少有的好日子！妈妈把被子都拿出去洗晒过后已是下午两点，我们整装待发。

开车近半个小时，我们才来到大圩。波光粼粼的水塘，五颜六色的花朵，蓝玻璃一般的天空上飘着大片大片的白云，犹如梦境般美好。

走了一段路，我觉得有些奇怪，以前去大圩都有小棚子的呀！怎么今天却没见着了？“什么时候去采蘑菇啊?”我迫不及待了。“啊？不是我们原来去的那个‘大圩’啦，我们在滨湖的牛角大圩，有个大风车的那个牛角大圩!”小姑详细解释道。采不了葡萄，摘不了蘑菇，尝不到蘑菇！我大失所望。

虽然感受不了采摘的乐趣，但是这里风景优美，鸟语花香，阳光灿烂，使我神清气爽，心旷神怡。一路上，我们有说有笑，欢声笑语接连不断。到了一处，弟弟胡杨突然停下来，把手向前一指：“快，快看前面！我们到花海啦!”我随着他所指的方向望去，只见一个大风车的四周全开满了雏菊！红、橙、黄、紫，这四种颜色交织在一起，色彩斑斓，美不胜收。我们在这大花海中散步，时而停下脚步，摸摸鲜嫩欲滴的小花瓣，时而拍拍照，留下美好的瞬间……忽的一阵强风刮来，风车飞速地转动着，所有雏菊都摆动起来，就像大海涌起波浪，煞是壮观。傍晚，天边的云彩被太阳镀了一层金边。游客很多，却没有一人去折弄花枝，只是静静地欣赏。是啊，团结就是力量！一滴滴水可以汇聚成江河，一朵朵花可以绽放出花海。我由衷地敬佩那些小花草，这次游玩，令我喜出望外，甚至比采摘更有意义……

树　　叶

来南村画室已有两年了。我每星期都来一次，积累下来，已有不小的成绩。画室后有个漂亮的小院子，院子里种着很多漂亮的植物和高大的香樟。空气很清新，绿色又很养眼，待在那里就仿佛进入梦幻世界，让人心旷神怡。

这里绝对是休息的最佳场所，每当我画累的时候，眼睛有些发酸，我就去那里走走，或者和小伙伴一起玩玩捉迷藏，躲在院后那套充满古典气息的旧式楼房里，谁能找到呢？

深秋树叶落得厉害，抬头一看，枝干上都空空荡荡的，看得人心里都冷冰冰的。不过要是走几步路就会发现其乐趣。脚底不断传来“沙沙”的声响，树叶一直淹没到小腿，远观就特像画室里的颜料被打翻混合在一起的样子，要是再落厚一点，足以在里面像鱼儿那样游泳了。

但我不舍得踩它们，每一片叶子都是一幅动人的艺术作品。我认为，它们比我在画室里画的作品都要漂亮得多，大自然就如最棒的艺术家，我真想向他请教。红里透黄，黄中渗绿，绿外泛紫，每片叶子都是独一无二的，它们形状不同，大小不一，但都有着坚忍的意志。即便凋落了，却要把自己的梦想沉淀在心中，播撒在土里，因而构成了五颜六色的梦想“叶”海。

它们都有一段动人的历史，精彩得像部电影。

我又怎舍得踩踏呢？

那一段动人的时光

今天是宋欣雨的生日，但是她今天有课，所以把生日提前到 8 月 13 日，也就是昨天。她邀请我去参加她的生日派对，我们疯玩了一整天。

上午 8:30，我和东东（我的小表哥）如约来到宋欣雨家。我们坐公交来到合家福购物广场，去电影院看《洛克王国之四：出发！巨人谷》。那是一部很有爱的动画电影，里面包含了友情和梦想。虽说平时我不太爱看中国动漫，但今天还是得听宋欣雨这个“小寿星”的话，她想看，就陪她去好了。电影播放前都有广告，我在家看电视剧《花千骨》时经常看到邓超为苏宁易购做代言，没想到电影院里竟也有这样的广告，看邓超在银幕里发“羊癫疯”时，我们笑得眼泪都出来了。他手舞足蹈，嘴里不停高声喊着“苏宁易购 818”，吃错药了吧?！简直比电影还搞笑。

中午我们在同庆小笼包吃了饭，东东很喜欢那里的包子，一连吃了五个，真是个“小馋猫”。刚吃完饭还没歇一会儿，我们又出发去海洋馆了。我之前没有去过那儿，只是因为担心有凶猛的动物，像鲨鱼之类的。然而海洋馆根本不像我想象的那般恐怖，五彩缤纷的热带鱼看得人眼花缭乱，美丽极了。

每种鱼都有特色，有的小巧灵活，有的肥大敦实，有的害羞躲藏……最令我印象深刻的鱼长得最为普通，但它可以肚皮朝上轻松“仰泳”，随意游动，我一开始还以为它快不行了呢，没想到它的泳姿就是那么独特呀！

一楼只是简单参观，上了二楼可就真的令人拍案叫绝了哟！我们走进迷人的海洋隧道，珊瑚、贝壳和鱼儿都围绕着我们，我似乎可以摸到它们，身临其境。偶尔有一些大电鳐从我们头顶游过，我看到他那扁平的身子，洁白的肚皮上有两道黑黑的鱼鳍，正好组成了一个笑脸状，很是可爱……

之后，我们又分别参观了水母馆、海豚馆，透明的小水母在水里快活得游来游去，聪明的海豚顶球、跳圈，无所不能。我想，大自然真是神奇，竟孕育出如此多的奇妙生命，我愿成为一条小鱼，在深海里快乐地游泳嬉戏。

美好的时光总是过得很快，傍晚了，我建议宋欣雨去我家吃蛋糕，因为我妈妈赶巧也在 8 月 13 日过生日，这样一来今天就有两位寿星了，她欣然同意。

我们到家时妈妈已经准备好蛋糕了。香甜可口的巧克力上裹着一层浓浓的奶油，一定很美味。我们一起唱生日歌、吹蜡烛。在蜡烛昏黄的光照下，我们一起许下愿望，玩得不亦乐乎。

世上没有不散的宴席，宋欣雨恋恋不舍地回家后，我也就安然入睡了。若是回忆起来，那可真是一段动人的时光！

这样的画面让我难忘

世界上最伟大的人是母亲。看到这句话，我的脑海里映出来这样一幅画面：

上个星期，我去动物园里玩耍，那里鸟语花香，美不胜收。动物们大多数不在冰冷冷的铁笼里，而在绿荫似染的树林里或者草地上。

为了更好地游览整个动物园，我随其他游客一起乘坐缆车，居高临下的感觉真棒！到处是浓密的树荫，偶尔有几只小鸟嬉戏着，从缆车旁飞过。我正聚精会神地欣赏着窗外的美丽景色，不料，有个小女孩撞到了我的身上，把我的思绪打断了。这个小女孩撞到了我，不但没道歉，反而高兴地原地转起圈来。我有些生气了，仔细打量这个

“没礼貌”的女孩，惊奇地发现她的五官都别扭地缩在一起，眼睛小得眯成一条缝，正在龇牙咧嘴地冲着我笑。

这时，女孩的妈妈过来了，连声向我道歉。我看出来，这位年轻的母亲有着美丽的蓝色眼睛和漂亮的棕色长发，她应该是外国人吧，却说着一口流利的中文。

小女孩仍在转圈，我不禁对这对母女产生好奇，便问：“她叫什么名字?”这位母亲用充满慈爱的眼光看着小女孩，答道：“她叫安妮，今年23岁。”23岁？我不可思议地看着比我矮很多的安妮——谁听到都会惊讶的，只不过我没有表现出来。23年，母亲日日夜夜不辞辛苦地照顾自己的女儿，是一件多么不容易的事！“她为什么要转圈呢?”我尽量扯开话题，以免伤这位伟大母亲的心。然而这位母亲却笑了：“安妮开心的时候就会转圈。她拥有罕见的疾病，听不到，也看不见，只得用这种方式来表达喜悦。”她说着，双眸低垂，好像是我提及了她的伤心事，唉，最终还是无法避免这个话题！安妮依旧转着圈，到了一处时，她转得特别欢，她的裙子飘了起来，像是一朵盛开的花。“我每星期都带她来这。”这位母亲又发话了，她望着窗子，像是对我说，又像是自言自语。“安妮喜欢去鸟林玩，只要到了那，她便特别兴奋。”“可她听不到，也看不见啊!”我忍不住插了嘴。她却把头平静地转向我：“我也不知道，也许是某种气息或感觉。”

缆车到站了，所有人都陆续下车。这次谈话，虽然短暂，却给我留下很深的印象。安妮不再转圈了，她乖巧地牵着母亲的手。临走前，我感叹道："您真是位伟大的母亲。""谢谢。"这位母亲美丽的蓝眼睛里闪烁着晶莹的泪花，安妮依旧龇牙咧嘴地笑着，牵着她妈妈的手。

安妮和母亲牵手的画面我至今难忘，哦，这样感动的画面真是令我难忘。

最好的夜晚

今天是我的生日，13 年前的今天我出生了。同时，这也意味着暑假临近尾声。快到 8 月底了，来我家玩耍的小表哥东东已回家，不能陪我了，想到这，我便失落起来——今天是星期四，爸爸妈妈都去上班了，奶奶还在老家，留我一人在家，真冷清。

上午安静得可怕，只听见时钟在滴答作响，平时任凭东东怎么吵闹我都能安然地在床上睡觉，但这回我却起得很早。我想，我是被这份“寂静”吵醒的。

我默默地走向书桌，开始预习语文和英语。时间过得很慢，即便没有像宋欣雨那样狂欢一整天，至少也要在学习方面努把力嘛，晚上爸爸妈妈都会回来陪我的。

10点半钟，电话铃响了起来，会是谁呢？我接了电话，嗯，是爸爸。“生日快乐！你想要什么？”爸爸一开口就问这么直接的问题，我也不知道要什么。“你的愿望是什么？”他又换了一种形式问我。“我的愿望由我自己来实现，过生日，我只要蛋糕就足够了。”我平静地回答道。“好的！保证买回来！”爸爸呀，我过生日，你怎么好像比我还开心呢?！我笑了，放下电话，继续回房预习。

中午，吃过饭后，妈妈又在QQ上找我了。同样地，她也问我想要什么，我看着电脑屏幕上米老鼠的桌面，一时心血来潮，回复道：我想要一个米老鼠玩偶！不知道这样算不算幼稚，但是我挺喜欢米奇的。

我期待的晚上终于到了。然而令我意外的是——爸爸只买了3个小的纸杯巧克力蛋糕，往常都是一个大的，要么是6寸，要么是8寸的。“买大的吃不下，往年的都浪费了，这些刚好。”爸爸这样说着，伸手去拿他的那份。“唉，馋鬼！还没吹蜡烛许愿呐！”妈妈挡住了他。

“没事的，吹蜡烛多俗气，我们要与众不同！”爸爸吃起了蛋糕。话虽这么说，哪来的蜡烛呢？我哭笑不得，也吃起了我的那份。嗯！香浓可口的巧克力加奶油，还有草莓夹心，“小身材”、大味道哇！真不容小觑。“狗狗（我的小名），我已经在网上帮你买米老鼠了。”妈妈用温和的目光看着我，她始终没吃蛋糕。“如果蛋糕不够，你还可以吃我的。”说着她把蛋糕推给了我。我感动不已，但还是还给了妈妈。一旁的爸爸可不开心了，拿出一个盒子递给我。“哼，别以为就你给她了生日礼物，我可带回来了天津大麻花!”我被他的孩子气逗乐了，哈哈大笑起来。

爸爸妈妈，谢谢你们给我一个平凡却美好的夜晚，给我一个温暖的家，有了你们，今晚就是最好的。

无　题

今天我翻阅了一下我的随笔本，觉得十分惊讶，有种说不出的怪感受——这是我写的吗？

一篇篇短小的文章，如一枚枚贝壳，串成了五彩斑斓的记忆；一次次亲身的体会，如一片片花茶，沉淀在我的脑海里，散发着阵阵清香。

大千世界，总会有很多擦肩而过的美丽，不断在记忆里遗忘、消失，就像邂逅一滴美丽的水滴，让人感叹唏嘘。

我曾有过无数次想写些什么，却怕自己写不好，只能让那些精彩的瞬间被遗忘在记忆的角落。甚至有时写好一篇文章，我还嫌自己写得不够好，不满意。

但现在我隔了几个星期看我原来写的随笔，竟感受很深——写得棒极了！我上星期写完这篇文章后怎么没感觉呢？

可能写作就像买回一袋小柑橘，刚尝时酸中带些苦涩，不像想象中的那样好，于是就丢在了一边。等后来想起来了，再拿一个品尝一下，忽地发现糖浆已充分融合在果实里，嘴里满是甜味儿，咽下去，这甜味儿又沉淀在了心里，慢慢弥散开来，甜呀甜呀，甜到了心窝里！一开始怎么没发现这么好吃呢？三天过去了，手中仍残留淡淡的橘皮香。

这几年，我成长了，我自己总结出了许多“小柑橘”，我不想再让生活中的片段遗留在记忆的角落……大胆地写出来，真实地记录每一天吧！我要让青春不留遗憾！

20 年后的我

我爱童话，也特别爱想象，关于小玩偶，我可以信口编一个关于他的传奇人生。

我也幻想过未来的我，那是我的理想，也是我的目标。

我想，20 年后的我，可能会开一家杂货铺，那是一间全国最棒的铺子。里面有很多古怪的小玩意儿和我做的糕点、饮品。每个月都会做活动，让大家提提建议，说说希望做哪些改进，我都可以尽量满足，争取让这附近人们的生活变得更加方便。

我想，20 年后的我，可能会有一套小木屋，小木屋装修得很漂亮，四周被树木环绕，空气很清新，这是我一直期盼的。小木屋的窗子朝南，阳光充足，而且所有家具的摆放就像童话故事里那样温馨、美好。有空时，我就在这座小木屋里创作自己的文章，赚稿费去，哈！

除此之外，我想，20 年后的我，可能会开垦一块小菜地，自己种，自己吃，再也不必担心任何农药污染啦！我可是一直期盼有一个小院子的，同时，在城市呆久了，我也变成了一个向往大自然的人，在没有蚊子的树林里（好吧，不现实……），我和朋友们一起去野餐、写生，那真是一件美妙的事情！

我承认我可能想得过于美好，但这确实是我的梦想，想来 20 年后的生活和今天我写的这篇文章对比一下，也许不一样。好吧，带着我的小小的梦想去努力吧！我是无法预知未来的，但可以改变自己，做好现在。

8 毛钱的温暖

今天放学好迟。

英语老师把那些听写全对的人都留下来提前默写还未学的课文，依照他的话来说：留下来的都是底子较好的（我后悔自己听写全部正确了）。但是再怎么说，以前我都是在上完课后理解的基础上背诵的，这样便会轻松很多。时间是那样紧迫，尽管我争分夺秒地去背，但还是没能完全理解，所以默写得磕磕绊绊，不是很顺利。看到其他学霸们一个个都过关了，并且只错了一两个，准确度是那么高，而我自己却错了 6 个，我真是自愧不如。

老天有眼，高老师没说我什么，只是让我回去订正（嗯，好险）。

出了校门，天都已经黑了，可我一点都不害怕，因为到处都有闪闪的商店小招牌。另外，各式各样的香气从不同的店里“袭”来，我肚子里的蛔虫都被勾出来了。

妈妈总是告诫我门口的食品不卫生，不要去吃。我一开始很听她的话，但后来看到同学们去“多不多”那里买的香气袭人的劲爆鸡米花，我就忍不住买来尝了一点，没想到是那么美味，我都吃上了瘾，再加上“多不多”那里挺正规的，生菜都放冰箱里，看起来很安全，于是我有空没空就带点零花钱去那里买点吃的，久而久之，就成了老顾客。

今天原打算再买一份劲爆鸡米花，但数来数去，我也只带了 4 元钱，还差一元钱。但我不愿放弃，想还还价：“咳，我经常过来光顾，能便宜些吗?”“卖完了呢!”老板娘抱歉地冲我笑笑。呵，好尴尬呀！回答出乎了我的意料。

我的手越来越冷了，唉，也难怪默写错了，饿了没法思考嘛！就在这时我想到了救命馒头……

加快脚步……

不要停……

胜利就在前方！哦！我都闻到了锅巴和酒酿的味道了。

“馒头 8 毛一个，您要几个?”“一个，热的吧?”我习惯性问了一句，其实没有必要。“当然，给。”大叔接过钱，同时递给我一个圆圆白白的，还热得烫手的馒头。我的手立即暖和了起来，片刻后我就狼吞虎咽般吃了起来，很快全身便充满了活力。

哦！我真是太爱那 8 毛钱的温暖了……

隔层玻璃看世界

花好月圆，家家团圆。在这美好的中秋节里，我却要去医院。去干吗呢？配眼镜。最近睡眠总是不足，视力下滑。妈妈说，在过节的时候，人们肯定都不去医院，因此人比平常要少很多，趁着这个大好机会，赶紧去配一副眼镜。

果然，医院里空荡荡的，配眼镜还要办理好几道手续，好麻烦呐！保护眼睛真重要！我很后悔周末在家上了太长时间的网。首先要测视力，然后去拿眼药水，滴完眼药水后去验光，验完光后才能确认度数，明天上午才能拿眼镜……还好人不多，不用排很长时间的队，否则我连号也挂不上呢！忙了一下午时间，才配到一副眼镜，唉，真的是太不值了！最让我印象深刻的就是验光的时候，有很多四五岁的小孩就弱视、近视、散光，太令人惊讶了，都说儿童的眼睛是雪亮的，可这几个小孩小小年纪镜片度数就那么高，是怎么一回事?！医生很幽默地安慰那些孩子："在电脑里多下点游戏玩，这样弱视就能恢复了。"孩子听了这话便兴高采烈地出了门。

"我怎么就不是弱视呢?！"一个站在旁边的小男孩嘀咕道。引得我们哈哈大笑……

最后，我配了一副 200 度的眼镜，从此以后我要隔层玻璃看世界了。唉，加油吧！辛苦五年，幸福一生，努力学习拼搏吧！

过 生 日

今天是一个特别的日子，是我的生日。这是多么美好的一天，夏天的炎热已退，恼人的“秋老虎”已不见了踪影，迎面吹来的是凉爽的风，整个人仿佛置身于一个超大的空调房中，这样的好天气，出去玩是个不错的选择。

都说大圩葡萄甜，那我就尝尝喽。好长的路程，我坐了半天的车，终于到达了目的地。刚下车，老天爷仿佛存心跟我过意不去似的，安排下雨，不过也好，雨后空气清新些。妈妈像是算好似的，带了把伞，既能遮雨又能挡阳，真是太机智了。

大圩的葡萄都是长在大棚里面的，超甜。还没进去采摘，我们就已经在外面吃了个饱。各种类型的，蓝葡萄

（颜色蓝紫、晶莹剔透，味道很好）、玫瑰葡萄（透着玫瑰的芬芳，但我不是太喜欢）、夏黑（最受欢迎的无籽夏黑，颜色紫黑，真正可以做到吃葡萄不吐葡萄皮）以及金手指（小小的，细细长长的，最甜最好吃）。

试吃完毕，喜欢哪个品种就去尽情摘吧，拿个篮子和剪刀，我们开始精心挑选了起来。藏在叶子底下的葡萄往往颗粒饱满，味道甘甜，而那些在阳光下的都被晒瘪了，或是烂掉了。越往里走，葡萄就越好，离大棚近的地方基本上没有什么好葡萄，都被人采光了，所以我们使劲往入口远的地方钻，专挑叶子底下的葡萄，没过一会儿篮子就装满了，我们满载而归。

临近中午大家摘葡萄也饿了，我们就去附近的一家农家乐饭店吃饭。这个饭店烧的菜可好了，让我想起老家外婆的手艺。饭店外就有一个大塘，鱼现钓现杀别提有多鲜美了，鸡也是他们自己养的，最后临走还送我们半个大西瓜，很周到。我在岸边捡石头玩打水漂，还摘了荷叶和莲蓬。我对莲蓬不感兴趣，只喜欢那荷叶——倒扣在头上便是一顶漂亮的帽子了。

收 藏 癖

女孩都有收藏癖，我也不例外。

每次路过那些精品店，我都忍不住进去瞧瞧，那些漂亮精致的本子，我总会挑一两本。我希望把自己所有真情实感写进那些可爱的本子，可我提起笔，想写什么，却又不知写什么。

我生怕写得不好，生怕写错一个字。最终，还是一字未留，只在里面夹了一小片枯黄的叶子。

今天是新年的第一天，我想送一个新年礼物给老师，选什么好呢？我那么爱收藏，家里的小摆设、玩偶都不计其数，可我又不知道她喜欢什么，万一，她嫌我太幼稚怎么办？

这时候，我想起了之前妈妈的同事给我送的那个发箍……

我带上它显得太过于成熟了，所以准备等长大以后再戴。现在，我却找到了一个更适合它的主人。狄老师戴上会更好看吧。

那发箍质量极好，我看到上面的标价就倒吸一口气，68 元钱，妈妈的同事可真够大方。

可是，它现在在哪里？

我试戴完它后就随手丢在储藏室，可在储藏室里，连它的影子都没有。那么，在化妆台？呜呜，搜遍了也没有。我仔细翻了每个抽屉，好多发卡、发箍都找到了，就是没有找到它。

哼，你究竟在哪里？

有很多东西都是这样的，你平时对它漠不关心，到真正要用它时它却躲藏起来，你越想找到它，它就躲得越紧，像个调皮的孩童。

当你停止寻找，恢复正常生活时，它又惊喜般地出现在你面前，好像认错一般。

唉，算了，我还是等你这个调皮的孩子过来认错吧。

快点啊。

说说我自己

相信有很多朋友不会选这个题目来写，因为它真的不好写。我们总是在介绍别人或谈论某人时说得头头是道，讲到自己却扭扭捏捏，不好意思，或万分紧张，毫无头绪。这是由于不自信，怕给别人留下不好的印象。若只顾着说自己的优点的话，别人会以为你是个骄傲自大的人。但上来就说缺点不也显得很不好吗？几乎没人这么做，其实这玩意很好解决，只要说自己关键信息和爱好即可。

来说说我自己吧。

我小学时不怎么爱说话，是老师眼中的“乖乖女”，每次期末评语都有“沉默寡言”一类的词。但到了初中，我变得十分开朗，话变得特别多，性格也变了，可能是碰到了喜欢的人吧（像狄女神）。我对待自己严厉起来，不像以前那么松散了，也喜欢挑战一些有难度的东西，比如说这篇不太好写的作文。

我对待事物都以认真的态度，在作业与整理方面尤其突出。别的我可不敢讲，但至少这点是值得肯定的，让优秀成为一种习惯。每天写作业前，我都翻阅资料复习、预习，直到搞熟了再动笔，字迹就更不用说了，甚至有时写得不好看擦掉重写，直到满意为止。因而我就经常做“夜猫子”，不到半夜不睡觉。为了提高效率，我也有自己的办法，买一些小面包和蛋糕，完成一个任务就吃一个，满满的成就感。效率“嗖嗖嗖”地提上来了。至于整理，我将书按“语数英物政史地生”这类顺序排放，一丝不苟，一点也不乱。

当然，人无完人，我也有不少缺点。其中最大的缺点就是拖拉，先松后紧。不信？现在正在赶暑假作业呢，这就是证据。

我有一座小屋

长大以后，我想开一家杂货店，

它承载了岁月的痕迹。

小屋面朝大海，春暖花开。

窗户方向朝南，阳光充足。

我在前院里播撒了爱的种子，来年会长出艳丽的花朵。

我在后院里建立了爱的小屋，几天后会跑来可爱的猫咪。

正如我所期待的那样：

小动物在我的小院里尽情地闻着花香。

瞧！那只猫咪正和雏菊谈话。

大花园在我的呵护下快乐地绽放。

看！那朵葵花正和蓝天在嬉戏。
蒲公英打着小伞，漫天飞舞。
玫瑰花含着露珠，鲜嫩欲滴。
哦！我的小屋，我的期待。

星空下的遐想

我在星空下遐想——如果我能有一片星空的话。在城里能看到星星是一件很不容易的事。抬头仰望黑漆漆的天空，极力地寻找着，好不容易看到一个微小的亮点，却惊讶地发现那亮点正在移动——原来只是飞机呀。

只有在暑假的傍晚，我回外婆家，才能拥有一片属于自己的星空。外婆家的小院上空都是一闪一闪的小星星，天空像黑色的天鹅绒地毯，因为有星星的点缀而不显得压抑。

我最爱做的便是数星星了。从头数到尾，从尾数到头，星星的数量总是变化的，越数越多，等到脖子仰酸了，这才放弃。搬一把老竹椅，平躺在上面，观察星星连成的形状，有的像熊、有的像狗、有的像马……四周响起一片蛙鸣声，走夜路时要分外小心，因为一不留神就会踩到一只青蛙。

当然，总是看星星也会感到倦烦的。这时便要侧耳倾听，就会发现树林的那一侧似乎有笛子的声音，宛转悠扬。笛声很具有穿透力，隔着树林都能听得十分清楚。微风乍起，树影浮动，伴随着阵阵蛙鸣和笛声，夜晚显得格外美好。我的视线被朦胧的树影打断了，也不知吹笛人是谁，“谁家玉笛暗飞声”，应该就是描绘如此意境了吧。

星空高深莫测，有时会让人感到恐慌——生怕会有星星自天空掉下来，就再也回不去了。为了放松，我常常哼起小曲来减少压力，心情也就逐渐好起来。由于那时我还小，在星空下也没有怎么“遐想”，但那时我是很快乐的。“哭的理由也有很多，但笑的理由只有一个——因为我开心。”我当时就这样想着，又傻呵呵地笑起来。

星空给我带来了太多乐趣，可现在我长大了，变得很忙，再也没那么多空闲时间去看了，更不能“遐想”，城市里的天空都是压抑的，唉！也许我只能遐想一下——作业何时能变少一点呢？

我也是一束阳光

清晨，阳光像和了水似的均匀地弥漫在各个角落。快要立秋了，太阳也不那么毒辣了，我想要伸手去抓住那明媚的阳光，却又是那么虚无缥缈，不可触及。这个时候的阳光温度刚好，温暖舒适，如果能让它“住”到我家里来多好。

抓不住它，我便又想与它融为一体，普照大地，带来光明，但这更不可能。我只能做我自己了……我发了一会呆，转身去吃早饭，以愉悦的心情迎接崭新而美好的一天。

美好的一天先从音乐开始吧！听音乐有助于放松，令人心情愉快。我习惯性地点了一下“随机播放”，这样会有一种惊喜感，就和过生日时迫不及待地拆开礼物的心情是一样的，这样我就可以每天快乐得像过生日那样了，嘻嘻！

今天电脑播放的音乐是《薰衣草》主题曲，欢快又活泼。当唱到“你的温柔是阳光，把我的未来填满”时，我愣了一下。又有“阳光”？电脑可真懂我的心思呀，我的网名就叫向日葵呢，对“阳光”这两个字比较敏感。

我喜欢暖暖的秋阳，更喜欢罕见的冬阳，如同人参般宝贵。当我沉浸在歌曲中时，无意间瞟了眼电脑桌，呀！我看到我养的一株小苗奄奄一息，“脑袋”耷拉了下来，还掉了好几片叶子！这怎么行呢?！那是宋欣雨送我的盆栽呀，她还跟我说这种植物生命力特别顽强，俗称“死不了”，插在土里便能活。可今儿它怎么成这样了呢？我急了，没心思听音乐，连饭都懒得吃了。放下碗筷，立马去阳台拿我的抢救法宝——水壶。我经常在玩电脑时开空调，空调房里凉爽却很干燥，小苗一定是“渴了”。

我慌忙浇水，只听见土壤发出“滋滋”声，仿佛在说：“渴死我了。”这几天都没能照顾好小苗，真是抱歉呀，宋欣雨！哎呀，我在想什么呢！小苗又没死，我干吗要这样想？瞧，叶子还绿着呢！嗯？等我反应过来，水已经淹没小苗的枝干了。神啊，我浇多了！我又拿几张吸水性较强的餐巾纸擦拭，可已经晚了，在我十分着急之时，小苗居然又掉了一片叶子！简直是火上浇油啊，只能拿到阳台上晒了。

小苗洗了一上午的阳光浴，经过我的抢救又重新打起精神，抬起头来。呼，这可真令我松了一口气。现在的土壤肥沃湿润，它可以健康成长咯！

咦，怎么有声音？原来是我忘了关音乐呀。此刻正好又唱到那句“你的温柔是阳光，把我的未来填满”，仿佛是小苗特意为我唱的。一阵风儿吹过，小苗微微“点头”，应该是在向我示好吧！我望着窗外的阳光，满意地笑了。

小苗，我也是一束阳光（是你的阳光哦）！从今往后，你的糊涂主人我，会好好照顾你的。我不一定要变成太阳，但我照样能温暖他人。

傣妹火锅

对傣妹火锅垂涎已久了，正赶上清明小长假，我就想去尝尝鲜。火锅应该多点人吃才好，所以妈妈让我约几个同学。我首先想到的就是我的同桌张警宇。狄老师给我们俩施加了很大压力——张警宇英语没达标的话我就要帮他抄英语，而我数学没达标的话，他就要替我挨批评了。话虽这么说，数学考的频率终究是比英语要频繁许多的。考试前张警宇对我百般殷勤，说："有不会的题尽管问我呀！"我也不想让他被批评，前几次的目标都达到了，最近全品小测验有点难，他考 73 分，我考 70 分，天呐，他被狄老师批评得可惨了。我原想帮他讲两句话的。"狄老师，我一般都比张警宇低 3 分。"没想到起了反效果，女神狄批评他更狠了。“都怪你考这么低害得我们家疏天然也没考好（好开心，她居然说‘我们家’），你要是考100分，她不就考97分了吗?”哇塞，这逻辑……我竟无言以对，只能呆呆地看着张警宇……他的身体本来就有点虚弱，只要稍微运动一下就满头大汗，身为同桌的我看到他被批评感到很愧疚，同时也很担忧——我的女神狄你要手下留情呀。

这是选他作为我的“火锅搭档”的原因之一，弥补一下他“受伤的心灵”。再有就是我经常找张警宇蹭吃的。我早上起来吃早饭往往没有什么胃口，到学校上课才感到饿。张警宇是个不折不扣的吃货，只要一下课，他的课桌就成了早餐车，面包、蛋糕、饼干、酸奶就像变戏法似地从他的桌肚中冒出来，有时还有八宝粥，简直像百宝袋。然而这个“早餐车”很独特，只顾自己吃自己的，速度超快，有时我刚反应过来他带了好吃的，就被他吃完啦。他不主动把食物与我分享，那我只能厚脸皮找他要了。好在他从不在意我吃他的东西，我只要张口说一句“我也要吃”，不用等他回答，便可以尽情享用美食了。他很老实，只会笑一下，然后撕下一部分给我。我也就不那么饿，上课有精神多了。

我邀请他吃火锅时，他还有些犹豫。“狄老师跟我说，周末哪也别去，好好在家里。”他是这样说的，真坦白。“可她没有规定不能吃饭吧？不用担心，不会耽误你多长时间的……”他终究是抵制不住美食的诱惑，便答应了。“我可是很能吃的，有一次我吃了100元一位的自助餐，结果把人家吃亏本了。”“没事，我就需要能吃的。”

终于熬过放学，妈妈打电话跟我说，杨丰川也来了，已经在傣妹里面等我们了。我家离万达近，大约 2 分钟的路程就到，张警宇随后也到了。他俩看上去都无精打采的样子，估计是被狄老师批评怕了吧，尤其是杨丰川，我打赌在他面前放本英语书他都能睡着，在等张警宇过来前，我和杨丰川到金街上闲逛了一小会，那里有很多小朋友在玩沙子。“我也好想玩沙子呀!”杨丰川感叹道，我用奇怪的眼神看着他，他不紧不慢地解释说：“你认为学习和玩沙子你选哪一个？我选玩沙子。”好吧，看来他是真的被整怕了……好好吃点东西放松一下吧，可怜的孩子，我心想。“哦，听！我好像听到张警宇在喊我！哦，看！这是他的自行车!”杨丰川忽又精神起来了，小跑着去找张警宇。可我们半天都没找着，顺着他所指的方向看，什么都没有呀。“我们回去吧，说不定他和我们跑岔路了。”我跟杨丰川说。

我们又回到傣妹，张警宇正坐在沙发上等我们。杨丰川一个箭步冲上去，问：“你跑哪去了？你是不是喊我了?”“我没有喊你呀……”“可我看见你的自行车了!”“我没骑自行车，我走过来的!”呵呵，我想我的慢性尴尬症又发作了，杨丰川你个冒失鬼！

今晚的火锅异常的丰盛，丸子、年糕、金针菇、虾仁、肉排、粉丝等等，什么都有，五花八门，我最爱吃的还是丸子和年糕。年糕里有蛋黄夹心，粉粉软软的，十分美味，而丸子味道很鲜，也很有嚼劲。我抬头看了他俩，真是不看不知道，一看吓一跳。张警宇吃的大概是我和杨丰川的总和吧，太牛了，一声也不吭，低头狂吃。而我们边吃边聊，吃完后，张警宇才说一句话："好久也没吃这么饱了，都吃撑了。"让我们来算一下张警宇此时胃的大小吧！杨丰川调皮地回应道。我们一点东西也没有浪费，吃得干干净净，各自心满意足地回家了。狄老师还将语文前三的重任交到我手上呢，放松过后，还有很多任务要做，顺便说一下，吃一趟火锅还真不容易，太美味了。

亲爱的周末

“开学啦，腰不酸了，背不痛了，就连心脏也不跳了耶!”这是李雪琪在路上跟我讲的，我深刻地体会到了这点。也许是暑假自由懒散惯了，到了开学就完全不适应，感觉自己要累死了。

大家都变得好忙呀，下课都写《典中典》《实验班》。就我一个，说说笑笑，悠闲地发呆。狄女神每每看到我这样就焦急地催促我去看书，让我感觉很不好意思，可我总忍不住，只要一下课，我大脑便处于放空状态了。

我从周一就盼着周末的到来，周五终于到了！今天所有人的兴致都挺高的呢。我一蹦一跳地去找范晓雅。“范范，你好久都没和我做同桌了呢！去我家玩吧。”“可是，我还要去补习，作业又那么多。”她显得很为难的样子。“哦，哦。”我有点失望。去找任晓彤吧，她曾经送我一个很漂亮的本子，而且我平时经常搭她妈妈的顺风车，所以今天准备请她吃一顿大餐。“晓彤彤！我们去茉莉餐厅吃饭吧！我吃饭，你付钱，怎么样?”我像往常一样和她开玩笑。“别打扰我啦，小疏疏。”晓彤头也不抬，继续写她的资料书。“好吧。”也许真的像狄女神所说的那样，所有人都在努力，而我呢，尽想着玩儿，想到这里，我就安静一点了。

放学回到家，我以前周五晚上都不做任何作业的（千万别让狄女神知道）！今天破天荒地努力一把，完成不少项任务，还看了些课外书，嗯，感觉还是蛮充实的。我看见一本杂志序言上写着：“读书却容易忘，那么读书意义何在呢?”回答是：“当我还是个孩子的时候，我吃过很多食物。如今已记不起来吃了什么了，但是它们的一部分成了我的骨肉。读书对思想的影响也是如此。”是啊，玩也是一天，学也是一天。既然周五那么空闲，就要把时间充分利用起来，读一点书是一点，学一点是一点，总比不读不学要好嘛。

我心满意足地去睡觉了。在梦里，我似乎与范晓雅手拉手在飞呢，一边飞一边转圈，唱着歌儿，好开心。没有狄老师，因为她若在，一定会说：“飞什么飞，赶紧写资料书去!”

走，吃火锅去

宋欣雨作为一名资深的吃货，绝不会放过任何一个与美食打交道的好机会。我们两家离得近，基本上只要我去万达茉莉餐厅都少不了她来蹭饭，这回她邀我去家乐福吃火锅，我欣然答应了。我很少到家乐福的顶楼去，而且自助火锅也是头一回吃。“多吃点，反正我经常去蹭你的。”她是这么说的。

星期五想要早放学可真不容易，狄女神每次都会喊我和任、陈、杨（缩写）等人去办公室讲一番话，也真是够辛苦的，生怕我们周末玩。最后，狄女神看了一眼表，说：“跟你们讲那么多，我还要去吃火锅呢。”我原本都没啥心思了，一听这话又提起精神来。“咦，真巧啊，我和宋欣雨也要去呢!”但是说完我就后悔了，狄女神说那么多都为我们学习，结果我还讲去吃火锅，不是作死吗?但她并没有理会我，自顾自地说着。也许她知道我话多，“自动屏蔽”掉了吧，这样也好，她讲我也就认真听着啦。

等到与宋欣雨集合时，天已经黑了，七点钟，我的肚子早已饿得咕咕叫。我们坐宋欣雨妈妈的电动车到家乐福，我饿得恨不得把菜单抱起来啃啃。我们一人提一个小篮子，想吃什么拿什么。因为是自助火锅嘛!宋欣雨妈妈选素菜，荤菜我俩选。每份食材都被一个精致的小盒子包着，上面附着一层保鲜膜，放置在冰箱里，要吃的话直接往火锅汤料里一放，过一会儿就熟了，很方便。我不客气啦!什么肥牛卷、乌鸡卷、燕饺、小蟹黄包以及我最爱吃的牛肉丸子都来一份啦[开玩笑，其实大多是宋宋(宋欣雨的昵称)点的，因为她是常客嘛]!然而素菜就更丰盛了，豆芽、菠菜、海带、生菜、面皮、粉丝什么都有(说得我都饿了)，好丰盛呢!汤料也很鲜美，是排骨汤炖的。我们先一人喝了一碗汤，将一些选购的菜放进去，静等菜熟。一次性不能放太多东西，因为那样不容易熟。我也是等了好久才吃上亲爱的小丸子呢。

这家店很有特色，设计得很好，座位大多是靠边的，而且灯光也比较柔和，放的音乐也是舒缓的。我在心理学书中看到，大多数人都喜欢靠边的位置以保有安全感，与陌生人有一定的安全距离，以保护隐私。而且选购食材的篮子大，因为人们很喜欢满载而归的感觉，这两点它都抓住并充分利用了呢。

燕饺成小三角形，皮薄馅厚，美味可口；蟹黄包小巧玲珑，鲜嫩爽滑……其他的就更不用说了，总之，我想以后我就是这家店的常客了！没错！谁也不能阻挡我！

玩疯了，万达茂

假期怎么过？很简单，抛硬币嘛！正面睡觉，反面玩，立起来就去做作业。然而毕竟不做作业的话，玩得也不踏实，而且窗外还在下雨，熬上几天，等天晴了就到滨湖的万达茂玩。

太阳出来了，但我又懒得去，那里肯定是又挤又热，再等等吧。今天老天爷像是专门为我们这种懒人设计好了似的，阴天，不冷不热，外面凉凉的，这正是我所期待的。和爸爸一起打车直奔万达，一路上我一边哼着歌一边摇下车窗吹着外面凉爽的风，心情无比愉悦。

我一去就被那里的喷泉吸引了，倒不是说那有多么好看、多么壮观，只是最近抛物线学多了，条件反射似的想去望望。我还想到王老师放假前跟我们讲的一番话：“你们都不要复习啊！七天后来考试，我想看看你们的真实水平。”“设 y 为我们的分数，x 为放假天数，当 $x=7$，$y=0$。”我跟杨丰川开玩笑说，同时也把这个笑话讲给爸爸听了。

最期待的还是室内步行街，听爸爸说，这里面是包河万达的五倍大。我进入一家我所感兴趣的卖各种小玩意的店，就舍不得迈步了，这里商店种类很齐全，布置巧妙，显得空间范围很大。小石头、玉簪、香包、挂饰、摆件、手表、包，还有可爱的小玩具，应有尽有，五花八门，看都看不过来，然而这些小东西的价格也相当惊人，所以我忍住没买。印象比较深的是一块 700 元钱的手表，挺漂亮的，一个姐姐看到后说：“哇，才 700 元，这么便宜。”本人表示听到后感觉彻底崩溃——天啊，来这里买东西的全是土豪！还有啊，我以前从九华山游玩带回的纪念赠品，一串漂亮的檀木手串（是一个很好的僧人送给爸爸的），虽然在这里也有卖，居然要 99 元钱。一样都是用五颜六色的小木质珠子串成，一样有淡淡的原木香味，咋差别这么大呢?！在九华山 9.9 元到这儿 99 元，虽然只少了个小数点，但真是天差地别呀。我吐吐舌头赶紧放回去了，想在国庆开业之余狠狠赚一笔，商家的心机啊！想坑我？没门！不过这么一比较，刚才那位姐姐说 700 元钱的表便宜也是很正常的了。

换家店看看（内心深受打击），什么“糖果世界”

呀，里面有好多小朋友在制作DIY糖果、蛋糕，拿个小碗在接滚落下来的糖豆，各类口味。我问了，40元一碗，现在无论它多贵，也不足为奇了。万达茂所有的店独具特色，风格各异，论这装潢的精致程度，一颗糖豆在这里也值十颗糖豆的钱啊。棒棒糖、水果糖、牛轧糖……真可谓琳琅满目，就这两个店足以让我逛上半天了。

店面越大越豪华，里面的东西就越贵（我大饱眼福，却一样也没带走）。即使这样，越贵，人反而越多，好像不要钱似的，怎么办呢？这么豪华的店面再摆上萌萌的小玩意儿就会让人产生购买欲。我超级喜欢那个“安全飞镖”，我扔中了两次中间的红心哦。

不知不觉，玩着玩着都饿了。上三楼去寻找美食喽，吃货本色要暴露出来！进了“陕食汇”点份卷饼，那饼皮是绿色的，里面加了菜汁，裹上土豆丝、豆芽、海带，真是无比美味呀！接下来是油糕（虽名为糕，实为饼），外酥里嫩，不妨说这是我吃过最好吃的饼。

有点口渴了，来碗鸡汤馄饨吧，一会儿就吞下去了，连碗底都舔得干干净净。临走时，爸爸还带了杯苹果汁（纯果汁，一滴水都没有，甜）。门外有一位淳朴的陕西妇女在沿着擀面杖切面团，像变戏法似的，面团在她的手中全变为一根根细细的面条。我看呆了，这刀功，真了得啊，硬是站在那里看她把所有面团切成长短、粗细相同的面条后才离开。

吃好玩好，是回家的时候了。我们很幸运，一出门就有一辆出租车，等回到家中，我一边休息，一边好好地将逛万达的过程都回味了一下。朋友们，虽然我什么都没买，但我带回了好心情，收获还是蛮大的。

第一次坐地铁

新的一年就快到了，原本是应该好好庆祝一下来着，然而我这个“体渣”被一模体考折磨得死去活来，只好在家好好休息。最让我感动的是800米跑，在我快跑不动时候突然听到狄女神说“疏天然坚持”以及好友们在一旁鼓励，莫名来了动力，跑得不错。昨天下午拔河比赛时，对照了一下成绩表，体育能拿42分。已经很好了，我很满意，毕竟尽全力了。

早上一觉醒来发觉自己全身酸痛，走路腿都在抖，啊，怎么办？今天可是2016年最后一天啊，这个样子，还怎么出去“浪”？爸爸说我就是缺乏锻炼，所以才会这样。他要带我出去坐一趟地铁，慢慢走，当作散步，来恢复一下体力。

我强撑着走到了地铁站，里面还真大啊，今天有不少人，应该大部分都去万达茂玩的吧！然而我只是去那边看看亲湖苑的房子，my new house。第一次坐地铁抱有些许期待，《你的名字》有好几幕男女主坐地铁的情景，这更勾起了我的好奇，好想去亲自体验一下。哦，还有《疯狂动物城》里我最爱的朱迪，貌似坐的也是地铁吧，售票机可以自动找零的，付完钱，我拿到了张嫩绿色封皮的单程票。地铁进站时的声音牵动着我的心，哇，我没有想到过这么大，好几个进出口呢。在拥挤的人群中，有两个女孩儿吸引了我的注意——一个扎着马尾辫，年龄与我相仿，那女孩鼻梁上的那副黑框眼镜以及手中捧书的姿态，怎么看都透露出“学霸”的气质。还有一位应该比我略小一些，长相精致如芭比娃娃，应该是混血儿，看她大大的灵动的蓝灰眼睛，以及一头金色的麻花辫，让人忍不住想要多望她几眼。我一下对这两位女孩产生好感，挤地铁时特意站在离她俩近的地方，手捧书本的那个女孩儿被身后挤上车的人不小心推了一下，险些跌倒，我扶了一把她的胳膊：“小心点。”她站稳了，从容不迫地扶了一下眼镜，甜甜地说了声“谢谢”，我真想再同她多聊几句。那位混血女孩儿的妈妈招呼她过去，长相精致如芭比的女孩儿，突然暴跳如雷，把周围人吓一跳。“我不去！我就在这！”她大声吼着，还激动地跳了起来。我也吓了一跳，到嘴边的话咽下去了。之后很长的路程，我便望着窗外发呆。时不时再看一下那位手中捧书的女孩儿，她正读得津津有味呢，我也不忍打扰了。至于那位混血儿，我再也没有瞟她一眼了。

到站我便下车了，绕着新房走了一圈，明显感到身体不适，又乘地铁回来了，靠在爸爸肩上一直睡到了家。

下午刘军老师的课也没上成了，太难受了，睡了整整一个下午。

晚上精神恢复了，元气满满，玩东玩西，写写作业，逛逛空间，喝杯热牛奶配几块山药饼，真是享受啊！望下手表，00:00,啊，现在是 2017 年了呢！窗外鞭炮烟花不断，我拿出任晓彤送我的小蜡烛，点燃，在一串烟花爆竹声中许下了新年的愿望。

别问我是什么，愿望说出来了就不能实现咯。在初三这么紧张的时期，抽空写了两页纸呢，给个 A^+吧，亲。

黄山书市

听说黄山书市上要举办活动，而且地点就在离我家很近的体育场，我很是高兴，便和爸爸一同去看书展。

爸爸在书展边碰到了熟人，两人热情地打招呼，聊起天来。我可没空听他们在讲什么，只是一边忙着去拿图书抵用券（可抵 10 元），都来第三回了，便有些不好意思，咱们都是读书人，就不做这种事啦！自己拿太多，别人就没有了呢，不要太过于自私、贪婪。我心里的“小天使”在不断告诫着我，我的良知也不允许我这么做，我就不拿券了，三张也够了。

书展里人山人海，各类图书“欢聚一堂”，琳琅满目，看得人眼花缭乱。天呐！也不知是人多还是书多！每个人都兴致勃勃地挑选自己喜爱的书，满意地笑着。我生怕我想要的书被买走，赶紧简单浏览一遍。其实没有必要怕，那里的书有10万本！不怕买不够，就怕卖不完呢！

转来转去，我这个路痴又回到了原点。有中意的书我并不急着去要，而是让爸爸拿手机拍下来，到最后再来筛选，记住剩余好书的位置后来拿，否则带那么多的书逛来逛去多累呀！（嘻，我真聪明）不过这种方法也不是很好，有些书的位置被别人翻乱了，不太好找。

经过我的精心挑选和爸爸的严格筛选，我们总共买了5本书。两本是关于图画的，我可以照上面临摹可爱的物体。一本是怀特写的《吹小号的天鹅》，怀特自称这是他写的最满意的一部童话，当然不容错过啦！他写的《夏洛的网》我到现在还很喜欢呢。还有一本书名叫《爸爸的话》，是一本比较老的书，讲述的童年故事十分有趣，特地买来学习。还有些好书，因价格太贵便没有买，网购应该会便宜不少吧……

我眼睛都看酸了呢，不多说了，拿着“战利品”回家咯！

傅园慧——洪荒少女

奥运会话题已成焦点。这届奥运会可谓是“表情包与段子手齐飞，金牌与狗粮共撒”。

傅园慧，这位“洪荒少女”，在游泳比赛中获得了铜牌，但她却比有些获得金牌的人火多了，粉丝几百万，当之无愧的新一代网红。

以下对话已成为经典，她那浮夸的表情与耿直的回答，让记者无言以对。“58 秒，哦，我还以为是 59 秒。”“请问你今天有所保留吗?”“没有，我已经用了洪荒之力。”“那也就是说你对明天的比赛充满信心吗?”“没有，我已经很满意了。”……

谈到“力量”一词，我想现在大家联想到的就是她所谓的“洪荒之力”吧。在游泳比赛中为中国拿下首枚金牌的大白杨称“赛前傅园慧将洪荒之力传给了我”，全场哄笑。其实我们的“洪荒少女”正经起来也蛮可爱的，她的奥运精神值得称赞，积极向上，乐观坚强，为中国荣誉而奋斗，这样的洪荒之力威力无穷，感染众多运动员顽强拼搏。

蒲公英的种子

弯弯的月亮下，蒲公英在游荡，像烟花闪着微亮的光芒。

我静静地站在那儿，任凭风儿吹乱我的发丝。

我相信蒲公英的每个小伞上都寄托着梦想——

去吧！去寻找你落地开花的地方。

来吧！来实现你内心深处的愿望。

飞呀，飞呀，我感觉自己的脚好像也离了地面……

回过神来发现并不是自己在飞，只是——

一把小伞卡在了我指缝间，

难道它也想带我去远航？

风吹得更大了，所有蒲公英都被吹远，

我的头发凌乱不堪，很像是一颗巨大的，立起来的蒲公英……

环顾下四周，我发现那棵小伞仍抓住我的手指不放。

只剩它了。

我似乎明白了什么，并没有梳理自己的头发，而是把小伞捂在手心里，带回了家。

它的愿望就是和我做好朋友呢！我抚弄着小伞身上的绒毛，甜蜜地想。

铭记历史，开创未来

9月4日晚，我与妈妈一起看了《开学第一课》。9月3日是中国抗日战争胜利70周年纪念日，所以第一课是围绕着“爱国”来讲的。

秦怡奶奶上台为我们讲述了国歌的故事。平时，我们每到星期一都会有升旗仪式，都有唱国歌这一项。但我从不知道“把我们的血肉筑成我们新的长城”是真的有一段血泪史的。日本人用大炮把我们的长城轰出一个洞，一时，所有人都一齐扑向洞口，堵住不让日本人入侵。这真让我感动、震惊。八路军们竟有如此顽强的抗战精神！

TFBOYS在台上领头唱国歌时，我也小声哼着，为他们的爱国精神所感动。这是我第一次感到唱歌时的那种热血沸腾，它告诉我，落后就要挨打，勿忘国耻！

第二课是关于勇敢。《二小放牛郎》这首歌家喻户晓，五祥跟我们详细地说了二哥是如何救他却又牺牲自己的动人故事。13岁，和我一般大的小孩居然有着舍去生命的决心和勇气，真是了不起！最令我震撼的还是左权叔叔的女儿左太白上台的发言。父亲在外打仗，女儿左太白很少有机会见着他，印象中的父亲是模糊的、严肃的。可她哪曾得知，左权在外写了12封信，每封信里都包含了对左太白浓浓的关爱，左太白成年后，反复读着父亲的信，哭了好久——原来她有这么一个爱她的爸爸！1942年5月22日，父亲留下最后一封信，永远地离开了。敌人的炮火可不长眼睛，狠狠地轰炸着中国这块土地。看到这里，我不禁潸然泪下，既有对左权叔叔的敬意，也有对日本军国主义的痛恨。

还有太多太多的感动，只有放在心头，不便写在纸上。千言万语汇成一句：我们爱你，中国！我们宣誓，作为英雄的子孙，要坚定意志，诚实善良，勇敢自信，自立自强，做伟大祖国的接班人！

开学第一课，我收获了很多。让我们铭记历史，开创未来！

第三辑

高考序曲：天生我材必有用

日记十则

2017年9月12日

同桌下课都在写随笔，真努力啊，这提醒了一字未动的我要抓紧时间了。昨天是我们第一次上晚自习，大家都没什么经验，有不少人都迟到了。路上特别堵，我和爸爸到工大食堂只剩下10分钟时间吃饭，之后又急忙赶回去，上楼的速度让我回想起中考800米跑的情景。不得不承认，在学校上晚自习的效率的确比在家里高得多，我在家很懒散的，玩玩这个，搞搞那个。

今天爸爸跟我商量好了，他买好盒饭带给我，这样免去了来回跑的麻烦，晚上还要数学考试，得多吃点……我和皓媛一起下楼领了各自的饭，开始狼吞虎咽起来。班里还有不少人，“杀姐”（之所以这样叫，是因为她表面看起来有股杀气，实际一点也没有，在军训时不知不觉就这么叫开了）一直在等思然给她带饭，边写作业边等。浩媛12个小笼包都干完了，我盒饭也吃得差不多了，“杀姐”还在等。“杀姐”浑身透露出一股怨气，终于爆发了：“只剩10分钟了，而我的晚饭还没到!”我只能默默在心里同情她，然后风卷残云般把饭扒进嘴里。最后5分钟，思然回来了，她跑了很多店都没找到“杀姐”想要的馒头，于是只能带回个汉堡了。“杀姐”终于能享用她的美餐了。

由于考试的缘故，我作业没写完，在家写着写着就睡着了……

2017年9月13日

凌晨5点，突然清醒。明明已经入秋，为什么还那么热呢？可能是作业没写完良心不安的缘故吧，怎么也睡不着，干脆就起来把作业补完了，害得我上午困得差点睡着，现在晚自习了涂点风油精，感觉好多了。

下午快放学时发了昨天考的卷子，我一看，原本还觉得挺热的，立马心就拔凉拔凉的——妈咧，67分，这才刚开始就考这么差了，之后及格都很困难啊！环顾一下左右，都考得挺好的——唉，谁叫我一开始没上数学预科班呢。余校长讲得又快，这才第一个星期呢就考试，数学可是我的克星啊。网上有个段子：开学一星期，基本已经确定自己的学渣地位了……我是谁？我是怎么考进来的？他们怎么什么都会？我刚开始看了还觉得好笑，很讽刺的是，现在我意识到这个段子很符合我的心境啊。心情十分郁闷的我只好写写随笔来缓解一下痛苦……之后的日子还很长呢，加油吧。

2017年9月14日

昨晚睡得太香了，被子踢掉了竟浑然不知，早上起来才意识到自己感冒了，嗓子很不舒服。明天就要朗诵比赛了，怎能在关键时刻掉链子呢？初中时我曾经参加过两次比赛，而且还是领读呢。这回估计只能靠孙飞扬了，还有严喻骁，男生嗓音要大些。我们组总共就6人，有3人感冒，要命啊。整整一天我都没怎么说话，显得文静了许多，早读课我也没有带读，而是不停地去倒水、喝水，希望我的嗓子能在明天好起来……虽然感冒了，头脑可是格外清醒，效率高不少呢。

2017年9月21日

音乐课，难得有点放松时间。音乐老师给我们看了一段往期《金星秀》的视频，是王祖蓝扮成金姐的那一期。真是太逗了，我们都笑得前仰后合，只是还没看完，就下课了。晚自习回家我做的第一件事就是把剩下一点没看完的视频看完。

我特别喜欢小楠与金姐搭档，他明明很有才华却甘心做配角，这是我最佩服他的地方。其实每个角色只要演绎好了都成了主角。前段日子，《金星秀》被停播一事炒得很火，金星声明：因有小人妒忌节目做大做好了才被迫停播。我想为金姐敢于说真话点赞。不管怎样，我都挺你，金姐！

2017年9月23日

所谓“作业抄多”就是作业多得抄都懒得抄。我现在也体会到了，不管了，尽自己所能去写吧！辛苦三年，幸福一生。吴老师也说了：“现在的努力是为了将来能够睡到自然醒。”

化学课上，底下讲小话的同学好多，化学老师终于忍不住了，问我们：“我想调查一下，在这里同学们以考上大学为目的的请举手！”我犹豫了一下，但还是举手了（不知道老师葫芦里卖什么药）。“以拿到高中毕业证为目的，或者出国的请举手。”思然举手了，她想去法国学设计服装我是知道的，只是我比较意外她真的有决心和勇气，不由得心生佩服。“最后，脚踩西瓜皮，滑到哪算到哪，拿不拿毕业证，考不考大学都无所谓的，以开心为目的的请举手。”化学老师讲完我们都笑了，环顾四周看有没有人举手，因为我们相信不会有人会那么傻。

然而真的有一位男生毅然决然地将手高高举起，我们目光全投向他。“我以高兴为目的。”他说。“这是你自己的想法还是你家人的想法?”“我自己的。”他低下头去，傻笑着。“那你家人同意吗?!”化学老师不管他了，说：“既然绝大多数人以考大学为目的，那就要维持好纪律……”之后她讲什么我都没认真听了，只是想着那位“傻”男孩。

唔，多年后，谁知道呢，也许那位男生才是最厉害的呢。这么一想貌似开心才是最终目的，他说的没错！如此有个性的他，敢于与众不同的他，反倒给我留下了很深的印象。

若用一句网络流行语概括，那便是：年轻人，我看好你！Fighting!

2017年10月11日

啊，段考终于结束了。我像个肉夹馍，夹在班级成绩中间（第21名），不上不下，反思如下：

语文：身为老孙的课代表，压力还是挺大的……毕竟要起带头作用嘛。这次考试的时候，倍感亲切，前面选择题准确率还挺高的，只是作文方向偏了，没有构思好就动笔，最后标题都胡乱取了一个（交卷前3秒写的），扣了16分，痛心！下次一定要吸取教训，继续努力！

数学：对于数学我就“呵呵”了。前天晚上紧张好久才睡着，第二天考试犯困（不过也好，不紧张了），居然粗心漏写了一小题，而且还是那种送分题（气人）！死抠难题却把简单题写漏了，是绝对不可取的。有一道大题10分，我洋洋洒洒写一大堆，结果仅得了1分。说明有时候思路是错的，有很多盲区，数学基础薄。但是，我还是对数学抱有信心的，多思考，多问问。最重要的是，切勿漏题！

英语：说到英语啊，自豪感不自觉地流露出来了。这是我的优势学科，只是这次没怎么考好。要多背单词，积累词汇，保持优势就可以了。

物理：最令我痛心的是最后一道拔高题18分一分没得！听吴老师的话，写公式能得分（吴老师，你骗我），可能是公式没写准吧，都列那么多了，没一个能用……对这种分类拔高题，很明显智商不足急需充值，下次不会要果断放弃，当然我知道自己有点偷懒，物理全品就做到20页，好多没做完。重难点也有许多没写，只是走马观花而已。但我并不像某些同学，写不完，“抱”着答案死抄，对自己不负责，能做多少是多少，这是我的原则。周末时间玩占40%、学占60%，看来得拿出10%玩的时间做物理试题了。

化学：化学老师一走进班就说“这次化学卷子出的时候我就特别担心……”“就是，就是，那么难。”我心想。“会不会有许多人满分”，化学老师接着说。我差点吐血了。打听一下前后左右化学都比我高，危机感大大提升啊。试卷还没分析，我也不知自己错在何处，只知道自己选择题错了好多。考试时模棱两可的答案千万不要改，往往改了都是错的。

政治：反正我准备选理，对文科方面要求不太高，但也要过关，临时抱佛脚背书不可靠，所以我决定：每天回家等车时看一会儿书（利用空闲碎片时间），周末先看书再写作业。

历史：悲剧，唯一一门挂科（59分），灵活运用的东西多，脑筋不能太死板，我平时不重视，上课没太认真听，结果吃了大亏，以后一定紧紧跟上老师的节奏，历史学好也很重要，“9－1＝0”，不能偏科。

地理：地理的话，我一个连东南西北都分不清的人就没什么好说的了，我只要求不拖后腿，地理老师教得挺好的，好好学吧，尽力就好。

生物：难者不会，会者不难。这次生物普遍没考好，我有一个点始终没弄明白，要找突破点，查缺补漏。今天听生物老师讲完题，自己消化消化也就差不多了。生物初学，新概念很多，学多了也就习惯了。

综上所述：（1）勿粗心，勿漏题；（2）高效利用空闲时间，不磨蹭；（3）上课要集中精力。

2017年10月17日

看到周围人都在写随笔，我也写一篇吧。明天换座位，我估计自己第二排“黄金”位置不保了，不管怎样，我也要死守第二排。本来美滋滋地想着今天会不会哪位美女过来问我要不要和她同桌，结果有个男生冷不丁地问我一句：“你愿不愿意和我同桌?”我的幻想破灭了，尴尬地笑笑又带有一点歉意。其实我本想回他英语老师上课讲的那句俗语的："You are the last one I want to be your deskmate."但又怕他伤心。唔，果然还是想与陈曦或范晓雅坐。

早上一来，我就在抄英语单词。扫了眼昨天补了一晚上随笔的王观莲，她目光空洞，嘴里嘀咕着，我现在写随笔，资源已经匮乏到这种地步了——激恼，看到同桌正在学习，啊，我也好想学习啊！真是把我逗乐了，不过仔细寻思，发现自己也没好到哪里去，没写多少东西。孙老师说，忙不是借口，关键是可以在忙碌中做比别人多的事情。写随笔也是一种锻炼，只是将其变为负担就不好了。

计划总赶不上变化，我居然与孙飞扬坐一起了。实际情况是这样的，我想"守"住第二排座位，但只有孙飞扬旁边的座位是空的。果断选择孙飞扬。平时他就坐在我后面，他人非常好，经常帮我倒水喝，而且给我讲题。既然现在座位已定，那就不管那么多了，潜心学习。最近不知怎的，特别容易犯困，甚至上课时写着写着就睡着了。每次睡着，都涂点薄荷油……坚持下来，终于……对薄荷油免疫了。

2017年10月18日

昨天女子800米跑体育测试，走得太急，穿了个靴子，想跑也跑不动啊。中午时间紧张，贪睡迟到了。今天把闹钟调快5分钟，果然好多了！仅仅是早了5分钟，却能使人不慌张了。跑步一直是我的噩梦，初中时为了中考，天天跑步。我们以前那个班个个体力比我强，跑得飞快，我总是跑在最后，有几次终于超过了3个人，结果班主任还把他们三人骂了顿说："你们中了邪了，居然连疏天然都跑不过。"当时心里挺不是滋味的，现在想想都好笑。还好我们高考不用考体育，要不然又要经历一场噩梦。

今天阳光灿烂，是党的十九大召开的日子，意义非凡。做完广播体操回到教室后，孙飞扬突然提起："十九大已经开始7分钟了。"我停下笔，看样子大家都特别重视十九大，原来这是决定中国未来走向的大会，开始我觉得十九大离我太过遥远，现在我知道了，国家的发展与个人的命运是紧密相连的。这样想，还真不能做"两耳不闻窗外事，一心只读圣贤书"的书呆子……于是我决定晚上回去看看新闻，反正今晚作业不多。

2017年10月21日

"有没有人没带物理随笔本啊?"吴老师又用他那"阴阳怪气"的语调问。我把草稿本拿出来，一直以来我都用草稿本记物理，重要的补充全写在《重难点手册》的空白处，从没有过什么正规的笔记本，我是说那种大的软面抄。他盯着我手里小小的草稿本，又补充一句"没带的举手"，我举手了，周围也有人陆续举手。"把手举高一点，像这样！站起来举都没事。"吴老师踮起脚半玩笑半认真地给我们做示范。他的动作太滑稽了，我们笑了几声，然后把手举高了些，因为大家知道他并没生气，所以敢举很高。吴老师环顾了下四周，突然又有点失望了，“你看，怪不得你们考不好，你们都不听话呀。你们说，老师不给你们发本子了吗？你们怎么都不带？”没发！没发！我们总算逮到机会狡辩了，都大声喊：“没发。”“怎么会呢？我看到办公室有啊，一沓一沓的。”吴老师有点惊讶地望着我们的俊哥。“语文有随笔本，物理没有。”“对，语文有，物理没有。”一个男生带头，紧接着大家都起哄。这时吴老师投向俊哥的目光变得犀利了，害得俊哥不好意思把脸埋在手里。过了一会儿，吴老师忽地露出狡黠的笑容问我们：“那你们就别写语文了，用语文随笔本写物理好不好？”“好！”又有人在起哄鼓掌，我考虑到同桌便是语文课代表，便没有鼓掌，只是笑。“但我们要隐蔽些，从后面往前面写！”待掌声稀落后，吴老师又说。这回我们笑得更嗨了。我忍不住鼓掌了，我没想到他竟如此“奸诈”。所以呀，对不住了，老孙！说不定哪天你会发现我的随笔本被物理“大军”占掉了一半呢……不信你翻到最后一页看。

2017年11月1日

我在班级图书角里借了孙飞扬捐的《疯狂科学》一书，已经看得差不多了。怎么说呢，唔，我觉得特别佩服这本书的作者，他在不断地“作死”，然而他身上那种勇于创新、挑战的精神值得我们学习。这本书讲的内容大多和化学有关，像奥利奥饼干裹上高氯酸粉来发射火箭啊，用红磷制作火柴啊，虽然我感觉那个好像巧克力棒，还有将氯气通过液化钠使它们生成 NaCl 蒸气，给上面挂着的一袋爆米花儿调味啊……好吧，你看出来了，我是吃货。

天天学化学，却没有什么感觉，然而通过这本书，我才了解到化学离我们并不遥远，只需要我们去探索、去发现。作者用生动的言语将各种化学反应描绘得具体形象，其中还经常用上各种生活中的比喻，将抽象的事物拟人化，在他的笔下连一个小小的原子都是那么可爱、有趣。这纯粹是出于他的兴趣爱好，他从不把化学实验作为赚钱工具，就连获诺贝尔物理学奖的利昂·莱德曼都说：“如果不能成为像他那样值得赞美的科普作家，那么挂在我脖子上的诺贝尔奖又有什么好炫耀的呢？”他那充满技巧的工作将引导年轻人变成严谨的研究人员。

孙飞扬从小对科学方面的东西感兴趣，他每到下课就特别兴奋地跟我讲书里的东西，我也知道他确有这方面的天赋，祝愿他在这次科技创新比赛中取得好成绩。

大雪七日

雪，仿佛是上天送给我们最好的礼物，不，准确地说是留给我的最好的礼物，给我这种赶不上上课进度、慢节奏的人一个休息调理的机会。抓住假期“弯道”，查缺补漏，为六校联考做好充分准备，大雪七日，闭关七天，潜心学习。

当然我也希望自己像孙琛一样自觉，不用做计划就能把自己的学习安排得妥妥帖帖。但我不能，我得有个目标激励自己，有个计划约束自己。

（1）目标进入年级前50名，每天写4张卷子，对各科进行全面复习。

（2）7:10起床（要对自己狠一些），但晚上早些睡，不熬夜。

（3）好了，赶紧写吧!!!

备注：写作业时手机要离身，务必提高效率。

游泳十日记

开学已有一个月了，然而我感觉到仿佛昨天自己还是那个站在水里瑟瑟发抖的小女孩。初二暑假“小金鱼”（我的同学）带我去游泳馆，我在浅水区都能溺水，好绝望。那时我就下定决心——一定要学会游泳。宋欣雨不也如此吗？从之前站在水边的号啕大哭到后来有“哈哈，你们这帮小兔崽子，看我在水中英姿飒爽的泳姿吧”这种态度的转变。

我学游泳的目的，一方面是为了以后和朋友出去玩方便，另一方面则是想克服对水的恐惧感。听妈妈说，出生后的小宝宝都要洗澡，其他小宝宝见到水都好开心的，就我哭得那叫一个撕心裂肺啊！

Date 1

最大的恐惧来源于恐惧本身。不怕！至少“小金鱼”之前还教过我一些游泳技巧，我已经学会憋气、“水上漂”（其实就是一动不动地浮在水面）等基本功了。抱着这仅有的心理安慰，我战战兢兢地下了水。好凉！这是我的第一感受。下水的一瞬间我就后悔了，“小金鱼”教我的所有东西都在顷刻间清零了，紧张感充斥着我的大脑。我紧紧抓住泳池旁的浮标，就像抓住一根救命稻草。我感到水波的流动，我的身体仿佛要飘起来了，连走动都是那么困难，我特别害怕重心不稳直接倒进池里去了。回忆起那天险些溺水的经历，恐惧感又加上一层。即便教练就在旁边，我还是一动都不敢动。最要命的是，我的腿不听使唤一直在打哆嗦，这种情形在我参加演讲比赛时也出现过，激动、兴奋、紧张、怕出错等复杂心情交织在一起，使我的腿不自觉地抖起来，我也曾尝试努力克服，但我做不到。

“好了，你们先练习一下憋气！”教练发下指令。我报的是少儿初学班，身旁有不少小朋友，从小学一年级到初二的都有，就我年龄最大，但我显小，所以可以“混”进去。小朋友们都深吸一口气，把头扎进水里，大多不到2秒就把头抬起来了，应该是呛到水了。我捏住我的鼻子，闭上眼睛，这才敢扎进水里，立马被呛到了，好难受！果然在地面上待的时间长了，鼻腔开闭不太好控制啊。当我第三次尝试时，就找到了技巧，成功了，没有呛到水！欣喜之余，突然意识到自己戴着泳镜，不用闭上眼睛。于是我缓缓睁开双眼，平时因近视看不清，在水里远处受水波折射的影响，视野格外清晰，连池底的每一块瓷砖纹路都能看得清。学会憋气丝毫没有减轻我的紧张程度。实际上，整个第一节课我的腿就没停止过哆嗦。

但教练不会等你克服了这些再继续的。只有在不断锻炼的过程中克服。虽然心里十分忐忑，我还是要进行下一个练习项目——也就是我之前会的“水上漂”，“万一漂起来就站不起来了怎么办?”我怯怯地问教练，因为我确实害怕脚离地面的感觉。“没事，到时候你自然而然地就站起来了。”教练漫不经心地回应道。我把腿伸直，整个人平躺在水面。还好，借助浮标，过一会儿我便站起来了。“这不是很好嘛!”教练说。我没讲话，表面很平静，其实内心异常惊慌。

这回又要干啥了？什么？走到池中间去，再漂一次？要离开最后一根救命稻草吗？看着前面很多比自己还小的孩子都成功了，我反倒更紧张。“我不行的，我好害怕。”我直接跟教练坦白说。即便这样说着，我还是双手放开了浮标，缓缓走向泳池中央，深吸一口气。“没事，你可是大姐姐，是他们的榜样啊!”没等我反应过来，教练推了一下我的后背，我就倒下去了。触碰不到任何固体……我本能地用一条腿去够地面，但因重心不稳又浮起来了，双腿就在水里乱划……这样的话……不就是和那天“小金鱼”带我去游泳在浅水区溺水的感觉一模一样吗？正在绝望之时，感到有一双手托住我的身体，把我托了起来。“怎么能单腿呢？要双腿往前弓才能起来呀！双腿！”教练才把我托起来，又推了一下我的后背，“再试一次。”再次浸入水中，这次我把两条腿往腹部贴，终于成功了。“看，这不是很好嘛！”这似乎成了他的口头禅了，也许这句话就是专门为像我这种胆小的孩子准备的鼓励吧。我勉强苦笑了一下，颤颤巍巍地朝浮标走去。第一天的练习就这么结束了吗？下面就是自由活动了。“多漂几次啊！下节课要教你们动作了！”教练喊道。一心想上岸的我，就只练了几次便沿梯子上去了，每上去一步，都感觉自己变重一点，是少了浮力的缘故吧。好狼狈呀……明明自己年龄最大，却游得最差，别说榜样了，当反例还差不多。

回忆起之前看到报名单上写着承诺80％以上学员都能学会游泳的字样，心里还窃喜来着……果然自己还是逃不出那20％的行列吗？沿梯子爬到完全脱离水面的那一刻，身体和心灵同时达到了最重。

Date 2

不能就这样沦为20％那一列！今天我就抱着这个信念走进游泳馆。路旁的一株植物沿着铁丝网向上攀爬着，长势喜人，周围光秃秃的一片，独独就它一株长在那里，给铁丝网添了几分绿意，让人看了很舒服。咳咳，你千万不要以为我在“寓情于景”“借景抒情”哦！这种无聊的东西只有在做诗歌赏析时才能碰到。我就只是莫名地喜欢这株植物，它总是出现在我去游泳馆的必经之路上，让我不免会多关注些。说是爬山虎的话又不大像，爬山虎一般都是一大片一大片地长。而它，就那么一小株，通过自己的努力点缀了整个铁丝网。“我见青山多妩媚，料青山见我应如是”，这种自恋心理在我心里滋长起来，感觉那株小苗就像老朋友一样在路边等着我，见证我每天的成长。

Date 3～5

我的节奏总比其他人要慢一拍。当他们高兴地四处走动时，我只敢待在原地；当他们憋气时，我只敢左右稍微地走动；当他们敢不借助任何东西漂在水面上时，我只敢抓着浮标飘起来……就是这样，我每天也在进步着。

这回腿部动作也要应用了，教练夸我动作标准。但我就弄不明白……为什么动作标准却一步都划不动，只能在原地打转呢？我也将我的疑惑告诉了教练。“游泳其实很简单，当你学会放松你就学会了全部。”他说。放松是吧？现在腿已经不会抖了，也已经适应水的浮力与温度了，那么……剩下的，我试着放松地向前躺下去，想象自己是松软的威士蛋糕里的一枚葡萄干。躺着躺着，我的身体不但没有向前，反而随水流向后漂了一点。哇！太过分了，完全不能前进呀！都学到第五天了，大部分小朋友都能游半个泳池了，我还在原地打转，扑腾几下又起来了，偶尔前进两三米还不是游的，是随水漂过去的，痛苦！

Date 6～8

还是那样，别人游半个泳池我只能游 3 到 5 米，别人游完整个泳池时，我终于掌握了点窍门，能游半个泳池了。主要是折腾多了便大概知道脚向哪里划才能前进得快。“蹬夹快，收发慢”这 6 个字正是学习蛙泳的精华总结，蹬的时候无力或姿势不对则很难前进，收发太快则体力消耗大，游不动。学蛙泳最重要的是锻炼手脚的协调性。到了第七天，我的泳技有了不少的长进，就到最后的关键一步——练习换气了。这不单是手脚协调的问题了，头部离水面的距离、身体的倾斜程度以及划水的幅度，每一步都很讲究。为此，我也喝了不少水。有时因头还没伸出水面就急着把嘴张开而呛到，有时因头再次伸进水中时忘了要憋气而呛到。我总是忘这忘那的，教练也很无奈。“你们听好了！该教的我都教了，剩下就是你们自己练！练得越多游得就越好。”他是这样说的，还能怎么办呢？练啊……我再次扎入水中……

Date 9～10

现在我终于能游到头了。这意味着我学会换气、“蹬夹收发，划水抬头”了！我很高兴。最后一节课是自由活动，我总算赶上他们了。真的是，大不了再努力一点而已！有人说，学游泳不过是多呛几口水罢了，呛着呛着也就会了。我看，还真是这样呢。之前那么多准备，什么深吸一口气，憋住，闭塞鼻腔，再扎进水……太麻烦了！现在只需一步入水就可以了。因为我在离水面只有一厘米距离时，鼻腔就已经自动闭上了，完全不用担心被呛到。如果不能做到呼吸憋气一气呵成的话，想仅凭一口气游到头可是比较困难的啊。

然而就在这时，发生了一件尴尬的事。在我游到泳池尽头时，我的泳衣吊带因太松而散了。今天比较特殊，平时我都是自己用系鞋带的方法来系吊带，而第九天有个小朋友提出要给我系个蝴蝶结，于是我就让她系了。于是……就散了。好在男生组全在泳池的另一头，没人注意。但女生都看到了。我们组中有一个自己已经会游泳却还要报初学班的小女孩，她平时会做一些把水含嘴里然后喷别人脸上这种恶劣的事情。我很少理她，不过……她也看到了。她肯定不会放过任何嘲笑他人的机会。果然，当有一个和我相处比较好的女孩帮我系好带子后，她就在那笑了。“太丢人了。”她一边笑一边说。随她说去吧，我也没怎么理会。但到第十天，教练举行男女组分开比赛时，她又拉住我说：“你昨天真是太丢人了。”我无奈回应一下她：“你知道吗？在别人身处尴尬境地的时候不嘲笑是一种素质。你这样子才是真正丢人。”她听后不满地走开了，我庆幸万分，终于摆脱这个讨厌鬼了。

只有在最后一天，游泳馆才是对外开放的。有很多家长都进来拍照。说白了，这场比赛就是给家长验收成果的。接力赛开始了，游过去，再游回来，再到下一组。轮到我游的时候，旁边那个男生也同时扎进水，他要赖犯规了，游到半途站起来走几步再游，就这样依然没赶上我，他一共站起来三次，我一次都没站，感觉真的是对肺活量的很大考验呢。结果呢，是我们女生组赢啦！在比赛时我就想：虽然我的爸爸妈妈都没来，但是我没有辜负这十天的努力。最后要上岸时，我还想在水里多泡一会儿呢。

不按套路的套路出牌

第一次上他的课时，我的心咯噔一下——这老师口音好重呀，能教好吗？初中饱受地理老师口音的折磨，留下了心理阴影。渐渐地，我发现吴老师讲课风格新颖，特别有个性，不由得会想：哎呀，他怎么那么可爱呢？若不是他那“阴阳怪气”的口音，我可能还不是那么喜欢他呢。

口音，已成为吴老师的一大特色，就像他所说的那样：既然怎样都改变不了，我就随它去吧，改变自己能改变的。

下午物理课发了一份卷子（上面还附有一些讲义），他先让我们写半个小时再讲。做完后，吴老师首先把解答题的模板格式写在黑板上，我刚想抄在卷子上来着，他说：“不要用纸记，用脑记。”于是我把笔放下了，专心听他讲。

后来他讲到一个画图题，要求标出第 3 秒末和第 5 秒末，而他却问我们“第 3 秒末在哪?”“3 秒处。”我们答。“那第 5 秒初呢?”“4 秒处。”我虽这样答着，但想着他是不是读错了。有几个同学也指了出来。吴老师说：“我知道是 5 秒末，我看到了。你们都知道 3 秒末在哪，肯定知道 5 秒末了呀，所以我特意说 5 秒初在哪儿，我这人不喜欢按套路出牌，不能让你们猜到我的‘行踪’啊！你们应该感受到了，我与其他老师教课方式不一样。”沉默了片刻，吴老师突然转身，指着黑板上的答题模版：“那有些同学听了就说：‘老师我就不按你的套路来，我不这样写！’”说完还摆出一副严肃的面孔望着我们，底下同学再也忍不住了，都笑了起来。不愧是吴老师，我写到这儿仿佛还能听到他那“阴阳怪气”的口音，果然还是他最可爱啊，给课堂又添了不少乐趣。

议　论　文

今天的作业好多。扫了下同桌写的随笔，每一篇都是讲日复一日、千篇一律的生活枯燥无味，没什么好写的素材，就像被榨汁机榨干了似的……然而对我而言，每天都是新的，都会有新鲜的事值得记录。

上回孙老师送我的那个本子我没舍得用。对于我，蓝色是孙老师的象征色（蓝胖子）。老孙让我在那个本子上随便怎么写，但在这里按他要求写，一半写事，一半评论。可是……“臣妾做不到啊”！如果说，高考是议论文的天下，那么我说，随笔是散文的天下。

我自然也接触过议论文，不就是摆事实、讲道理嘛，小学六年级时，应《新安晚报》编委章玉政叔叔之约，参加了当年高考作文比赛。那时候我的文章居然被选中发表了，我非常意外，之前从未接触过这类文章，写完才得知——哦，原来这就是议论文。在此之前，我写的大多是幼稚的童话故事。爸爸夸我说，那篇文章很精彩。他还说我小学就能写高考作文，真棒。

但我不知为什么，他越这么说，我心里就越不是滋味。事实上，我最不喜欢的就是那篇文章，有点“小人”讲大道理的意味，一点儿也没有之前童话风那么活泼、欢乐，变得很严肃。

也不怪王观莲找不到新的素材了——因为她顾虑太多：这样写会不会记叙的内容太多呢？会不会太散呢？议论会不会讲少了呢？就是这样一层层厚重的枷锁套住她，然而这样是不可能写好的，太强硬死板了。随笔嘛，就是要体现“随”字，只有放轻松才能写好，高考是在有限的格子内将内容展现到极致。这本身是挺难的呢，看来以后我又要与议论文这个老友打交道了。当然，只在写应试文章的时候，写随笔是绝不会与它打交道的，随笔是散文的天下。

关于陶渊明

我比较欣赏陶渊明“采菊东篱下，悠然见南山”的诗意生活，他归隐田园也是出于一种无奈之举，但他能将自己的小日子过得十分安逸，滋润得很呢。最重要的是他逃离了欲望的纷争，固守心中那份抹茶般的宁静。

我不愿说他是消极避世，相反，他是很积极的，洁身自好，不与世俗同流合污，这是他的一大特点。“带月荷锄归”之时，想必已很疲惫了吧，然而他在描绘田园风光时，总是流露出一种掩盖不住的喜爱、自豪之情。不埋怨农活的繁重，而是以一种积极的态度面对，乐在其中，始终保持一种超然的淡定——“我的选择是对的”。这种淡定是他长期与树木花草打交道培养出来的。倘若他继续在朝中处理繁多的政务，哪有这么超然的淡定？

刘禹锡在《陋室铭》中写道：“无丝竹之乱耳，无案牍之劳形。”陶渊明应也是这么认为的吧。啊，我也多想和他一样，在心中修篱种菊，找回属于自己的那份宁静。

我的爷爷

昨晚梦到奶奶在哭，哭得很伤心，似乎很想念爷爷。前段日子老先生（我的爸爸）给我看了一篇吴重小姐姐写的关于他爷爷奶奶的回忆，很感人，从头到尾，铺垫、伏笔埋得令人猝不及防（有一点小资的味道），让人不由得佩服，好一个才女！

我这才想起来，两年来，我都没有为爷爷写过点什么。最近刚好学《记念刘和珍君》，用鲁迅先生的话来说——我是有写一点东西的必要了。

当然，我所写的立意向来是很浅的，没有吴重小姐姐的文章那么有深度，引人深思，也没有她那曲折动人的小说似的情节，有的只是故事与回忆。

提到“爷爷”这个词，大家脑海里应该都会冒出一副慈祥的面孔，这是大多数人印象里的爷爷，然而我的爷爷不是，他终日紧绷着脸坐在老家门口吸烟。

这是我小时候对爷爷的初步印象，每逢过节、寒暑假回老家，没有热情的拥抱，没有亲切的问候，他永远都只是板着脸坐在大门口吸烟，只有客人们来的时候，他才站起来去迎接。也许在他眼里，我一个小孩子没什么话好讲的吧。我想吸引他的注意力从他身边跑过，可他连看都不看我一眼，甚至当我想紧握他的手时，被他指缝间夹着的烟头无意中烫到了，我立马把手缩了回去，用嘴去吹烫红的指尖，然而他一点反应都没有，不管我是否受伤，只是面无表情地望着我。待我手好些时他刚要说什么，我就跑开了。他便继续吸烟，就像什么事也没发生一样，我讨厌爷爷。

我从此很少去找爷爷了，总是自己玩自己的。一天中午，我闲来无事画画，用油画棒涂啊涂，画出了一个形状奇怪的大南瓜。当时我还小，必须跪在板凳上才能够到桌子。即便在这样吃力的情况下，还是很享受画画的过程。欣赏着我的“杰作”，我心里乐开了花。爷爷也在对面的桌子上画，不过他用的是毛笔，画好后还在上面题了字。我怀着好奇心过去望一眼他画的，我不识字，就看到一枝梅花。枝干画得跟真的一样遒劲有力，点缀其中的梅花更是美丽，傲然立于风雪之中。我笑了，觉得爷爷并不是那么没有情趣的人，至少画画很不错。他见我笑，以为我在笑他画的，说："你看我画梅花就像梅花，你看你画的什么东西，啥都看不懂。"啊，我已经出奇地愤怒了——他居然这样讲我的"杰作"，可恶的怪老头，我再次愤愤地跑开了，我讨厌爷爷。

待我气头过了，又有些后悔，想要他画的梅花做收藏，不情愿地问他："你刚才画的梅花呢?""扔到垃圾桶了。"他淡淡地回答。真是古怪的人，居然把自己画的那么好的梅花扔掉了，难道他想销毁和我一起画过画的证据吗？难道他认为陪我画画是件很难为情的事吗？我是彻底地讨厌他了。

就在我和爷爷的感情坠入谷底的时候，我突然病了，哮喘使我很痛苦，晚上睡觉发烧，烧得迷迷糊糊，隐约感到自己被一双宽厚的肩膀背了起来，如此温柔……于是我就这样连人带被的被背着送到医院了，打点滴，烧渐渐退去，我睡着了，醒来已是清晨。睁眼看到爷爷在我身旁，让我靠在他身上睡觉，见我醒了，问我，"好一点儿了?"语气依然是淡淡的，却多了几分沉稳与温和。我没回答他，又趴在他身上接着睡，因为我实在太累了，我可以闻到他身上的烟草味……这还是我平日里讨厌的古怪老头吗？他是如此细心，以至于在夜里也能感受到我急促的呼吸，轻轻背我去医院，原来爷爷也有着温柔的一面，我忽地不讨厌他了。

爷爷喜欢安静，总是一人静静地坐在门口想心事。送我去医院的事，他回到家里对奶奶只字未提，依旧像往常一样，偶尔将家里打扫一下，偶尔去圩里钓些鱼来吃，偶尔陪客人聊聊天。

每逢过年我最期待的是晚饭后和弟弟放烟花，爷爷帮我俩点火，此刻是最令人期待的，期待地盯着他手里的打火机点燃烟火芯，然后冒出火花，喷出许许多多小烟花来，在空中一闪就消失不见了，百玩不厌，我忽地喜欢爷爷了。

渐渐地，我长大了，回老家的次数也少了。六年级时爷爷来我家，说是要检查下身体，自己有点不太舒服。平日里那么不喜欢与别人谈话，从来不麻烦他人的爷爷一定是非常不舒服了，才会这么说的吧，我隐隐地有些担心。当天下午放学，二姑哭了，跟我说爷爷得了肺癌，我多少知道关于癌的事情，知道那是不好的东西，心里挺难过的，只是没哭出来。

于是我们一家把全部的希望寄托在大姑身上，因为她是护士长。爷爷去医院次数变多了，有时他回我们家，在阳台上一言不发，只是静静地看着我养的两条小金鱼。之前他还能走动走动，喝苦得要命的中药，打针均没有效。只能做最坏的打算——化疗。现在学了生物知道那玩意不过是种心理安慰罢了，用半透膜过滤，把癌细胞杀死的同时好的细胞也被杀死了。爷爷身体每况愈下，头发也因化疗脱落了。然而他是那么坚强，从未表现出自己的痛苦，一直忍着、忍着。

只有一次，新年那一天，他躺在床上问小姑几号，小姑答："元月一号了。"他似乎内心被刺痛了，黯然流泪。

也许，他很意外，以为自己熬过年底就好了呢。他这样的性格使他与死神拼搏到最后一刻，2 月 14 日，他永远离开了我们，他的喉咙被痰堵得很严实，按人中也没有用，我看见他的手上有着密密麻麻的针孔，因为水吊得太多了，手肿得很厉害。我每看一次心就痛一次，呼吸停止的那一刻，他还在吊水，不放弃任何生的希望，生命是有多么宝贵，我现在终于明白了。

临终前，他老是看着我，嘴巴蠕动着，像是在说什么。说什么呢？我始终没能听清。两周前大姑推着轮椅带爷爷散步，他见我站在门口忽然笑了："哎呀，这孩子长这么高了，真好！"这是他患癌症以来第一次笑了。自生病以来，他就没有露出过笑脸。这次他却将最后的笑颜、最后的话语都给了我……想到此，泪水便再也抑制不住了，噼里啪啦往下流。我已经喜欢你了，你为何又要离开呢，爷爷？

奏哀乐，守夜，随着种种程序的进行，我们最终决定将爷爷安葬在后山上。听爸爸说，那里也是我们疏氏的祖坟山，爷爷实在太累了，要睡了，他睡在一个向阳、有着许多喜人的花草苔藓、周围松林环绕的地方，他定是得到最终的那份宁静了。但同时，他又不孤单。

现在回老家，我一点也不觉得伤心了，感觉爷爷好像一直在我们身边，一直在。

这便是我的爷爷，这便是我与爷爷之间的故事。

风雨无阻的老先生

老爸：

为什么，为什么我喜欢叫你老先生而很少喊你老爸呢？我想你应该不会思考这么多。因为，你本是一个简单的人——简单到别人一下就能看出你的心情，因为你把喜怒哀乐都表现在脸上；简单到我能猜到你下一句话讲什么——因为你总是那么无趣，讲来讲去就那么几句；简单到每日读书、会友、写字，因为只有在这里，你才能找到自己的归宿。

其实在成展鹏叔叔向我约稿时，你就问我有没有想好怎么写家书给你，我还在置气地说：“有了！就是把你骂一顿。”没错！啊哈！你以为我在欲扬先抑吗？不可能！我说过，这种无聊的东西只会在考试中有。我呢，自然是将你从头骂到尾（开玩笑）。不过，就算我真这样做，你也不会生气吧？只会冒出那种带有一点骄傲意味的傻笑："那好啊！要是骂得好也行，女儿能将父亲骂得名垂青史，哈哈哈……"这便是你教予我的最重要的一点——保持乐观而昂扬的生活态度，不被他人左右，哪怕是到了自负的程度，也比受他人言语所累强。以前初中的时候，老师管得严，恰好我又是属于那种自尊心强的人，每当哪个老师说话重一点，我就沮丧无比，回到家后，有时还会哭。有句话道：天空不总是晴朗，偶尔情绪崩溃也无伤大雅。有次老师实在说得太过，我既气又难过，那种心情用诗歌赏析中的"悲愤"二字概括极为恰当。回到家我一句话都没说，吃饭时也是如此。饭吃到一半，你抬头突然问我："你怎搞的，一句话都不说啊。"其实你也只是随口一问而已，我刚要开口回答，自己眼泪却先掉下来了，说不出来话，紧接着就是号啕大哭，止也止不住了。奶奶从厨房盛汤回来，不知道发生了什么，以为是你说了我什么，就问你："你干吗讲她，你讲她做什么？"一面劝我别哭。你跟奶奶说："没事，你让她哭，你让她哭。"我哭了一会儿感觉好些就休息了。之后你就讲起自己的事："以前有个领导经常找我茬子，开会当面批评我，那要是我天天生他的气，那不早完了。我就从来没把他当回事，该干什么还干什么……"其实听你说这些话时，我心里都猜得到你想表达什么：通俗一点说，就是不闻不问，我感觉心里有了莫大的安慰。你的骄傲狂放在这时反倒化作一种温柔的力量，这让我都感到有点不可思议。

其实，你为我取名疏天然，也有着“天然生，自然长”的意味。所以对于家风培养方面，你倒真没那么刻意去执行。随意不也是一种风气吗？从小到大，我都没怎么上过补习班，全都在玩乐中度过，狄老师说我是“野”孩子。是啊，我野得有个性。我看不惯那些拿父母血汗钱打水漂在补习班虚度光阴的人，也看不惯那些出天价的无良补习机构，广告吹得天花乱坠，所请的老师不过是来自二三流的学校，坑害学生、家长而已。同学们，“补”海无涯，回头是岸，东隅已逝，桑榆非晚啊！咳，扯远了。不管怎样说，适度补习是可以的，只是不能过度依赖，否则就丧失自学能力了。这也是我感谢你的原因之一啊，老先生，谢谢你给予我充分的信任，让我自然生长，真正成为一个“野”孩子，同时也锻炼了我的自学能力，让我现在能更好地适应高中生活。

无意中看到某人笔下描绘的父亲：父亲总是那个让你好好保管物品，自己却丢三落四的人；父亲总是那个让你衣着整洁，自己却纽扣错位的人；父亲总是那个要你注意卫生，自己却胡子拉碴的人。我在思考是否天底下所有的父亲都有此共性呢？母爱无私，父爱不一样。父爱是有条件的：“我爱你，是因为你与我相像，是因为你符合我的要求。违反要求则会得到失去父爱的惩罚。”这是心理大师给父亲对孩子的感情下的精准定义。然而，你仿佛就是这精准定义的一个例外。老先生，你几乎没有要求我怎样，也没给我什么压力，你说你只想让我开心。我们经常能听到别人对自己说：你要努力，你要坚持！却很少有人能听到：你要开心。我很幸运，我听到了，而且这个人就在我身边。

你，老先生，是风雨无阻的老先生。不仅在于你每天准时来接我放学回家，还在于你对于古诗词的热衷坚守、你的热心为人等方面。你总说："读 101 遍比读 100 遍好。"所以即便你记忆不好，还在那不厌其烦地背啊背。偶尔觉得老是背不会有点沮丧，第二天睡一觉起来却连沮丧感一并忘记，又开始背，搞得我真不知道你记性差是好事还是坏事。

也许你从未提过"家风"二字，但至少你身体力行啊。

我常比喻你的头发为顽强的小野草，在广阔无垠的荒凉之地（头顶）坚强地生长着。其实你又何尝不是一根野草，有野蛮生长的力量。写到这，我竟有种热泪盈眶的感觉，天啊，我竟能诌出这么多你的好来，我自己都被感动了！真不容易，第一次用第一人称方式写信，写这么多也累了。等会儿还要做数学题呢，不说了。

最后，祝你的烦恼如你的头发一样越来越少！

注：我猜你看到这一定会说："我的乖，写得太好了！我娃是牛娃啊！"（没什么，就是证明一下，我能猜到你脑子里怎么想的）

Love – by 疏天然

（看不懂英文就算了）

2018 年 12 月 8 日

油油的在水底招摇

好不容易有一天时间在家……赶作业，妈妈晚上犯困，懒得洗澡洗头。她问我：“我头发油吗?”我说：“你得洗了，油油的。”突然我又像想起了什么似的，补充道：“在水底招摇。”之后我们大笑了好长时间，简直是……唉，背《再别康桥》背多了……

鼓励传统教学中的创新成分

关于陕西某中学要求高一新生必须人手一台 iPad 的事件，人们议论纷纷。有人认为应支持、鼓励，也有人认为应考虑到那些较贫困家庭的条件，不提倡使用 iPad 教学。我认为，iPad 教学为传统教学中的创新成分，应积极引导、广泛推广，这是构建智慧校园的重要条件。

试想一下，昔日堆得同小山般高的图书，全压缩在一块小小的平板上，免去了背沉重书包的麻烦，同时方便了老师们的教学（视频、PPT 等都可充分展示）。iPad 作为学习工具，可大大提升学习效率。当然，凡事都有利弊，iPad 也是一把“双刃剑”，自制力好的同学确实得到了不少益处，可对于那些自制力较差的学生来说，见到网游就如鱼得水，全身心投入进去，在成绩下滑的路上一去不复返。针对这类问题，学校应制定一套完整和严密的 iPad 管理规划。众所周知，iPad 里面是有高级设置的，对于自制力较差的同学，建议在其平板里设置“除几个固有的学习软件外，不得下载其他软件”等功能并让他人监督保管。久而久之，学生便能养成良好的学习习惯，不用他人监督也能自主学习了。

光有学校的管理是不够的，学生们要学会充分利用良好的学习条件，珍惜学习的机会，保持高度的自觉。毕竟，学生才是教育的主体。如利用空闲时间在网上上“空课”，可大量减少去补习班补习的时间，查阅各类书籍资料，可助你清晰浏览详细信息。iPad 的潜力是无限的，学生可根据自己的需要选择课程，甚至直接在上面做笔记！这需要我们去开发、去挖掘。

至于贫困家庭，学校可采取积极扶持政策，缓解其经济压力，确保贫困家庭的学生享有平等的 iPad 教学权利。先资助平板，然后让其家长分期付款，这样学生既能提升学习能力，不影响到教学，又大大减轻其家庭负担。毕竟，随着现代网络的高度发展，电子产品竞争激烈，iPad 的价格并不算太高。若按分期付款来计算的话，应该可以控制在家庭的承担范围内。对于实在没有能力购买 iPad 的学生，还有一个方法，设置奖励制度（如年级前十名免费获得 iPad 等）。设置合理的话，很大程度上可激发学生的学习兴趣，从而形成良好学风，构建智慧校园。

总之，我们要尽最大努力去鼓励、引导传统教学的创新成分，让智慧校园焕发光彩！

在物质上知足，在精神上不知足

老子在《道德经》里说“知足者富”，其实后面还有一句“强行者有志”呢。这句话包含有两个方面：即在物质上知足，在精神上不知足。《周易》里有一句话：“天行健，君子以自强不息。”意思是，自然的运动刚强劲健，君子处事，应像天一样，自我力求进步，永不停息。这两句话共同表达了一个中心，即自强不息。

相信大家多少会对科比有所了解，一个大球星。科比自进入 NBA 以来，长期坚持凌晨 4 点起来练球，每天投进 1000 个球才算结束。记者问科比为什么能那么成功，科比反问道：“你知道洛杉矶凌晨 4 点的样子吗?”记者摇头。“我知道洛杉矶每天凌晨 4 点的样子。”科比说。科比在

NBA赛场上的成功完全源于他的勤奋，当大多数人还在睡梦中时，他已经出现在训练房了。上午11点训练师罗伯特问科比："你的投篮训练什么时候结束？""还得再等一会儿，因为我想命中1000个投篮。"科比回答。听了他的话，罗伯特意识到科比每个赛季高效率的表现一点也不让人吃惊。他在比自己年轻10岁的球星头上扣篮，也不令人意外。他在得分榜上领跑，更是一点也不奇怪了。这就是科比，凌晨4点的科比，典型的自强不息的代表。

门采尔，德国著名油画家，他苦练绘画基本功达到了狂热的程度。一天，人们看见他坐在一条臭水沟旁，都觉得奇怪：休息也不能坐在臭水沟旁呀！走近一看，原来他在专心致志地作画呢！他刚才在跨水沟时，不小心弄脏了鞋子，此刻他就专心画他那满是污泥的鞋子。门采尔无论走到哪里身上都带着画笔，看到什么感兴趣的就画下来，终日手不离笔。有人对他开玩笑说："你大概患了绘画狂热症吧？"门采尔诙谐地答道："我希望我的这个病是绝症。"门采尔丝毫不顾外界环境的优劣，只专心于自己的画作。这样的坚定意志着实让人钦佩。这恰好也印证了"在物质上知足，在精神上追求上进"的内涵吧。

身为青少年，我们更应该向两位大师学习，抓住良好的学习机会，不断丰富和完善自己，力求上进，自强不息，真正做到"在物质上知足，在精神上不知足"。

读经典的书，做有根的人

在准备这篇演讲稿之前，我读了我同桌写的初稿，顿时感到压力山大，总担心自己没有她写得好。然而在放学途中，忽然想起来“天生我材必有用”这句话，又使我恢复了信心。是啊，与其临渊羡鱼，不如退而结网，充分发挥自身的优势。我想，这就是传统文化的魅力所在吧，它能悄悄地安抚你的心灵，瞬间让你重拾信心。

当然，传统文化的作用绝不仅限于此。习近平总书记鼓励弘扬优秀传统文化，目的就是让我们回归经典，做一个有根的人。这让全中国乃至全世界的人掀起了学习中文的浪潮。有一个自称中文十级的外国年轻小伙，在网上直播翻译《出师表》，闹了不少笑话。他是这样说的：“先帝创业未半而中道崩殂，这应该是说先帝这个人创业还没到一半就崩溃了吧?”学过原文的同学都知道，“崩殂”两个字是去世的意思，按照现代汉语表面的意思去理解，是行不通的。然而老外哪晓得什么古今异义呢?何况还有通假字、一词多义、词类活用，够他晕乎好一阵子了。同学们，从此之中，你们可感受到了中华文化的博大精深?

讲到这，可能还有的同学会想：“就算学会了那些古诗词、文言文，将来也没什么大用啰!”然而并不是这样，打个比方，从小到大，我们吃过许多食物，已经记不清吃了什么，但我相信，它们有些已经融入我们的骨髓和血液中去了，成为我们身体不可或缺的一部分——经典对于我们的作用也是如此。胸藏文墨怀若谷，腹有诗书气自华。仔细回想一下，当你想表达某种情感却觉得啰唆时，一个短小精悍的成语便能将其概括得淋漓尽致，你是否体验到它的简洁?不仅如此，所有现代名言其实多多少少在古语中都有所体现，精华集中于经典之中，这让我们不得不佩服古人。

“时间就像海绵里的水，挤一挤，总会有的。”这样的话早在欧阳修的文章中就出现过：“余平生所作文章，多在三上，乃马上、枕上、厕上也。”两句话表达的共同观点是要珍惜空闲时间。在荀子《劝学》中，有句话道：“吾尝终日而思矣，不如须臾之所学也。”对于我们青少年，时间比黄金还要宝贵。这就需要我们提高效率，譬如在公交站，每天等车时，背几个成语，在学校拿出与同学说闲话的时间看看书，预习预习，这些都是行之有效的方法。你看，经典不知不觉就融入了我们的生活，激励我们奋勇前行。

在你疲惫想偷懒之时，该想想“宝剑锋从磨砺出，梅花香自苦寒来”，即使不用像古人那样头悬梁、锥刺股，至少也要尽自己的努力，发奋读书。

有人戏称，现在的中学生，一怕作文，二怕文言文，三怕周树人。这三个怕也并不是没有道理的。当我们把经典当作任务去读、去背，不免会感到枯燥无趣，哪有闲情去欣赏其中的美感呢？但当你毕业了，反而会怀念读书的时光。假如你静下心来，深入学习，于诗词中品尝人生百味，感受苏轼“一蓑烟雨任平生”的豪放，感受陶渊明“采菊东篱下”的淡然，你会发现——诗词中也有不一样的精彩呀！

过尽千帆皆不是，人间唯有读书真。同学们，我们正是早上八九点钟的太阳，朝气蓬勃。作为一名高中生，让我们珍惜光阴，重读经典，树文明新风，做有根之人！

跋

What a world

有人可能会认为“What a world”是个病句，中间都没有形容词。其实这个是英语中的常见用法。就比如一个人泳技高超，你可以用“What a swim”来表示惊奇、赞叹、赞美的意味。当然我并不是想赞美这个世界，我只是觉得，它太complicated（结构复杂，难以理解）了。有时又觉一言难尽，所以干脆不加形容词了。若放在阅读理解的标题赏析中，这算什么来着？哦，对，留给读者想象空间。但在现实生活中，这又算什么？懒。对，没错，就是懒。

真没想到我这几年初高中生活经历全部浓缩在两本厚

厚的随笔里。每次翻阅时就感觉自己好像在喝一锅高汤，因为我总是绞尽脑汁地在有限时间里把自己认为最有意义、最精华的部分记录下来。大部分文章是我在晚上10点至11点写的，夜深人静之时便是我的写作之际。完成其他作业后能有一些时间来倾诉情感，对我来说也是件很幸福的事了。感谢我的初中语文老师桑岚清，她每次都会很认真地看我的随笔，偶尔会附上点评。最感谢我的小学语文老师李业涵，她经常鼓励我写作。

我写文章向来是坚持手写的，在电脑里写作没有感觉，手写更有爱，所以便要感谢我的妈妈以及诸多朋友，特别是仅长我两岁的老乡黄娇媚姐姐利用假日帮我打稿子，否则就没有这本书了。也感谢老先生（我的爸爸，因他爱读古诗词而得名）给我取的书名。原本想取《然然文集》的，但他想了一晚上，第二天跟我说一定要把全名带上，打响〇〇后的口号——叫作《我叫疏天然，我是〇〇后》。我觉得还算不错，挺大方的，见他那么用心帮我想了一晚上的书名，又不好不用。

这个周末，王茹姐姐来我家，她看到了我的书名，嘲笑说太老土了，要取也要取个有诗意一点的名字呀！然后我就想：果然还是不能将就着用，我还是取一个更好的吧。毕竟，刚开始听到这名字时我就想跟老先生说“It’s so you”（这真符合你的风格）。不行，我得取个符合我自己风格的书名。话是这样说，我思考了很久，也没想到一个合适的。

我从小学三年级注册 QQ 起，网名一直都叫向日葵，所以我想我的处女作一定要有“阳光”这个字眼。然而十分巧合的是老先生中午烧饭水放少了，饭没熟，我也就没吃了，只喝了点汤。但到了下午 2 点左右，我感到浑身冰凉。人是铁，饭是钢，一顿不吃饿得慌。跑到万达旁的牛肉面馆点了碗牛肉粉丝汤，就着葱油饼，左手放在碗上取暖。不一会儿，全身都暖和了。就在我快吃完时，突然听到一段音乐，它的最后一个词是“角落”。啊，阳光的角落，多好，就是它了！我心满意足地回家了。

阳光、角落，这一片阳光因为照亮了一方角落而有了意义，而这一方角落也因这一片阳光的照耀而绚丽多姿。其实我们每个人都生活在自己的小角落，但有家人、朋友、老师爱的阳光温暖着。

所以说，倘若没有中午的夹生饭，我哪里有这么好的灵感呢！哈哈，What a world!

2018 年 12 月 11 日

编后记

好女孩自有光芒

那时青荷

画外音

有一天，同学张晓剑打来电话说写了部长篇小说，让我帮忙联系一家出版社，我立即想到老乡疏利民老师。疏老师在合肥工业大学出版社，离我的单位很近，人也很热心。于是前往拜访求教，果不出所料，他的热情让我很感动，我们聊得很开心。刚要告辞时，疏老师突然想到什么，原来他的女儿疏天然今年正在读高二，写了一本散文集《阳光的角落》，想让我帮着看看。我知道疏天然是位才女，常有作品发表，没想到居然出书了，我很好奇，也很期待，欣然接受了这个“任务”。这本《阳光的角落》是疏天然的处女作，可谓其写作生涯最美的起点。疏天然，2002 年生，据说是合肥工业大学出版社成立后社里第一个出生的孩子，这本书能在合肥工业大学出版社出版，十分有意义，是出版社这块文化沃土滋生出来的一株新苗。我很高兴成为这本书的第一个读者，很喜欢她的文字，更期待她的第二本书早日问世。

记得有位诗人如是说：“为了看看阳光，我来到世上。”因为在这个阳光灿烂的世界、这个万物生长的世界，不仅有蔚蓝色的田野、百花盛开的峡谷，还有连绵的群山、辽阔的星辰大海；不仅有金色的沙滩、天蓝色的彼岸，还有青春花季、白雪少年；不仅有轻灵的小鸟、美丽的蝴蝶，还有爱、自由与梦想。

在很多人眼里，或者说在这个世界上，花季少女疏天然，就是这样一位可爱的女孩，阳光一样快乐、可爱的女孩，有阳光一样的颜色、阳光一样的气质、阳光一样的芬芳。

总感觉，有一种热爱是与生俱来的。与生命有关，与心灵有关，与文字有关，与梦想有关。抑或有一种纯粹的美好，是打开内心的天然世界，书写四季的天然风景，描摹生命的天然图画。因为热爱，所以乐在其中；因为热爱，所以坚持不懈。

阳光女孩疏天然，也不例外。她出身于底蕴深厚的书香门第，人如其名，最是天然去雕饰，文亦如其名，一语天然万物新。她是快乐的〇〇后，一份天然的挚爱、一份天然的快乐与生俱来。比如读书，比如写作，比如童话，比如绘画。

从牙牙学语，到及笄之年，从童趣无邪，到天真浪漫，从“小荷才露尖尖角”，到“少年心事当拿云”，她像热爱着这个灿烂世界一样，热爱着文学的阳光雨露。她总是以一颗纯洁的心灵、一份执着的快乐，膜拜着永恒的缪斯女神，追逐着心中的碧海蓝天。她总是以聪颖的才思、灵动的笔触，在文学的芳草地里，播种梦想的种子，放飞心灵的憧憬，朝着梦想的远方，一步一个脚印，从心出发，踏实前行，不负青春，不负流年。

“问渠那得清如许，为有源头活水来。”在翰墨书韵年复一年的熏陶中，她一直勤奋努力地阅读、写作，在知识的海洋里尽情遨游，汲取经典文化的无穷智慧，让知识的汩汩甘泉，滋润青春的花朵，让知识的缕缕阳光，普照心灵的窗扉。可以说，是阅读丰富了她的校园生活，为她构筑了美好的精神家园；是写作丰沛了她的成长历程，为她梦想的天空，洒下缤纷万里的阳光。

她坚信“天生我材必有用”，坚信“腹有诗书气自华”。她在快乐中学习，在快乐中歌唱，在快乐中成长，在快乐中沐浴阳光，拥抱阳光，收获阳光。且让阳光照亮世界，且让梦想照进现实，且让一片灿烂的阳光，成为生活温暖的底色，成为心灵清澈的本质，成为一张饱满的生命之帆。

“万物有灵且美”，你我皆在其中。阳光灿烂，美好可期，可知我一生爱好是天然。你站在星空下遐想，你就是一颗星；我站在阳光的角落，我就是一束光。读经典的书，做有根的人，好好学习，天天向上，开启一片美丽新世界，让梦想开花结果，让生命闪闪发光。

打开《阳光的角落》，你会发现在疏天然的童话王国里，有音乐的小屋，有糖果的房子，有万圣节的聚会——她总是换个角度思考，于是蘑菇开始旅行，小象可以飞翔，零食也会犯罪，小花鞋喜欢臭美，白菜宝宝都要历险……

走进《阳光的角落》，你亦会发现在疏天然的文字天地中，有动人的爱，有斑斓的梦，有深刻的感动——她总是以阳光装点生活，把爸爸妈妈写进日记，将老师同学放在心头，为爷爷的离去流下眼泪。她还会给雨果先生写信，向保尔战士学习，与季羡林大师神交，为洪荒少女“打call”，被董卿女神圈粉……

花开花落十余载，疏家有女初长成。从小学到初中高中，从童真时光到豆蔻年华，那一个个快乐美好的瞬间、一个个精彩生动的段落、一个个活泼可爱的故事，盛开着一位阳光女孩最美的笑靥，记录着一段人生之初最真的感悟。许多成长的细节，无数温馨的回忆，都定格在珍贵的心灵扉页上，呈现出面朝大海的才情，都珍藏于这本《阳光的角落》中，散发着春暖花开的气息。

都说每一个女孩，都是爱的天使，都是神的礼物。每一个女孩的成长，都有一种粲然如诗、灼灼其华的美。因为少女情怀总是诗，好女孩自有光芒。亲爱的阳光女孩，愿你的少女心永不毕业，总能拥有生命的甜；愿你的天然气场永远在线，总能收获成长的开心果；愿你心怀七彩之梦，不惧风雨，一路遇见更好的自己。

你若盛开，蝴蝶自来。你若精彩，天自安排。相信所有的青春花季，所有的白雪少年，都是天然图画，都是阳光本身。站在青春岁月的路口，一起带着爱好，带着阳光，朝着梦想的方向，携手同行，快乐出发，以梦为马，不负韶华。

为了看看阳光，我们来到世上。相信在这个阳光灿烂的世界、这个万物生长的世界，只要拥有一颗纯净的心灵，你就是一块天然的璞玉、一株成长的向日葵。只要坚持一份美好的梦想，你就是太阳的歌手，你就是自己的阳光。

作者简介

那时青荷，原名黄琼会。素心女子，编辑生涯，生于枞阳，现居合肥。喜欢安静写字，从容生活。愿意今生今世，做个欢喜的人，像植物一样安静生长，四时明媚，静水流深。近年在《哲思》《锦色》《青年博览》《新安晚报》《杭州日报》《铜陵日报》等各类报刊上发表作品数百篇。著有《世界予我寂静欢喜》《不肯忘却古人诗》等。

敬告读友

我叫疏利民，她叫疏天然，
我们是父女，更是好伙伴。
女儿勤苦写，父亲快乐编，
写的是情趣，编的是情感。
出版二十年，冰火两重天。
读者骤然少，渠道也翻篇。
文章千古事，美文舞翩跹。
阳光大世界，快乐亦怡然。
而今做出版，品质宜超前。
幸遇读者君，请您来指点。
标点若有误，每个奖十元。
多字或漏字，每个二十元。
错字或别字，每个五十元。
错误若重大，不惜奖百元。
古有吕不韦，纠错赏金悬。
区区小编辑，一诺大于天。
同样一个错，电话最方便。
谁的速度快，谁的奖金先。
友谊满天下，切磋美名传。
24 小时热线：13855170860

图书在版编目(CIP)数据

阳光的角落/疏天然著．—合肥：合肥工业大学出版社，2019.7(2021.7 重印)

ISBN 978-7-5650-4591-2

Ⅰ.①阳… Ⅱ.①疏… Ⅲ.①中国文学—当代文学—作品综合集 Ⅳ.①I217.2

中国版本图书馆 CIP 数据核字(2019)第 164750 号

阳光的角落

YANGGUANG DE JIAOLUO

疏天然 著　　责任编辑 疏利民　　特约编辑 黄琼会

出　版	合肥工业大学出版社	版　次	2019 年 7 月第 1 版
地　址	合肥市屯溪路 193 号	印　次	2021 年 7 月第 3 次印刷
邮　编	230009	开　本	880 毫米×1230 毫米　1/32
电　话	总　编　室：0551-62903038	印　张	13.125
	市场营销部：0551-62903198	字　数	249 千字
网　址	www.hfutpress.com.cn	印　刷	安徽联众印刷有限公司
E-mail	hfutpress@163.com	发　行	全国新华书店

ISBN 978-7-5650-4591-2　　定价：38.00 元